결혼의 조건

결혼의 조건

초판 1쇄 찍은 날 ㅣ 2015년 07월 17일
초판 1쇄 펴낸 날 ㅣ 2015년 07월 31일

지은이 ㅣ 박선우
펴낸이 ㅣ 서경석

편집책임 ㅣ 이창진

펴낸곳 ㅣ 도서출판 청어람
등록번호 ㅣ 제387-1999-000006호
등록일자 ㅣ 1999. 5. 31
어람번호 ㅣ 제8-0044호

주소 ㅣ 경기도 부천시 원미구 부일로 483번길 40 서경B/D 3F (우) 420-822
전화 ㅣ 032-656-4452 팩스 ㅣ 032-656-4453
http://www.chungeoram.com
E-mail ㅣ chungeorambook@daum.net

ISBN 979-11-04-90308-3 04810
ISBN 979-11-04-90307-6 (세트)

Terms of a Marriage

결혼의 조건

박선우 장편 소설

1

도서출판 청어람

Contents

제1장

백수

강산이 종갓집에서 하숙을 시작한 건 벌써 일 년 전의 일이다.

종갓집은 흑석동에 위치해 있었고, 전통 가옥인데 방은 네 개였으나 그중 두 개는 세 평이 안 될 만큼 작았다.

강산이 차지한 방은 세 평짜리 작은 방이었다.

주인아주머니와 세 딸이 조용하게 살던 종갓집에 강산이 하숙을 하게 된 이유는 종갓집 안주인인 김 여사의 배려 덕분이었다.

어느 여름날, 장을 보고 돌아오던 김 여사는 무거운 짐 때문에 땀을 뻘뻘 흘리며 힘들게 걸어가고 있었다.

그날따라 이것저것 사다 보니 짐이 많아졌고, 결정적으로 정상가격의 50프로로 세일하는 수박이 눈에 띄어 욕심을 부린 것이 화근이었다.

마트에서 집까지의 거리는 삼백 미터 정도 떨어져 있어 충분히 가져갈 수 있을 거라 판단했지만 그것은 완전한 오판이었다.

처음에는 그럭저럭 들을 만했으나 불과 백 미터도 가지 못하고 허덕거리기 시작했다.

체력이 예전만 못하고 짐이 생각보다 훨씬 무거웠기 때문이다.

그때 나타난 것이 강산이었다.

강산은 어딜 가던 중이었는데 김 여사가 너무나 힘들어하는 걸 보고는 지체 없이 다가와 짐을 들어주었다.

괜찮다고 사양했으나 강산은 끝끝내 이백 미터나 되는 거리를 짐을 들고 따라왔다.

같이 걷다 보니 이런 얘기 저런 얘기를 하게 되었는데, 강산이 하숙집을 구한다는 말을 들은 것은 집에 거의 다 왔을 때였다.

마침 삼 년이나 하숙하던 여학생이 사정으로 방을 빼서 종갓집도 하숙생을 구하는 중이었다.

그래서 강산은 그날로 종갓집에 자리를 잡게 되었다.

물론 저녁에 집에 돌아온 종갓집 딸들의 반대는 결사적이었다.

여자들만 사는 집에 남자가 들어온다는 것은 말도 안 되는 일이라며 거품을 물었으나 김 여사는 단 한 마디로 그녀들의 반대를 꺾어버렸다.

"쟨 하숙생이라기보단 수문장이다. 그래서 방도 대문 옆에 준 거고. 도둑 잡으라고 받은 거니까 더 이상 아무 말도 하지 마."

고등학교를 졸업한 지 올해로 꼭 십 년이 되는 해이니 그의 나이는 스물여덟이다.

그런데도 그는 특별하게 하는 일 없는 백수로 살고 있었다.

요즘 그의 유일한 취미는 만화 보는 것이다.

남아도는 시간을 죽이기에는 만화만큼 좋은 게 없었다.

요즘 새로 나온 작가들은 그림체도 좋고 스토리도 예전과 다르게 탄탄해서 한번 빠지면 헤어나지 못할 정도로 재밌게 만화를 그린다.

정신이 팔렸으니 밥 먹으라는 은서의 말을 들을 수 없었다.

종갓집 큰딸인 은서는 광고 전문 기업에 다녔는데 예쁘고 상냥해서 사람들에게 호감을 갖게 만드는 재원이었다.

나이는 스물여섯.

한창 피어난 꽃처럼 미모가 만개해서 인기가 하늘을 찔렀지만 언제나 정숙한 태도로 사람들을 대했기 때문에 회사의

총각들이 전부 열병을 앓았다.

하지만 그것은 다른 사람들한테 해당되는 이야기이고 강산에게만큼은 예외였다.

방문이 벌컥 열리며 은서의 뾰족한 음성이 튀어나왔다.

"밥 먹으라는 소리 안 들려? 꼭 두 번씩 부르게 할래?"

"어, 밥. 알았어."

눈알을 부라리는 은서를 향해 강산은 벌떡 일어나 급하게 대답했다.

그러나 은서의 몸은 돌아서고 없었다.

강산에 대한 은서의 신경질은 날이 갈수록 더해갔다.

마루에는 김 여사와 두 딸이 건너오는 은서와 강산을 영화 감상하듯 바라보고 있었다.

뭐, 형사가 범인을 잡아서 끌고 오는 장면과 비슷하긴 했다.

강산이 슬그머니 밥상머리에 앉자 둘째 딸 은영이 대뜸 째려보며 입을 열었다.

은영이는 집과 오 분 거리에 있는 한강대학교 영문학과 3학년이다.

"그렇게 만화가 재미있냐?"

"응."

"나이가 몇인데 아직도. 쯧쯧."

한심하다는 얼굴로 은영이 혀를 차자 옆에 있던 김 여사가 나서며 강산을 향해 부드럽게 말했다.

"배고플 텐데 어서 먹어."

"고기가 없네?"

밥상을 휘둘러본 강산이 입을 주욱 내밀며 한마디 하자 사방에서 살기에 찬 눈초리가 날아왔다.

특히 그의 체포에 혁혁한 공을 세운 은서는 도끼눈을 부릅떴다.

"그냥 안 먹을래?"

"요새 영양이 부족해서 얼굴이 푸석거려. 난 영양 보충이 필요하다고."

그 협박에 강산의 주둥이가 반쯤 들어갔다.

그럼에도 불쌍한 표정으로 어필하는 것은 잊어먹지 않았다.

김 여사가 웃으며 끼어든 것은 은서의 주먹이 반쯤 올라갔을 때다.

"미안해. 내일은 불고기 준비할게."

"엄마는, 미안하긴 뭐가 미안해? 하숙비도 밀린 주제에 자꾸 반찬 투정 하고 있어. 엄마, 이 기회에 강산 오빠 내쫓자. 니들 생각은 어때?"

"난 찬성."

"에이, 그건 너무했다. 불쌍한 백수 오빠, 너무 구박하지 말자, 우리."

은서의 제안에 은영이 생각할 것도 없다는 듯 바로 찬성을 해오자 막내인 은수가 숟가락을 흔들었다.

은수는 고 3인데 언제나 무슨 일이 있어도 잘생긴 강산의 편을 드는 든든한 우군이었다.

강산의 얼굴은 감동의 도가니로 변해 은수에게 함박웃음을 보이다가 즉시 표정이 변하면서 나머지 둘을 째려봤다.

"역시 내 편은 은수밖에 없어. 독한 것들, 어디 두고 보자."

강산은 저녁을 먹고 나면 언제나 마당에서 운동을 했다.

마당은 여덟 평 정도 되었는데, 수도가 한편에 설치되어 있고 한쪽에는 역기와 아령이 준비되어 있었다.

강산이 하숙을 들어오면서 가지고 온 것들이다.

시설이 잘된 헬스클럽에서 운동해야만 멋진 근육이 만들어지는 게 아니라는 걸 강산의 몸은 철저히 증명하고 있었다.

팽팽하게 당겨진 차돌 같은 잔근육.

선수들처럼 불끈불끈 솟아난 근육이 아니라 전신에 알알이 박혀 있는 아주 멋진 근육이었다.

거기에다 복부에 생생하게 수놓아진 임금 왕 자는 그야말로 여심을 뒤흔들어 놓을 만큼 환상적이었다.

문틈으로 그런 강산을 바라보는 세 자매의 눈은 완벽하게 고정된 채 움직일 줄을 몰랐다.

"살빠졌다."

"그렇긴 한데 백수잖아."

"조용히 안 할래?"

막내인 은수가 혼잣말처럼 중얼거리자 기다렸다는 듯 은영이 백수 타령을 했다.

그러자 마음 졸이며 지켜보던 은서가 도끼눈을 떴다.

자칫하면 남정네의 누드를 훔쳐본 죄로 전부 끌려나와 무릎 꿇고 두 팔 든 채 반성해야 될지도 모르기 때문이다.

운동을 마친 후 세수를 한 강산은 빨랫줄에 걸려 있는 수건으로 얼굴과 목을 닦았다.

그러다가 옆에 걸려 있는 여자 팬티를 발견하고는 신기한 눈으로 열심히 쳐다보기 시작했다.

강산이 더 이상 참지 못하고 팬티를 만진 것은 은서의 몸이 부들부들 떨리기 시작할 때였다.

그것은 은서의 팬티였다.

강산이 쳐다볼 때부터 그녀의 온몸이 부들부들 떨리더니 이윽고 강산이 그것에 손을 내밀자 누군가 알몸을 만진 것처럼 온몸에 전기가 흘렀다.

쾌감이 아닌 분노로 인해 발생한 현상이었다.

그랬기에 은서는 방문을 열어젖히며 강산을 향해 돌진했다.

"야, 너 뭐해!"

기겁하며 방으로 도망친 강산은 방문을 닫고 온 힘을 다해 문고리를 붙잡았다.

밖에는 이미 저승사자가 다가와 있었다.

여기서 문고리를 놓치거나 하는 불상사가 생긴다면 목숨을 부지하지 못할 상황까지 갈 수 있다는 걸 너무나 잘 알기에 강산은 사생결단의 심정으로 문고리를 잡고 늘어졌다.

"너, 문 안 열어!?"

"그거 네 거냐?"

"그러니까 왔지, 이 웬수야!"

물은 게 잘못이었다.

괜한 궁금증에 잠시 방심한 사이 은서가 괴력을 발휘해서 방문을 열고 들어섰다.

후회를 했으나 이미 때는 늦어 저승사자가 빗자루를 든 채 노려보고 있었다.

"일부러 그런 거 아니야. 전혀 다른 뜻이 없었다니까."

"시끄러워. 어디 만질 게 없어서 여자 속옷을 건드려? 너 성도착증 있니?"

결국 손에 들고 있던 빗자루가 날았다.

강호의 고수도 은서만큼 빗자루를 잘 쓰지는 못할 것이다.

팔을 들어 방어막을 구축했으나 은서의 빗자루는 그 틈을 뚫고 들어와 전신을 구타했다.

얼떨결에 빗자루를 잡은 건 벌써 얻어맞을 만큼 얻어맞은 후였다.

"우리, 말로 하자."

"넌 말로 해선 안 돼!"

은서가 빗자루를 빼려 하자 강산이 마지막 저항을 하며 소리쳤다.

"야, 넌 잘했냐? 신체 건강한 청년이 버젓이 살고 있는 집에 그런 걸 떡하니 걸어놓으면 어쩌라고! 넌 견물생심이란 말도 못 들어봤어?"

때릴 만큼 때렸고 맞을 만큼 맞았기에 잠시 쉬고 있던 빗자루가 강산의 그 말에 다시 허공을 가로지르며 날았다.

매를 버는 방법을 강산은 너무나 잘 알고 있었다.

씩씩대며 돌아온 은서가 빗자루를 휙 집어 던지고 마루로 올라오자 기다리고 있던 은영이 기대에 찬 시선으로 물었다.

"해치웠어?"

"거의 반쯤 죽여놨다."

그때 뒤늦게 난동을 확인한 김 여사가 궁금하다는 표정으로 중간에 끼어들었다.

"도대체 무슨 일이니?"

"강산 오빠가 큰언니 팬티를……."

"야!"

아무 생각 없이 막내 은수가 대답하자 은서에게서 비명이 터져 나왔다.

한 번만 더 입을 놀렸다가는 바로 즉결 처분하겠다는 의지가 그녀의 눈에서 무섭게 흘러나오고 있었지만 은수의 맷집은 그 정도는 충분히 커버링이 되는 모양이다.

"전부 걸려 있었는데, 강산 오빠가 귀신같이 큰언니 걸 집더라니까."

"설마 강산이가 일부러 그랬겠니."

"내가 봐도 일부러는 아니고, 수건 옆에 걸려 있다 보니까 호기심에 만져 본 것 같아."

"그렇겠지. 강산이 그런 애 아니다."

언제나 강산 편을 드는 두 모녀가 아주 죽이 척척 맞아 자신의 잘못으로 몰아가자 더 이상 참지 못하고 은서가 소리를 빽 질렀다.

"엄마가 저 인간을 몰라서 그래!"

"너 참 이상하다. 그렇게 얌전한 애가 강산이만 보면 왜 못 잡아먹어 안달이니?"

"나두 그게 이상해."

"저 인간이 나를 그렇게 만든다니까!"

모녀가 다시 한 번 맞장구를 치며 이상한 쪽으로 몰아가자 은서의 얼굴에서 억울함이 철철 흘러넘쳤다.

'조금 과했나?'

얼굴까지 시뻘겋게 붉어진 건 보너스인지 모르겠다.

은영이 나서며 가족들의 의견 상충을 제압한 것은 텔레비전에서 드라마가 막 시작될 때였다.

가장 좋아하는 드라마를 가족들의 분쟁으로 시청하지 못하는 불상사가 벌어지는 건 용납할 수 없는 일이었다.

"아, 흥분 가라앉히시고요, 날도 더운데 수박이나 먹읍시다. 엄마, 아까 사 온 수박 먹자."

"그럴까? 은서야, 가서 강산이 불러와."

은영의 중재에 언제 그랬냐는 듯 김 여사가 자리에서 일어났다.

그러면서 강산을 챙기는 것을 잊지 않고 은서에게 얼른 가 보라고 손짓했다.

"백수, 수박 먹어!"

"안 먹어! 빗자루로 때릴 땐 언제고 수박 먹으래. 씨."

"흐흥, 좋은 말로 할 때 나와라. 엄마 기다리신다."

사실 안 가겠다고 튕긴 건 말뿐이다.

이렇게 더운 여름날에는 시원한 수박을 먹어줘야 더위를 식힐 수 있었다.

하지만 한 짓이 있기 때문에 강산은 쉽게 일어나지 못했다.

팬티를 본 것도 잘못이고 더욱 큰 잘못은 만지기까지 했다는 것이다.

더군다나 피해 당사자이자 가해자인 은서가 부르는데 수박을 먹겠다고 쪼르르 달려간다는 것은 염치가 없어도 너무 없는 짓이다.

그러나 김 여사의 강산 챙기기는 매우 끈질겼다.

은서가 갔다 와도 강산이 오지 않자 이번에는 막내에게 눈 짓했다.

"은수야, 강산이 데리고 와."

"엄마, 오늘은 그냥 놔둬. 나 같아도 못 올 거 같은데?"

"강산 오빠가 그런 거 따지는 사람이야? 없어서 못 먹어."

"에이, 그래도 현행범인데 금방은 못 오지."

은수의 반항은 강력했다.

사실 그녀도 알 건 다 아는 고 3이고 은근히 잘생긴 강산에 대해 동경심을 가지고 있었기 때문에 팬티 사건으로 벌어진 지금 상황이 불편하긴 했다.

은영의 깐족거림에도 사정없이 자신의 주장을 관철시킨 건 바로 그런 이유 때문이었다.

그때 은서가 손을 저으며 나섰다.

"엄마, 놔둬요. 나중에 내가 갖다 줄게."

"그럴래?"

똑같은 패턴.

강산에 대해서 상황을 마무리 짓는 건 언제나 은서였고, 은서가 나서면 김 여사는 즉시 입을 닫았다.

그런 현상은 한두 번이 아니고 거의 매일 벌어지는 일이기 때문에 나머지 두 딸도 그저 그런가 보다 하는 편이었다.

제삼의 누군가가 본다면 분명 뭔가 이상한 냄새가 났을 텐데도 항상 같이 살다 보니 전혀 의문을 갖지 못하게 된 모양이다.

은영이가 화제를 돌린 것도 그런 맥락이었다.

"아, 그러고 보니 내일이 토요일이네?"

"맞다!"

"무슨 일 있니?"

"엄마도 알잖아. 강산 오빠 토요일이면 외출하는 거. 도대체 어딜 가는 거지?"

"신경 꺼라. 백수 주제에 갈 데가 어디 있을라고."

은영의 궁금증에 은서가 대뜸 나서며 손을 흔들었다.

그녀의 입에는 백수라는 말이 아주 붙어 다녔는데 그걸 김 여사는 매우 싫어했다.

"또 그런다. 강산이 완전 백수 아니야. 일도 해."

"무슨 일?"

"글쎄, 어떤 날은 흙을 잔뜩 묻혀 가지고 오고, 어떤 날은 생선 냄새도 나는데 물어봐도 대답을 안 해서 잘 모르겠어. 하지만 일하는 건 확실해."

"하기야 하숙비 내려면 일을 해야겠지. 그래도 그렇지, 생각나면 일하냐. 젊은 사람이 열심히 일해서 돈 벌 궁리를 해야지."

"그래도 일한다니까 다행이네. 기특하구만."

은영이는 부정적인 의견을 냈지만 은수는 여전히 강산 편을 들었다.

그때 김 여사의 입에서 한숨이 나왔다.

"강산이도 제대로 된 직장을 빨리 가져야 되는데 걱정이다."

"엄만, 요즘 취직하기가 하늘에 별 따기야. 대학도 못 나왔다는데 어딜 취직하겠어. 가만, 강산 오빠 토요일마다 데이트하나?"

"걔가 무슨 돈이 있다고 데이트를 하겠니?"

"강산 오빠 잘빠졌잖아. 혹시 알아? 돈 많은 아줌마랑 바람이라도 났는지."

"얘는 말도 안 되는 소릴 하고 있어!"

김 여사가 도끼눈을 뜨고 은영이를 노려보며 소리를 높였다.

이럴 때의 김 여사는 딸들에게 가차 없이 제재를 가했다. 남의 가슴을 아프게 하는 말은 절대 해서는 안 된다는 게 그녀의 신조였다.

은서가 나선 것은 김 여사의 질책에 은영이 입을 삐죽이며 드라마 쪽으로 고개를 돌릴 때였다.

"걱정 마. 내일 저 인간 뭐 하는지 내가 확실하게 알아 올 테니까."

강산은 외출 준비를 마치고 거울 앞에 섰다.

오랜만에 조이고 광을 냈더니 온몸이 반짝반짝 빛이 났다.

마지막으로 머리에 왁스를 발라 곱게 단장하고 방문을 나서자 사월의 따스한 햇살이 반갑게 다가왔다.

저절로 기분이 좋아져 콧노래가 나오고 발걸음이 가벼워지는 그런 날씨였다.

이럴 때 차가 있다면 근교로 드라이브를 나가는 것도 즐거울 테지만 안타깝게도 그에게는 차가 없으니 두 다리 11호 자동차를 열심히 운전하는 수밖에 없었다.

그가 대문을 나서자 잠시 후 문이 살며시 열리며 캐주얼 차림의 은서가 고양이 걸음으로 따르기 시작했다.

그녀는 마치 영화에 나오는 스파이처럼 자세를 바짝 낮춘 채 전봇대와 집들 사이의 골목을 왔다 갔다 하며 강산을 추격했는데 그 모습이 어설퍼 웃음이 나올 지경이다.

자신이 추격당하는지 꿈에도 모르는 듯 강산은 여전히 콧노래를 부르며 버스 정거장까지 걸어갔다.

집에서 버스 정거장까지는 백 미터 정도 떨어져 있기 때문에 천천히 걸어도 오 분이면 충분했고, 강산이 앞만 열심히 보면서 걸었기 때문에 들키지는 않았지만 문제는 추격이 처음이라는 데서 오는 미숙함이었다.

버스 정거장까지 따라가는 건 완벽했으나 막상 강산이 버스를 타버리자 은서는 당황해서 어찌할 바를 몰랐다.

버스가 오자마자 강산이 잽싸게 올라탔기 때문이다.

설마 저렇게 갑자기 버스를 탈 줄은 꿈에도 생각지 못했기 때문에 그녀는 황당한 표정으로 멍하니 떠난 버스를 지켜봤다.

닭 쫓던 개 지붕 쳐다본다는 격언과 정말 기가 막히게 어울리는 상황이었다.

그러나 하늘이 무너져도 솟아날 구멍이 있다더니 그런 상황이 갑자기 눈앞에 척 나타났다.

버스가 떠난 후 기적처럼 택시가 다가와 손님을 토해내며 은서를 보고 방긋방긋 웃은 것이다.

이런 걸 보고 천우신조라고 하는 모양이다.

손님이 내리자마자 뒷좌석에 뛰어오른 은서를 보며 택시 기사가 황당한 표정을 짓다가 곧 표정을 바꾸며 느긋한 목소리로 물었다.

"어디로 모실까요?"

"아저씨, 저 버스 좀 따라가 주세요. 놓치면 안 돼요."

"무슨 일이신가. 애인이 바람났어요? 하여간 걱정 마세요. 설마 택시가 버스를 놓칠까. 내 전공이 추적이니까 걱정하지 마쇼."

처음에는 권태로운 얼굴로 묻던 택시 기사의 얼굴에 갑자기 생기가 돌기 시작했다.

그는 이 상황을 반복된 일상으로 인해 생겨난 자신의 공허함을 달랠 수 있는 계기로 여긴 모양이다.

버스는 오랜 시간을 달렸다.

국립묘지를 지나 고속터미널이 우측으로 보이더니 어느새 방향을 틀어 양재역을 끼고 돌았다.

그런 후 한참을 더 간 뒤 과천으로 들어섰다.

버스 종점은 과천이었고, 강산이 내린 곳은 과천으로 들어가는 초입이었다.

목적지가 있는 사람은 언제나 망설이는 법이 없다.

지금의 강산처럼.

강산은 버스에서 내리자마자 횡단보도를 건넜는데 점점 사람이 많아지기 시작해서 은서는 그를 놓치지 않기 위해 바짝 따라붙어야 했다.

은서는 사람이 많아진 이유를 표지판을 확인하고서야 알 수 있었다.

표지판은 어린이대공원과 경마장 안내문이 같이 적혀 있었는데 거리는 오백 미터가 남았음을 알려주고 있었다.

강산이 가는 쪽은 어린이대공원과 경마장이 모여 있는 곳이었기 때문에 가족 단위의 행락객들로 도로가 가득 찼다.

사람이 많으니 거리를 좁힐 필요가 있어 은서는 부지런히 걸어 강산의 뒤 십 미터까지 따라붙었다.

강산은 여전히 아무런 의심 없이 여유 있는 걸음으로 앞만 보며 걷고 있었다.

한참을 걸어 강산이 들어간 곳은 경마장이었다.

너무 의외였기 때문에 몇 번이나 다시 확인해 봤지만 질주하는 말이 그려진 플래카드와 깃발들이 사방에 걸려 있었고, 사람들은 마권을 든 채 오늘 있을 경주들에 대해 열띤 토론을 벌이는 걸 봐서는 경마장이 분명했다.

물결무늬로 장식된 정문을 통과해서 안으로 들어서자 셀 수 없이 많은 사람이 북적거리며 줄을 서 있는 것이 보였다.

줄은 끝도 없어 기다린다면 엄청 오랜 시간이 걸릴 것으로 보였는데 다행스럽게 강산은 그 줄을 지나쳐 곧장 계단을 올라갔다.

계단이 끝난 곳에는 눈앞이 훤히 트일 만큼 거대한 스탠드와 말들이 질주하는 트랙이 펼쳐져 있었다.

그 거대한 스탠드에 빽빽이 들어찬 사람들은 마권을 흔들며 고함을 지르고 있었는데, 강산은 그 사이를 뚫고 들어가 자리를 잡았다.

이건 열광이 아니라 광기에 가까웠다.

달리는 말들을 향해 미친 듯 고함치는 관중들의 모습은 이성을 잃은 것처럼 보였다.

강산은 곧 사람들과 동화되어 말의 경주를 열심히 지켜보기 시작했다.

손에는 뭔가 이상한 책자가 들려 있었는데, 그는 뭔가를 확인하듯 책과 경주를 번갈아가며 살피고 있었다.

경마는 금방 끝났다.

돈을 잃은 사람들의 탄식 소리가 여기저기서 흘러나왔고, 그 와중에 기쁨에 젖어 소리를 지르는 중년 남자의 목소리도 들렸다.

강산은 그 와중에 책자를 열심히 들여다보며 볼펜으로 밑줄을 긋고 뭔가를 적기 시작했다.

아마 다음 시합을 대비해서 나름대로 정보 수집을 하는 것처럼 보였다.

그런 모습을 확인한 은서의 두 눈이 붉어졌다.

두 손은 분함으로 꼬옥 쥐어져 있었는데 전혀 상상하지 못한 강산의 행동에 배신감을 느낀 모양이다.

"이강산, 주말마다 겨우 한다는 게 이거였어?"

중얼거리는 그녀의 목소리가 잘게 떨려 나오고 있었다.

복잡한 사람들 사이를 빠져나오는 강산의 얼굴은 심각했다.

경마장은 생각보다 훨씬 사람이 많았고, 그 사람들 대부분이 헛되게 돈을 날린 후 깊은 시름에 빠져 있었다.

잠깐 동안의 쾌락을 위해 아주 오랜 시간 고통 속으로 빠져드는 사람들의 모습에서 그는 안타까움을 느껴야 했다.

도대체 이해할 수 없다.

몇 주 전에 가본 강원랜드도 마찬가지였다.

그 큰 건물에 발 디딜 틈조차 없을 만큼 많은 사람이 꽉꽉 들어차 도박을 하고 있었는데, 그 금액이 천문학적 수준이었다.

경마장, 경륜장, 강원랜드.

국민을 도박에 빠뜨려 돈을 벌겠다는 얄팍하고 멍청한 정책을 펼친 위정자들이 과연 누구란 말인가.

과연 이런 국가가 정상적인지 이해가 되지 않았다.

물론 미국이나 유럽에도 카지노가 있고 경마장이 있기는 하다.

하지만 그 나라들은 국민의 건전한 여가를 위해 운영할 뿐 국민을 도박에 중독되도록 만들지 않는데 대한민국은 정부가 솔선수범해서 국민을 도박의 세계로 안내하고 있었다.

불편한 마음으로 경마장 정문을 나와 광장으로 걸어가는데 갑자기 오른쪽에서 자신의 이름을 부르는 소리가 들렸다.

눈을 돌려 바라보니 한석만이 아름다운 여자와 함께 서 있다가 마치 귀신을 본 것처럼 놀란 얼굴로 다가왔다.

한석만은 강산이 고 3 때 강남의 명문 사립학교인 청명고로 전학 갔을 때 일 년 동안 단짝으로 지내던 놈이다.

아버지가 강남의 유명한 성형외과 의사라서 먹고사는 데 지장이 없다며 학교를 건성건성 다녔지만 강산과는 죽이 잘 맞아 한시도 떨어진 적이 없었다.

강산이 고등학교를 졸업하고 미국으로 건너간 후부터 연락이 끊겼으니 십 년 만의 만남이다.

"이강산, 이 자식아!"

"석만아, 오랜만이다."

"너 어떻게 된 거야?"

"살다 보니 그렇게 됐다. 그나저나 너 신수가 훤해졌다? 금방 못 알아보겠어."

그럴싸하게 차려입은 석만을 보며 강산이 놀란 표정을 지었다.

키는 변하지 않았지만 나름대로 열심히 몸 관리를 했는지 날렵해져 있었고 비싸 보이는 바지와 슈트를 받쳐 입었는데 꽤나 잘 어울렸다.

구두와 손목에 찬 시계는 척 봐도 명품으로 보였다.

하지만 석만은 어깨를 으쓱하며 별것 아니라는 표정을 지었다.

"대장이 부자라고 했잖아. 대장은 날 죽이려고 하지만 우리 엄마는 안 그러거든."

"여전하구나."

"넌 뭐해 먹고 살기에 옷차림이 그 모양이냐?"

"놀아."

"얼씨구!"

"가끔가다 일도 하고."

"그런 놈이 경마장엘 다녀?"

"구경 왔다. 난 돈이 없어서 하고 싶어도 못 해."

강산의 대답에 한석만이 고개를 끄덕였다.

청바지에 면 티, 그리고 체크무늬 남방.

전형적인 백수 패션이다.

만약 경마를 한다고 해도 겨우 코 묻은 돈으로 입질이나 하다가 갈 게 뻔했기에 석만은 슬그머니 화제를 돌렸다.

"그건 그렇다 치고, 지금 어디 사냐?"

"흑석동."

"부모님은 들어오셨고?"

"아니, 거기서 나 혼자 하숙해."

"하여간 넌 미스터리한 인간이다. 십 년 만에 불쑥 나타나다니."

"널 보니까 새삼 고딩 시절이 그리워지네. 애들은 만나냐?"

"우리 매달 모임 한다. 이번 주 목요일에 하니까 너도 나와라."

"목요일?"

"그래, 오랜만에 애들 얼굴이나 봐. 태희하고 현수도 나온다. 애들도 너 보고 싶어 할 거야."

"생각해 보고."

"빼는 건 여전하구만. 까불지 말고 네 핸드폰 내놔."

"왜?"

"또 사라질까 봐 그런다, 인마!"

석만은 주머니에서 꺼낸 강산의 핸드폰을 뺏어 든 후 번호를 쓱쓱 누르고 통화 버튼을 눌렀다.

그러자 잠시 후 석만의 슈트에서 경쾌한 음악 소리가 들렸다.

자신의 번호를 입력한 모양이다.

"그거 내 전번이니까 저장해라. 나 지금 바빠서 가봐야 되거든. 내가 전화할 테니까 춘향이가 몽룡이 기다리듯 기다리고 있어. 알겠냐?"

"지랄."

"자세한 이야기는 목요일 날 듣자. 자, 그럼 난 간다."

한석만은 대답도 듣지 않고 몸을 돌려 바쁘게 광장 맞은편쪽으로 걸어갔다.

그곳에는 아까 본 아리따운 아가씨가 석만을 기다리고 있었다.

❊

마루에 앉아 커피를 마시며 세 모녀가 도란도란 이야기를 나누고 있다.

은수는 토요일인데도 불구하고 하루 종일 도서관에 있다가 금방 왔고, 은영은 방에서 꼼짝 않고 뒹굴다가 음악 프로그램을 보기 위해 마루로 나왔다.

요즘 들어 은수는 표정이 자꾸 어두워지는 게 공부가 힘든 것 같았다.

"막내야, 공부는 잘되니?"

"그냥 하는 거지, 뭐."

"너 공부를 하긴 하는 거야?"

김 여사의 질문에 은수가 시큰둥하게 대답하자 커피를 입에 물고 있던 은영이 불쑥 나섰다.

그 목소리에는 가시가 달려 있었기 때문에 은수의 목소리도 변했다.

"당연하지. 그런데 왜 그래?"

"몰라서 물어?"

"뭘?"

"자꾸 남자애들이 따라오잖아!"

"정말이니? 언제?"

딸들의 대화에 놀란 얼굴로 김 여사가 끼어들었다.

그녀는 은영이 말한 사실을 처음 안 모양인지 황당한 표정을 짓고 있었다.

"벌써 세 놈이나 집까지 따라왔다니까."

"세 명이나?"

"내가 본 것만 해도 그래. 조그만 게 색기가 좔좔 흐르나 봐."

"언니!"

은영의 질책에 은수의 목소리가 뾰족하게 튀어나왔다.

하지만 은영은 끄덕하지 않고 계속해서 말을 이었다.

"그러니까 처신 잘해."

"그게 내 잘못이야? 지들이 좋아서 따라다니는 걸 나보고 어떡하라고. 난 그런 애들 신경 안 써. 공부하는 것만으로도 힘들어 죽겠단 말이야."

"내 경험으로 봤을 때 그건 다 네 잘못이다."

"언니, 정말 왜 이래?"

"너 레이더란 말 알지?"

"레이더가 뭔데?"

김 여사와 은수가 동시에 의아한 표정으로 반문하자 은영이 양손 검지를 머리에 얹고 고개를 좌우로 돌렸다.

"전파 추적 장치."

"그게 뭐 어떻다고?"

"네 눈이 레이더처럼 움직이지 않았는지 잘 생각해 봐. 가슴에 손을 올려놓고. 너 걔들하고 눈 마주친 적 없어?"

"그건 걔들이 먼저 쳐다보니까."

"쳐다본다고 같이 보냐?"

"이씨, 그럼 하루 종일 땅만 보고 다녀?"

"남자애들은 단순해서 한 번만 쳐다봐도 자기한테 관심 있다고 생각하는 동물이야. 그러니까 대학 가고 싶으면 땅만 보고 다녀. 요즘은 워낙 치열해서 잠시 한눈팔면 아웃이란 거 몰라? 너는 신경 쓰지 않는다고 하지만 잘못해서 한번 필 받으면 그걸로 게임 끝나는 거야, 이 계집애야!"

"듣고 보니 언니 말이 맞네. 막내야, 연애는 대학 가서 해도 충분해. 아휴, 우리 딸들은 너무 예뻐서 엄마가 걱정이 태산이다."

"엄마까지 왜 이래? 그렇잖아도 힘들어 죽겠는데. 난 지금 연애할 생각이 전혀 없으니까 걱정하지 마세요."

"정말이니? 그러면 고맙지."

은수의 대답을 들은 후에야 김 여사의 얼굴에 웃음이 돌아왔다.

언제나 딸들을 믿으며 살아왔기 때문에 은수가 다짐을 하자 안심하며 김 여사는 딸의 어깨를 다정스럽게 두들겨 주었다.

문이 열리며 은서가 들어온 것은 텔레비전에서 이번 주 일등 곡을 발표하기 위해 사회자가 변죽을 올리고 있을 때였다.

은서의 얼굴은 말이 아니었다.

무슨 고민이 있는지 잔뜩 흐려 있었는데 손가락으로 찌르면 푹 쓰러질 정도로 지친 모습이었다.

"엄마, 밥 줘. 배고파 죽겠어."

"애, 지금 다섯 시밖에 안 됐어.

"나 점심 굶었거든. 그 인간 때문에."

"도대체 무슨 소린지 모르겠다. 왜 그러니?"

"그럴 일이 있었어요. 엄마, 나 라면 끓여줘."

"어, 잠시만 기다려라."

걱정스러운 모습으로 김 여사가 자리에서 일어나 부엌으로 가자 은영이 대신 나섰다.

그녀의 얼굴에는 궁금증이 한가득 들어 있었다.

"어떻게 됐어?"

"배고파서 얘기할 힘도 없다. 일단 먹고 하자."

잠시 후 김 여사가 라면을 끓인 상을 가지고 마루로 오자 은서는 젓가락을 들고 열심히 먹기 시작했는데 거의 폭풍 흡입 수준이었다.

아무리 좋게 봐주려고 해도 고 3인 은수의 눈에는 절대 이해되지 않는 모습이다.

"한 끼 굶었다고 저럴 수가 있어? 저 여자가 우아와 고상을 친구 삼아 살던 우리 큰언니 맞아?"

"네가 언니의 진면목을 몰라서 그래. 우아와 고상은 평상시 얘기고 배고프면 물불 안 가리는 여자거든. 거, 대충 먹고 이젠 말 좀 해보지?"

냄비에서 라면의 모습이 거의 사라지자 은영이 참지 못하고 나섰다.

하루 종일 추적했으니 성과 보고를 해야 되는데 라면 먹느라 은서는 대중의 알 권리를 완벽하게 무시하는 중이다.

국물까지 다 마신 후 젓가락을 내려놓은 후에야 은서의 얼굴에 만족감이 흘렀다.

"아, 이젠 살 것 같다."

"정말 배 많이 고팠던 모양이구나."

"하루 종일 걸어 다녔더니 힘들어 죽겠어요."

"그래, 강산인 뭐 하디?"

"어휴, 그 인간, 생각만 해도 괘씸해 죽겠어. 하여간 오늘은 내가 끝장을 보고 말 거야."

"왜, 무슨 일 있었어?"

이번에 나선 것은 은수였다.

강산의 일에 대해서는 모두가 궁금했지만 은서의 입에서 신경질적인 말이 나오자 은수의 얼굴이 흐려졌다.

은수는 강산의 일이라면 신경을 곤두세웠다.

"확실하지 않아서 지금은 말하기가 곤란해. 이따가 대질 심문을 해봐야 확실해지니까 그때까지 기다려. 난 피곤해서 좀 쉬어야겠다. 강산 오빠 들어오면 깨워."

"강산 오빠 들어오면?"

"응, 들어오자마자 즉시. 알았지?"

"어, 알았어."

강산은 경마장에서 나와 몇 군데를 더 들른 후 정육점에서 소고기를 샀다.

어제 반찬 투정을 한 게 마음에 걸려서 오랜만에 지갑을 열었는데 고기를 사고 나자 그 많던 돈이 반으로 푹 줄어버렸다.

은수한테서 전화가 온 것은 집 앞 백 미터 전이었다.

—오빠, 어디야?

"어 거의 집에 다 왔어. 왜 그래, 귀여운 막내 아가씨?"

—흐흥, 어떻게 알았어, 나 귀여운 거?

"에이, 그건 척 보면 아는 거지."

—알았고, 조심해야 될 일이 생겼다.

"그게 뭔데?"

—큰언니가 오빠 기다려.

"은서가 잘생긴 오빠를 왜 기다려?"

—웃을 일이 아닌 것 같아. 아무래도 분위기가 심상찮으니까 조심해.

"저번 속옷 사건 때문인가?"

—그건 아닌 것 같은데, 하여간 저기압이야.

"그게 아니면 난 잘못한 거 없다. 걱정하지 마. 오빠가 소고기 사서 가져가니까 오늘 우리 배 터지게 먹어보자."

전화로 은수와 웃고 떠드는 사이 집에 도착했다.

큰소리를 쳤지만 막상 문 앞에 서자 뭔가 불안감이 머릿속을 휘저었다.

은서의 빗자루 공격은 자신의 방어막을 해체시키는 탁월한 능력을 가지고 있었다.

"잘못한 건 없는데 괜히 찔리네. 그놈의 계집애, 성질머리가 지랄 같아서."

문을 열고 강산이 들어서자 독에서 김치를 꺼내던 김 여사와 마당에서 체육복 차림으로 줄넘기를 하던 은영이 탐색하듯 강산을 훑어봤다.

그녀들의 눈은 뭔가를 맹렬하게 찾는 탐정의 눈과 비슷했다.

하지만 김 여사의 눈은 강산의 손에 들린 검은 봉투를 확인하곤 즉시 호기심으로 바뀌었다.

"늦었네. 그건 뭐니?"

"소고기 사 왔어요."

"그런 건 뭐하러 사 와. 불고기거리 사다 재놨는데."

"엄마, 이거 등심이에요. 그건 내일 먹고 오늘은 이거 구워 먹어요."

"돈도 없으면서 괜한 데 돈을 쓰고 그러니. 가만 있어봐. 그럼 불판 씻어야겠네."

김 여사가 강산으로부터 고기를 건네받고 부지런히 부엌으로 들어가자 한심한 표정으로 지켜보고 있던 은영이 나섰다.

"오빠, 제 발 저린 거지?"

"응? 무슨 발?"

"지금 은서 언니 무지 열 받아 있거든. 자수해서 광명 찾지?"

"아까 은수도 그러더니 너까지 왜 그래? 난 잘못한 거 없다."

"어허, 이 사람이. 이실직고하면 상당량의 감형을 내가 보장한데도!"

"정말 난 잘못한 거 없다니까!"

강산이 억울하다는 표정으로 펄쩍 뛸 때 방문이 벌컥 열리고 마루를 지나 달려온 은서가 강산의 손을 붙잡았다.

깜짝 놀라 손을 빼려고 했으나 그녀의 손아귀는 이미 강산의 손을 완벽하게 낚아채고 있었다.

"말로 할 때 따라와!"

"너 왜 그래?"

잘못한 건 없어도 이렇게 납치를 당하게 되면 겁을 집어먹게 되어 있다.

더군다나 은서는 강산을 방바닥에 앉혀놓고 허리에 양손을 척 얹은 채 섰는데 한눈에 봐도 엄청 열 받은 모습이다.

이럴 땐 적극적 대응보다는 방어 위주의 전략을 펴는 것이 옳았다.

"오빠, 미쳤어?"

"왜 그러는 건데? 말을 해줘야 알지."

"시치미 떼지 마. 어떻게 백수가 그럴 수 있어?"

"……."

"토요일마다 간 게 겨우 경마장이라니, 기가 막혀서 내가 말이 안 나와!"

"경마장 간 거 어떻게 알았어?"

"따라다녔다."

"네가 탐정이냐? 나를 왜 따라다녀?"

경마장 이야기를 하며 눈가를 붉히던 은서가 결국 눈물을 또르르 떨어뜨리며 강산의 등짝을 때렸다.

엉뚱한 소릴 하는 강산이 미워 더 이상 참지 못한 모양이다.

"말도 안 되는 소리 자꾸 할래!"

"경마장은 오늘 처음 가본 거야. 내가 무슨 돈이 있어서 경마를 해."

"거짓말하지 마. 토요일마다 갔잖아."

"정말이야. 저번 주는 영등포 수산시장 갔다 왔다고."

"수산시장?"

"그래. 이 주 전에는 가락시장 갔고."

"왜 갔는데?"

"맨날 백수로 살 수는 없잖아. 그래서 사업 구상하려고 다녔지."

"정말이야?"

"난 거짓말 못하는 사람이다."

은서의 눈이 예리하게 강산을 살폈다.

조금이라도 의심되는 점이 있으면 바로 응징할 태세이다.

하지만 곧 은서는 슬그머니 한발 물러섰다. 워낙 강력한 저항이었고 표정 연기가 완벽해서 거짓이란 걸 밝히는 게 어려웠기 때문이다.

그럼에도 그녀는 의심을 완전하게 풀지 못하고 마지막 협박의 말을 빼먹지 않았다.

"흥, 좋아. 한 번 걸린 거니까 그 변명, 믿어주지. 하지만 한 번만 더 걸려봐. 그땐 우리 집에서 내쫓아 버릴 거야. 빨리 씻고 밥 먹어. 사업 구상은 개뿔, 쥐뿔도 없는 주제에."

말을 마친 은서는 홱 돌아서 방문을 소리 나게 닫고 나갔다.

은서의 마지막 말이 가슴에 화살처럼 날아와 박혔으나 강산은 아무 말도 하지 못하고 냉기가 폴폴 날리는 그녀의 뒷모습만 지켜봐야 했다.

섣불리 방어망을 풀고 공세로 전환했다가는 단칼에 목숨이 위태로워질 수도 있기 때문이다.

타워크레인이 설치된 아파트 공사 현장은 앙상하게 비틀어진 나뭇가지와 많이 닮았다.

아무런 장식도 없고 콘크리트 냄새와 사방에 널려 있는 건설 자재의 흩어진 모습이 삭막한 인간 군상의 삶을 보는 것 같았다.

강산은 펌프카에서 부어지는 콘크리트 튜브를 김 씨와 함께 붙잡은 채 좌에서 우로 힘들게 움직였다.

그들이 작업하는 통로에는 여러 사람이 몰려 있어 매우 위험해 보였다.

벌써 22층까지 올라온 상태이기 때문에 잘못해서 떨어지기라도 하면 그야말로 뼈도 못 추릴 것이다.

작업모를 쓴 이마에서 땀이 흐를 때 같이 일하던 김 씨가 비틀거리더니 쓰러졌다.

놀라서 움찔하는 사이 콘크리트가 경로를 벗어나자 다른 사람들은 급하게 다시 일을 시작했고, 강산만이 한 손으로 김 씨를 부축했다.

"아저씨, 괜찮아요?"

"괜찮아. 늙으니까 힘에 부치는구먼."

"저쪽에서 잠시 쉬세요. 이건 저 혼자 할게요."

"혼자 하긴 너무 힘들잖아."

"괜찮다니까요. 빨리요!"

소리를 질러 억지로 김 씨를 뒤로 물러나게 한 강산은 혼자 튜브를 잡았다.

비싼 노임을 주면서까지 튜브를 두 사람에게 맡기는 것은 혼자서는 감당이 안 될 정도로 힘든 일이기 때문이다.

강산의 몸은 튜브에서 뿜어져 나오는 압력을 막아내느라 얼굴이 시뻘게졌고 몸은 수초처럼 흔들렸다.

그럼에도 그는 한 마디 불평도 하지 않고 끝끝내 튜브를 손에서 놓지 않았다.

일이 무사히 끝난 것은 그로부터 한 시간이나 더 지난 후였는데 강산은 녹초가 되어 바닥에 털썩 주저앉은 채 한동안 일어서지 못했다.

힘든 일을 끝낸 후 마시는 한 잔의 맥주는 삶의 활력소가 된다.

이 반장의 콘크리트 팀은 그래서 일이 끝나면 항상 동네 치킨집에 모여 하루의 피로를 풀어냈다.

야외에 설치되어 있는 탁자에서 와자하게 웃고 있는 팀원들 앞에는 뼈만 남은 통닭의 잔해와 빈 맥주잔만 남아 있다.

저녁을 먹고 치킨집에 모인 게 두 시간 전이었으니 벌써 열 시가 훌쩍 넘었다.

이 반장이 담배를 재떨이에 비비며 입을 연 것은 마지막 남은 맥주를 강산이 한입에 털어 넣었을 때다.

"강산아, 정말 그만둘 거냐?"

"네, 반장님."

"무슨 일 있는 건 아니지?"

"다른 일 하려고요. 젊었을 때 이것저것 해봐야죠."

"이제 두 달 정도면 일이 끝날 텐데 웬만하면 계속하지 그래?"

"저도 그러고 싶은데 당장 내일부터 다른 일을 해야 돼요. 저 이래 봬도 꽤 바쁘게 살아요."

"하긴 콘크리트 치는 일이 매일 있는 것도 아니니 먹고살기 힘들 테지. 젊은 놈이 평생 할 일도 아니고. 그래도 석 달을 같이 일했는데 막상 떠난다니까 서운하다."

"가끔 찾아뵐게요."

강산이 웃으며 대답하자 일할 때 쓰러져서 강산을 힘들게 한 김 씨가 어렵게 입을 열었다.

"강산아, 그동안 고마웠다. 나 때문에 네가 고생 많았어."

"별말씀을요. 김 씨 아저씨 덕분에 많이 배운걸요."

"나한테 배운 게 뭐가 있다고. 넌 착해서 어딜 가도 잘할 거야. 내가 잊지 않으마."

김 씨가 강산의 두 손을 잡았다.

그의 손은 늙고 메말랐으나 정이 듬뿍 담겨 있었다.

이 반장이 일어나며 자리를 정리한 것은 나머지 사람들이 김 씨의 행동에 푸근한 웃음을 터뜨리고 있을 때였다.

"내일도 새벽부터 일해야 하니까 그만 일어납시다. 강산이는 언제든 일 필요하면 찾아오고. 알았지?"

마당을 서성거리던 은서는 강산이 콘크리트가 잔뜩 묻은 작업복 차림으로 들어서자 한심하단 표정을 지었다.

강산의 옷은 시멘트가 말라붙어 뿌옇게 변해 있었다.

"은서야, 왜 나와 있어? 나 기다린 거야?"

"옷 꼴이 그게 뭐야? 막노동하고 왔어?"

"막노동은 아니야."

"막노동이 아니면 도대체 무슨 일인데 옷이 그렇게 돼?"

"아파트에서 콘크리트 치는 건데, 상당히 숙련된 기술이 필요한 일이야."

아무리 여자라도 그게 무슨 일인지 정도는 알고 있다.

전형적인 블루칼라의 일.

숙련된 기술이 필요하다 해도 몸으로 때우는 일이란 건 다른 세상에 사는 그녀도 충분히 알고 있었다.

그랬기에 은서의 목소리는 부드러울 수가 없었다.

"그래서, 그게 자랑스럽니?"

"너 왜 그래?"

"그 일이 좋아?"

"누가 좋대? 하숙비라도 벌려고 한 거지."

"좋아, 그럼 그 일, 언제까지 할 건데?"

"오늘부로 그만뒀다."

"왜?"

"다른 일 하려고."

강산의 대답에 은서의 눈빛이 슬며시 변했다.

기대에 찬 눈빛이다.

"어떤 일? 혹시 저번에 말한 사업 구상이 끝났어?"

"아니, 그건 아니고, 너무 힘들어서 다른 거 해볼 생각이야."

"그러니까 그게 뭐냐고?"

"내일부터 찾아볼 거다."

"무슨 일 할 건지 결정도 안 하고 그만둔 거야?"

"천천히 찾으면 돼. 일이야 사방에 깔려 있잖아."

태연해도 너무나 태연하다.

결국 놀면서 일을 찾아보겠다는 건데, 지금까지 해오던 패턴을 그대로 반복하겠다는 것이다.

하루 벌어서 하루 먹고사는 인생.

미래에 대한 계획도 없고 자신에 대한 책임감도 없으니 남자로서는 빵점에 가깝다.

그랬기에 은서는 절망적으로 고개를 흔들었다.

"정말 오빠는 구제불능이다."

"야, 너 뭐냐? 네가 내 마누라라도 되냐? 왜 사사건건 참견이야?"

"오빠 사는 게 한심해서 그런다."

"내가 뭐 어때서? 내가 얼마나 열심히 사는데 그런 소릴 해!"

확실히 은서와 은영의 방은 강산의 방과 달랐다.

양쪽으로 침대가 놓여 있고 정면에는 책상이, 맞은편에는 옷장이 있다.

그것만이라면 별 차이가 없겠지만 그녀들의 방에는 기분 좋은 향기가 있고, 아기자기한 액자들과 소품이 방을 장식해서 예쁘다는 느낌이 들었다.

은영이 침대에서 책을 보다가 일어난 것은 은서가 벌컥 문을 열고 들어왔기 때문이다.

"왜 나가서 청승을 떠나 했더니 강산 오빠 기다렸던 거야?"

"아니거든!"

"작작 하지. 강산 오빠 불쌍하다."

"인간이 말이야, 도대체 예쁘게 봐주려야 봐줄 수가 없어."

"왜, 강산 오빠가 예쁘게 봐달래?"

"너 자꾸 딴소리 할 거야!"

"언니 요즘 들어 점점 이상해지는 거 알아?"

"내가 뭐?"

"강산 오빠에 대한 관심이 지나쳐. 혹시 강산 오빠 좋아해?"

"내가 미쳤니, 그런 한심한 인간을 좋아하게?"

"양심에 손을 얹고 생각해 보지. 내 수많은 연애 경험으로
봤을 때 언니의 감정에 이상이 생긴 거 같거든."

"헛소리하지 말고 잠이나 자."

묘한 눈빛으로 바라보는 은영의 시선을 차단하며 은서의
몸이 확 돌아섰다.

하지만 냉정하게 돌아선 그녀의 눈은 붉어져 있고 입술은
아플 정도로 깨물려 있었다.

다음 날 아침.

네 활개를 벌리고 자고 있는 강산의 모습은 아름다움을 넘
어 예술적이었다.

얼마나 피곤했는지 대자로 뻗은 채였는데, 머리는 헝클어
져 수세미를 연상시켰고 이불은 반쯤 흘러내려 엉덩이가 모
두 노출되어 있었다.

은수가 방문을 열고 소리친 것은 문밖에서 부른 것에 대한 대꾸가 없었기 때문이다.

"오빠, 밥 먹어!"

"나 이따 먹을게."

단잠에 빠져 있던 강산이 날카로운 목소리에 반응하며 손을 흔들었다.

그의 목소리는 잠겨 있어 제대로 알아듣기가 힘들었다.

하지만 은수는 쉽게 포기하지 않았다.

"우리 집은 식사 시간 외에는 밥 안 주는 거 몰라? 까불지 말고 일어나!"

"이 집 여자들은 어째 하나같이 성질이 지랄 맞니. 일어난다, 일어나."

억지로 일어난 강산이 머리를 흔들었다.

잠에 취한 상태에서도 은수의 말을 듣고 있자니 뱃속에서 꼬르륵 소리가 들려왔기 때문이다.

잠이야 언제든 잘 수 있지만 아침 식사는 지금이 아니면 절대 다시 먹을 수 없다는 생각이 문득 들었다.

그랬기에 부스스한 모습으로 강산은 방에서 빠져나와 밥상머리에 앉았다.

"강산아, 오늘은 일 안 나가니?"

"예."

"어제 늦었다며?"

"하던 일 그만둬서 마지막으로 술 한잔했어요."

"그럼 또 노는 거야?"

"놀면 하숙비는 어떡해요. 저녁에 다른 일 하려고요."

김 여사가 전해준 밥과 국을 정돈하며 강산이 대답하자 은영이 불쑥 나섰다.

어젯밤 은서의 말과 달랐기 때문이다.

"당분간 논다더니 아닌 모양이네. 그런데 왜 저녁에 일을 나가? 오빠 이제 본격적으로 제비 세계에 진출할 모양이지?"

"듣고 보니 그러네."

"내버려 둬. 낮에 하든 새벽에 하든 무슨 상관이야!"

은영의 날카로운 추리에 은수가 고개를 끄덕이며 긍정의 표시를 보낸 것과 달리 은서의 반응은 냉담했다.

그녀의 말투는 너무나 차가워서 화를 내는 것처럼 보일 정도였는데 말의 내용도 그에 못지않게 날이 서 있었다.

그게 강산을 서운하게 한 모양이다.

"은서야, 너 어제부터 왜 그러니? 그건 너의 아름다운 미모와 전혀 안 어울려."

"간지러워. 하지 마."

"간질이려고 그런 거 아냐. 원래 내가 자사부라서 그래."

"자사부가 뭐야?"

"자상하고, 사랑스럽고, 부드럽고."

"말이나 못하면 밉지나 않지. 밤에 일한다니 이젠 나하고 마주칠 일 없겠다. 엄마, 나 늦었어요. 먼저 가요.”

은서가 일어나자 뒤따라 은영과 은수도 부리나케 일어났다.

지금은 정상적으로 하루 일과를 갖는 사람들에겐 제일 바쁜 시간이었다.

그랬기에 그녀들은 서둘러 자리에서 일어나 종갓집을 빠져나갔고, 오로지 강산만이 외롭게 혼자 앉아 밥을 먹었다.

강산은 은서가 빠져나간 대문을 멍하니 바라봤다.

은서가 왜 그러는지도 알고 지금의 내가 얼마나 한심한지도 잘 알고 있다.

그럼에도 나는 정해진 시간 동안 이 생활을 벗어날 수 없었다.

내가 올라야 하는 자리는 수많은 사람의 아픔과 고통을 스스로 느낄 수 있을 때에야 충분한 자격이 생긴다는 걸 너무나 잘 알기 때문이었다.

샤르망은 강남역 7번 출구로 나와 오른쪽으로 꺾어 백 미터만 들어가면 나오는 30층 건물 지하의 라이브 카페였다. 워낙 위치도 좋고 실내도 고급스럽게 장식되어 있어 손님이 끊이질 않을 만큼 장사가 잘되는 가게로 유명했다.

강산이 카페에 들어갔을 때는 무대에서 여가수가 샹송을

부르는 중이었는데 대부분의 손님은 달콤한 그녀의 목소리를 안주 삼아 술을 마시며 조용히 대화를 나누고 있었다.

홀을 가로지르자 멀리서 손짓하는 석만이 보였다.

놈은 경마장에서 만난 다음 날부터 전화를 해서 동창 모임에 나오라고 성화를 부렸다.

어쩔 수 없이 하는 일들을 이야기해 주자 놈은 다음엔 꼭 나간다는 약속을 받아낸 후에야 협박을 멈추었다.

그로부터 놈의 일방적인 구애가 시작되었다.

석만은 어릴 적 함께한 강산의 모습이 그리운 모양인지 거의 매일 전화를 해서 강산의 일거수일투족을 물어왔다.

뭐가 그리 궁금한지 놈은 하루 일과를 꼬치꼬치 캐물으며 강산을 귀찮게 했다.

일거리를 찾는다는 강산의 말에 대뜸 석만이 약속을 잡은 것은 어제였다.

좋은 일거리가 있으니 늦지 말고 무조건 나오라고 협박했기 때문에 강산은 무슨 일거린지 알지도 못한 채 나왔다.

"늦지 않았지?"

"안 늦었다. 들어가자."

석만이 강산을 데리고 들어간 곳은 홀과 연결된 사무실이었다.

사무실은 다섯 평 정도 되어 보였는데 책상과 간단한 집기가 있고 가운데엔 소파가 놓여 있었다.

사무실로 들어서자 30대 중반으로 보이는 사내가 소파에서 서류를 보고 있다가 자리에서 일어섰다.

그는 석만과 상당한 친분 관계가 있는지 매우 반갑게 맞아주었다.

"형, 내가 말하던 친구."

"정말 별일이다. 네가 나한테 부탁을 다 하고."

"이 친구 사정이 급해서 그래. 강산아, 인사해. 나랑 친한 형이야. 이 가게 매니저이기도 하고."

"안녕하십니까. 이강산입니다."

"노래는 좀 해봤어요?"

"노래요?"

당황스럽다.

갑자기 노래라는 말이 나오자 강산은 황당해서 석만을 째려봤다.

예전 기타를 치며 석만 앞에서 노래를 한 적이 있는데 놈은 그것을 아직도 기억하고 있었나 보다.

놈은 미리 말해주면 오지 않을 거라고 생각한 것 같았다.

강산의 대답에 자신이 없자 매니저의 고개가 슬그머니 돌아갔다.

"그럼 곤란한데. 우리 카페 손님들은 수준이 높아서 웬만하면 쳐다보지도 않거든. 가게 수준 문제도 있고."

"형님, 애 마스크 좀 봐. 이 정도 비주얼이면 노래가 조금

50 결혼의 조건

안돼도 충분히 통하지 않겠어? 더군다나 이놈, 실력이 보통 아냐."

"그래도 아마추어를 무대에 올릴 순 없다."

"믿어봐. 통하는지 안 통하는지 보면 될 거 아냐."

"그 정도로 자신 있어? 그럼 다음 스테이지 전에 한 곡만 해봐. 그 정도는 손님들도 참아주겠지. 그래도 개판 치면 넌 죽어!"

빈 무대로 기타를 든 강산이 올라갔으나 카페 손님들은 일행과 이야기에 빠져 그를 바라보지 않았다.

라이브를 할 시간이 남아 있었기 때문에 준비하는 스태프 정도로 여기는 것 같았다.

사람들의 시선이 무대로 돌아오기 시작한 것은 강산이 스탠드 마이크를 당겨서 높이를 맞춘 후였다.

"안녕하세요. 이강산입니다. 저는 오늘 객원으로 나왔기 때문에 한 곡만 부르는 것으로 되어 있습니다. 모쪼록 즐거운 시간 되시기 바랍니다."

부드러운 목소리.

튜닝된 마이크를 통해 발성된 강산의 목소리는 사람의 마음을 편안하게 만드는 마력을 뿜어내며 순식간에 관객의 시선을 사로잡았다.

헛기침을 가볍게 한 강산이 어깨를 한번 으쓱한 후 가볍게 기타를 퉁기며 홀을 가득 메운 사람들을 바라봤다.

　이렇게 많은 사람들 앞에서 노래를 한 적은 없지만 이상하게 긴장되지는 않았다.

　강산의 손에서 기타 줄이 움직이기 시작했다.

　달콤하고 세련된 전주였으나 확실히 프로와는 다르게 투박했다.

　그럼에도 음이 하나하나 살아 나와 관객의 뇌리를 강타한 것은 아마도 강산이 가지고 있는 분위기와 순수한 감성 때문일 것이다.

　기타의 전주와 함께 예상치 못한 휘파람이 조용하게 홀의 공간 속으로 울려 퍼졌다.

　기타 소리와 휘파람의 조화.

　저절로 눈이 감길 만큼 아름다운 선율이기에 사람들의 눈이 가늘게 모아졌다.

　음악의 아름다움이란 언제나 이렇게 불현듯 사람들을 감동의 세계로 이끈다.

　전주에서 이미 한 번의 카타르시스를 맞이한 관객들은 뒤이어 강산의 노래가 시작되자 이윽고 넋을 잃기 시작했다.

　그대를 사랑했던 나의 영혼. 붉은 노을이 되어 흐르던 눈물

　오래전 사람들의 입에서 오르내리던 노래.

크게 히트한 곡은 아니나 헤어진 사람들의 솔직한 감정을 담아 애창되었던 노래 박윤후의 '붉은 노을 속의 사랑' 이라는 곡이었다.

특별한 기교를 부리지 않았음에도 그의 목소리는 순수한 감정을 싣고 날카로운 비수가 되어 관객의 심장을 파고들었다.

완벽한 고요.

홀에는 오직 강산의 노래만 흐를 뿐 어떠한 대화도 용납되지 않았다.

심지어 웨이터들도 놀라서 움직이지 않았기 때문에 홀은 완벽하게 강산의 무대로 변해 있었다.

노래가 끝난 후 잠시 동안의 정적이 지나고 여자들의 탄성소리와 함께 우레와 같은 박수가 터져 나왔다.

그녀들의 입에서는 끊임없이 앙코르 요청이 쇄도했는데 가식이 조금도 담겨 있지 않는 외침이었다.

유월의 초록은 언제나 신선하고 향기로우며 아름답다.

그 초록이 젊음의 상징인 대학에 있다면 그것은 더욱 신선해진다.

대학 수업은 중간중간 한두 과목 휴강이 있는데 특별한 일이 없으면 학생들은 이 시간을 대부분 친구들과 보낸다.

그것은 은영도 마찬가지였다.

그녀와 친구인 미선, 하연을 합해 한강대에서는 미녀삼총사라고 불렀다.

대학 신문에서 특별 취재까지 해서 보도했기 때문에 그녀들의 미모는 학교 전체에 모르는 사람이 없을 정도로 유명했다.

하지만 그렇게 아름다운 아가씨들도 이렇듯 휴강 시간에는 잔디밭에 모여 앉아 수다를 떨었다.

그녀들은 삼각형으로 모여 앉아 있었는데 뭔가 재미있는 이야기를 하는지 얼굴에서 웃음이 떠나지 않았다.

"은영아, 어제 미팅 어땠어?"

"계집애, 잘 알면서. 너 미팅에서 운명의 남자 만났다는 애 봤어? 혹시나 하고 갔다가 역시나 하고 오는 거지."

"그래도 어제는 한국대 애들이었잖아. 거긴 킹카 많기로 소문난 학곤데 역시나였어?"

"언니 눈이 매우, 매우 높잖니."

"하긴 그렇기도 하겠네."

질문한 미선이 은영의 대답에 두말없이 수긍해 버리자 옆에 있던 하연이 의아한 얼굴로 나섰다.

저런 싸가지 없는 대답에는 가차 없이 응징하는 게 강호의 법도인데 순순히 긍정해 버리자 궁금증이 폭발했다.

그랬기에 그녀는 고리눈을 하고 미선을 노려봤다.

"무슨 소리야?"

"얘네 집에 무지무지한 핸섬가이가 살거든. 저번에 은영이 집에 놀러 갔다가 마당에서 딱 마주친 거 있지. 그때 나 심장 멎는 줄 알았잖아."

"어머머, 정말? 누군데?"

"하숙생이래."

"나이는?"

"스물여덟."

"딱 좋네, 딱 좋아. 다섯 살 차이는 궁합도 안 본다고 했어. 그런 사람이 있는데 왜 아직까지 내가 몰랐지? 은영아, 오늘 너희 집에 가자."

"그만들 하셔."

"너 그 오빠하고 응, 응, 그렇고 그런 사인 아니지?"

"갈수록 태산일세. 너 자꾸 까불래?"

"뭐 하는 사람이니?"

"백수."

"허걱! 웬 백수?"

은영의 대답에 하연의 입이 떠억 벌어졌다.

전혀 예상외의 대답이었기 때문에 잠시 혼란스러운 모양이다.

그러나 그 혼란을 금방 해결해 준 것은 미선이었다.

"백수면 어때, 잘생기면 그만이지. 너희 집 부잔데 뭐가 걱정이냐?"

"그런 넌?"

"우리 집은 가난하잖아. 난 백수 키울 돈 없다. 그래서 깨끗이 포기했어."

"흐흥, 일단 구경부터 하자. 가서 직접 보고 괜찮으면 고려해 보지."

어느새 평정을 되찾은 하연이 적극적으로 나섰다.

뭐, 결혼하자는 것도 아닌데 심각하게 생각할 필요는 없었다.

남자는 능력이 없어도 잘생기고 몸매 잘빠지면 데리고 놀가치가 충분하기 때문이다.

그리고 부자인 아빠 덕에 그 정도의 경제력은 흘러넘치니 찔러본다고 해서 손해 볼 것은 없었다.

그녀의 사고방식은 21세기 대한민국을 살아가는 돈 많은 집 아가씨답게 프리 그 자체였다.

하지만 은영은 그녀의 요청을 단박에 거절했다.

"미역국 잘도 마신다. 절대 안 돼."

"은영아, 그러지 말고 가자. 내가 요새 너무 외로워서 옆구리가 시려. 이 언니 사정 좀 봐주라. 멋진 곳에서 저녁 살게."

은영의 극렬한 반대에도 하연의 압박과 미선의 적극적인 동조로 결국 그녀들은 종갓집으로 향했다.

하연은 목적이 있으니 그렇다 치지만 사귈 생각이 전혀 없다던 미선이 동조한 건 이해가 안 됐다.

그랬기에 은영이 눈을 날카롭게 흘기자 그녀는 뻔뻔한 얼굴로 이렇게 말했다.

"못 먹는 감 찔러본다고 했다. 하물며 잘생긴 청년 구경한다는데 처녀가 무슨 짓을 못 해."

당당하고 떳떳했다.

그리고 맞는 말이기도 했다.

어차피 못 갖는 명품 백일지라도 행복감을 느낄 수 있다면 실컷 보는 게 정상이니 미선의 행동엔 전혀 하자가 없었다.

하연의 압박과 미선의 동조로 인해 어쩔 수 없이 집으로 가는 것처럼 행동했으나 그녀들을 데리고 집으로 향하는 은영의 머리는 쉴 새 없이 복잡하게 돌아가고 있었다.

은서 때문이다.

행동과 표정에서 사랑이라는 열병이 언니의 가슴속으로 슬금슬금 파고들기 시작했다는 것을 알게 된 순간부터 강산을 보는 눈이 변하기 시작했다.

착하고 잘생겼다는 건 알고 있다.

누구보다 순수한 사람이고 엄마를 비롯해서 자매들에게도 혈육처럼 따스한 정을 주는 사람이다.

하지만 언니가 좋아한다는 것을 알고 난 후부터는 강산이 미워졌다.

다른 사람이라면 축하해 주고 같이 기뻐했을 테지만 그 대상이 강산이라면 무조건 막아야 했다.

언니가 행복하게 살기를 바란다.

남들 못지않은 환경에서 남편의 사랑을 받으며 아들딸 낳고 행복하게 살길 진정으로 바라는데 하필이면 강산이라니 생각할수록 화가 났다.

강산은 앞날이 전혀 안 보이는 백수였다.

다시 말해 여자를 행복하게 해줄 조건을 전혀 갖추지 못했고 잘못하면 고생만 바가지로 시킬 남자다.

어쩌면 강산에게는 언니보다 미선의 말처럼 하연이가 어울릴지 몰랐다.

물론 하연이도 강산을 결혼 상대자로 생각하진 않을 테지만 사람의 인연은 예측할 수 없는 일이다.

만약 그런 경우가 생긴다면 강산에게도 좋을 일이란 생각이 들었다.

은서가 퇴근해서 대문을 열고 들어서자 마루에 앉아 김 여사와 이야기를 나누던 미선과 하연이 반갑게 인사를 해왔다.

"언니, 안녕하세요."

"너희들, 오랜만이네. 하도 오랜만이라서 얼굴도 잊어먹겠다. 집에 온 지 일 년 넘었지?"

"저는 저번 달에 한 번 왔었어요. 언니 없을 때."

"아, 그랬구나."

미선의 답변에 은서는 고개를 끄덕인 후 신발을 벗고 마루로 올라와 다탁 옆에 앉았다.

그러자 기다렸다는 듯 은영이 입을 열었다.

"오늘 애들 왜 왔는지 알아?"

"놀러 온 거 아니야?"

"하연이가 강산 오빠 보고 싶다고 난리 쳐서 온 거야."

"응?"

도발적인 은영의 시선에 은서의 눈에서 레이저가 나왔다. 분명 동생은 자신의 마음을 짐작하고 이런 짓을 한 게 분명했다.

갑자기 심장이 쿵쾅대며 호흡이 가빠져 왔다.

은영에게 화도 났고 갑자기 불안한 마음이 들어 마음이 진정되지 않았다.

하지만 그런 사정을 알지 못한 하연의 말투는 장난기가 가득 배어 있었다.

여전히 하연이는 매력적이다.

옷을 입는 스타일과 화장, 액세서리가 모두 세련되었고, 그런 것들이 본래의 미모와 어울려 그녀를 더욱 돋보이게 했다.

"은영이가 하도 멋진 오빠가 있다고 해서 왔어요. 그렇게 멋진 남자는 저같이 예쁜 여자들이 봐줘야 되거든요."

"잘생기면 뭐하니. 천년 백순데."

"들었어요. 그래도 워낙 멋지다고 하니까 맘에 들면 제가 키워보려고요. 그런데 아쉽게 나가고 없네요."

"밤에 일해서 같이 사는 나도 못 본 지 삼 일이나 됐어. 어쩌니. 작심하고 왔을 텐데."

"다음 기회를 노려야죠."

정말 아쉬워하는 얼굴이다.

그냥 하는 말과 진심이 담긴 말은 얼굴 표정에서 금방 알 수 있는데 하연은 후자의 경우였다.

그랬기에 은서의 얼굴이 더욱 흐려졌다.

김 여사가 나선 것은 미선과 하연이 주섬주섬 가방을 들며 일어날 기색을 보일 때였다.

"꼭 우리 아들 얘기 하는 것 같아서 기분 좋다, 애. 기다려 봐. 금방 저녁 차릴 테니까 밥 먹고 가."

"아니에요. 오늘 하연이가 밥 산다고 했어요. 평소 먹고 싶은 게 있었는데 날 잡은 김에 왕창 먹으려고요."

"은영이도 가는 거야?"

"강산 오빠 소개시켜 주는 대가로 사는 거니까 나도 가서 오랜만에 영양 보충 해야지."

"허탕 쳤는데 무슨 밥을 사라고 그러니?"

"조만간 소개팅시켜 주기로 했어. 오늘 얻어먹는 건 선불이야."

한강대학교는 서울에 있는 사립대학 중 손가락에 꼽힐 정도의 명문 대학교다.

내신 성적 1등급이 아니면 들어가지 못했고 수능 성적도 과마다 다르지만 대체적으로 5퍼센트 이내에 들어야 입학이 가능했다.

대지 15만 평에 삼십여 동의 건물은 저마다의 특징을 뽐내며 우아하게 서 있었고, 정문에는 호수가 아름답게 자리 잡아 한강대는 드라마 촬영이 잦은 곳이기도 했다.

도서관을 타고 주욱 내려오면 정문이 있고 곧바로 양측으로 상가가 나타나는데 대학가답게 식당과 카페, PC방이 주를 이루었다.

강산이 한강대 사거리에 있는 카페 로즈에 나타난 것은 세 시가 조금 안 되었을 때다.

로즈는 화려하지는 않지만 오밀조밀하게 장식이 되어 있어 사람을 편안하게 만들었는데 주인이 인테리어에 신경 쓴 흔적이 곳곳에서 보였다.

손님은 많지 않은 편이라서 강산은 햇빛이 비추는 창가에 자리를 잡고 앉았다.

조용하게 흐르는 음악은 리한나의 'Stay' 였다.

소개팅을 하는 자리에 이별 노래가 나오다니 아무래도 오늘 일진이 좋지 않을 모양이다.

세 시에서 이 분이 남았다.

여자들은 소개팅 시간에 조금 늦게 나온다는 걸 알고 있는 강산은 커피를 시킨 후 느긋하게 사람들이 지나다니는 거리를 보며 시간을 보냈다.

탁자에 놓아둔 핸드폰이 울린 것은 그로부터 삼십 초도 지나지 않았을 때다.

핸드폰을 받진 않았다.

눈을 황홀하게 만드는 아가씨가 핸드폰을 드는 강산에게 곧장 다가왔기 때문이다.

하연은 오늘따라 옷차림에 더욱 신경 썼는데 강산의 나이를 생각해서 그랬는지 블라우스를 받쳐 입은 정장 룩이 대학생으로 보이지 않았다.

가볍게 고개를 까딱인 하연이 맑은 미소를 지었다.

"강산 오빠 맞죠?"

"그래요. 반가워요."

다가오는 것을 보고 일어선 강산이 자리를 권하자 하연이 요염하게 웃으며 맞은편에 앉았다.

그녀는 로즈에 들어선 후 강산의 얼굴에서 시선을 떼지 않고 있었다.

"뭐 시켰어요?"

"난 방금 커피 시켰어요. 하연 씨는 뭐 마실래요?"

"나도 커피 마실게요."

다가온 종업원에게 커피를 시키는 동안에도 하연은 계속 강산의 얼굴을 쳐다봤다.

여자의 시선이 남자의 얼굴에서 떨어지지 않는다는 건 호감의 여부를 떠나 매우 직선적인 성격을 가졌다는 걸 의미한다.

그만큼 하연은 자신감으로 똘똘 뭉친 여자였다.

집안도 좋고 머리도 좋았다.

거기에 타고난 미모까지 겸비했으니 어릴 때부터 좋다고 따라다닌 남자가 셀 수도 없었다.

대학교 와서도 마찬가지였다.

지난 삼 년 동안 그녀의 어장에 갇혀 허우적댄 남자가 거의 서른 명에 달했다.

그런 그녀가 은영을 통해 강산을 소개받은 이유는 미선 때문이었다.

자신이 인정할 만큼 도도한 미선이 깜짝 놀랄 정도로 잘생긴 남자라면 충분히 만나볼 필요가 있었다.

그 남자가 백수라도 말이다.

커피가 나오고 서로 간에 간단한 호구조사가 끝난 후 본격적이 대화가 시작되었다.

요즘은 옛날처럼 핵심에서 벗어나 주변을 왔다 갔다 하며 시간을 보내는 짓은 하지 않았다.

"오빠 백수라면서요?"

"가끔 일도 해."

"무슨 일?"

"이것저것."

편하게 대해달라고 해서 말을 놨더니 하연도 대뜸 말이 짧아졌다.

그녀가 시작부터 가장 아픈 곳을 찔러왔기 때문에 강산은 입맛을 다시며 커피 잔을 만지작거렸다.

"오빠 스물여덟 맞지?"

"응."

"곧 장가갈 나이네."

"그런 얘기 하지 마라. 머리 아프다."

"나 어때?"

"뭐가?"

"모른 척하지 말고."

"예뻐."

"오빠도 잘생겼어. 나는 오빠 맘에 드는데, 오빤 어때?"

"심장 떨리게 하지 마라."

"정말이야."

"빈말이라도 기분은 좋다."

"사귀는 사람 있어?"

"없다."

"그럼 그동안 섹스는 어떻게 해결했어?"

빤히 쳐다보며 도발하는 하연의 시선이 그대로 송곳처럼 날아왔다.

도대체 이 여대생의 머리 구조는 어떻게 생겨먹었기에 이런 질문이 가능한 걸까?

강산은 말없이 커피 잔을 들어 한 모금 마신 후 지그시 하연을 쳐다봤다.

여자가 이런 질문을 하는 이유는 간단했다.

필요하면 언제든지 해결해 줄 수 있을 만큼 남자가 마음에 든다는 뜻이다.

강산은 또다시 커피를 한 모금 입에 물고 이번에는 천천히 머리에서 발끝까지 훑었다.

옷을 입었음에도 거의 완벽에 가까운 몸매가 보였다.

물론 마지막 평가를 위해서는 옷을 벗겨봐야 되겠지만 대충 봐도 대박인 몸매다.

얼굴 왼쪽 코에 박혀 있는 작은 점은 섹시함을 더했고, 초승달 같은 눈썹과 오뚝한 코, 그리고 립스틱을 연하게 칠해 윤기가 흐르는 입술을 종합해 보면 관능적인 매력을 지니고 있다.

관능적이란 말은 다른 말로 섹스를 좋아하는 여자란 의미도 된다.

그럼에도 도발적으로 바라보는 그녀의 시선이 건방지게 보여 강산은 잠깐 이마를 찡그렸다.

요즘 대학생들은 섹스를 스포츠로 생각한다던데 하연이도 그런 범주에 포함되는 모양이다.

"그걸 왜 물어?"

"궁금해서."

"상상해 보면 될 거 아니냐. 백수에 여자 친구도 없는 남자가 어떻게 해결할지."

"호호, 그런가? 미안."

"불쌍하냐?"

"응."

"하긴, 나도 내가 불쌍하다."

"얼마 동안 안 했어?"

"기억도 안 난다."

"숫총각은 아니란 말이네. 어때, 내가 해결해 줘?"

강산의 대답에 점점 웃음이 짙어지던 하연의 입에서 기어코 포텐이 터졌다.

나름대로 심장을 키워가며 맞서던 강산의 심장이 과도한 프레스에 정지된 것은 그녀가 혀를 내밀어 입술을 적실 때였다.

은영의 압박에 못 이겨 어쩔 수 나온 소개팅 자리다.

백수가 무슨 소개팅이냐며 싫다고 버텨봤지만 이미 대가를 받았다는 은영의 도끼눈에 결국 굴복하고 나올 수밖에 없었다.

은영의 친구라고 해서 가볍게 차나 한잔하고 들어가려 했는데 이젠 그렇게 하지 못하게 생겼다.

이 정도의 강도라면 확실하게 결판낼 필요성이 있었다.

"하나만 묻자. 솔직히 대답해라."

"그럴게."

"지금 네 어장에 몇이나 있냐?"

눈을 빛내며 웃는 얼굴로 질문을 기다리던 하연의 안색이 순식간에 변했다.

절대 물어봐서는 안 되는 질문이 강산의 입에서 흘러나왔기 때문이다.

여자가 처음 만난 장소에서 섹스까지 해결해 주겠다는 것은 여러 가지 의미가 담겨 있다.

그 의미 중 하나는 사랑 타령 늘어놓지 말고 쿨하게 즐기자는 제안이다.

쉽게 말해 백수인 너와 깊은 관계까지 갈 생각 없으니 서로 간에 육체나 탐하자는 뜻이다.

둘째는 사생활에 간섭하지 말라는 의미이다.

즐기기 위해 섹스를 할 뿐 무슨 행동을 하든 제동을 걸면 안 된다는 걸 에둘러 표현한 것이다.

미선이 먼저 도발했고 은영의 태도에서 떠넘기려는 의도를 간파했다.

그럼에도 이 자리에 나온 것은 장난에 가까웠지만 자신이 먼저 제안을 했고 미선이 감탄했다는 강산의 외모를 보고 싶었기 때문이다.

그리고 카페에 들어서서 강산을 확인하는 순간 잘 나왔다는 생각으로 쾌재를 불렀다.

생긴 것뿐만 아니라 키나 몸매마저 완벽한 남자였다.

그랬기에 어장에 넣으려 했다.

이런 남자라면 백수라도 몇 달간은 충분히 데리고 놀 만했기 때문이다.

하연은 웃음을 숨기고 강산의 눈을 빤히 쳐다봤다.

머리가 나쁜 놈들은 자신의 제안이 무슨 뜻인지 모르고 덥석 무는 경우도 있었다.

그런 놈들은 한 번만 자고 나면 마치 제 여자인 양 별 병신 짓을 다 하고 다니며 사람을 괴롭힌다.

질문을 끝낸 강산의 눈에는 웃음이 담겨 있었다.

여유가 있고 급하지 않은 기다림도 있었다.

타의 추종을 불허하는 자신의 외모에 반해서 눈이 뒤집혔다면 절대 저런 태도를 보일 수 없었다.

그렇다면 강산은 자신이 던진 화두를 명확하게 알아내고 공을 넘겼음이 분명했다.

질문의 내용 또한 그런 사실을 확인시켜 주고 있었다.

어장 관리.

당연히 자신 정도의 외모와 배경을 가진 여대생이라면 누구나 어장을 가지고 물고기를 관리한다.

일부러 만들지 않아도 스스로 어장으로 기어드는 물고기가 사방 천지에 널려 있기 때문이다.

하지만 그런 것을 공개적으로 말하고 다닐 만큼 어리석은 여자는 없었다.

대한민국 사회가 예전에 비해 엄청난 발전을 했지만 섹스에 대한 인식만큼은 아직 후진국 수준을 면하지 못하고 있기 때문이다.

그랬기에 남자든 여자든 사랑을 전제로 만나지 않는다면 알아도 모르는 척해주는 게 예의였다.

반면 강산처럼 대책 없이 묻는 놈들도 있었다.

이건 인생에 태클을 걸겠다고 덤비는 놈들이 주로 하는 짓이다.

가차 없이 끊어야 되는 놈이고 상대조차 하지 말아야 할 놈이다.

하지만 하연은 순간적으로 엄청난 갈등을 느꼈다.

어장이 있다고 말하는 순간 강산의 태도로 봤을 때 여기서 끝이라는 판단이 들었다.

외모로만 봤을 때 강산은 특급 잉어였다.

이 정도 수준의 남자를 다시 만난다는 건 그녀의 남은 인생에서 상당한 행운이 있어야 가능했다.

그만큼 강산은 놓치기 아까운 남자였다.

반면 없다고 거짓말을 하는 순간 자신은 강산의 페이스에 끌려다니며 많은 부분을 희생해야 할 것이다.

어장 관리는 당연히 포기해야 하고 즐겨 찾는 클럽도 눈치를 보며 다녀야 할지 몰랐다.

물론 그녀 마음대로 하겠다며 고집을 부릴 수도 있지만 그리되면 첫 번째 경우와 다를 바 없게 된다.

두 경우 모두 마음에 들지 않았다.

포기하고 싶지 않은 것이 하나씩 있으니 고민에 고민을 거듭해야 했다.

하지만 그녀의 결정은 그리 오래 걸리지 않았다.

다른 물고기들과 달리 강산이 대형 잉어임은 분명했으나 여러 마리의 예쁜 빛깔 붕어를 포기할 만큼 압도적인 것은 아니었다.

그 이유는 붕어조차 가지고 있는 배경이 전무했기 때문이다.

다른 붕어들을 모두 포기할 정도가 되기 위해서는 강산이 그녀의 미래가 되어야 하는데 그는 백수에 불과했다.

조건이 갖춰지지 않은 남자는 아무리 외모가 뛰어나도 그저 그런 수컷에 불과할 뿐이라는 걸 아직 어리지만 그녀는 충분히 알고 있었다.

그랬기에 하연은 눈빛을 빛내며 다시 도발적인 시선을 했다.

어장에 들어올지 말지는 이제 강산의 몫이다.

즐기고 싶으면 들어올 것이고 자존심을 내세운다면 자리에서 일어나겠지.

그럼에도 결정을 내렸으니 후회는 하지 않는다.

하연의 살짝 굳어 있던 얼굴에 어느샌가 웃음이 돌아와 있었다.

그녀의 정신은 쿨하고 자유로웠다.

"세 마리 있어."

"셋이면 충분하지 않냐? 주 삼 일이면 되잖아. 주말은 쉬어야 하고 이틀은 학생이니까 공부해야지. 젊어서 그런가. 체력이 좋은 모양이구나?"

"생생하고 예쁜 놈으로 교체하려고 했지. 한 놈은 키운 지 꽤 됐거든."

어느새 당당해졌고 말투조차 건방지다.

하연처럼 예쁘고 똑똑한 여자들은 결정을 내리면 가차 없이 직진하는 모양이다.

그런 하연을 본 강산이 고개를 끄덕이며 쓴웃음을 지었다.

"머리가 좋네."

"어쩔 거야?"

"뭘?"

"웬만하면 나한테 들어와. 내가 예뻐해 줄게. 데이트 비용은 다 내가 낼 테니까 걱정하지 말고."

"호텔비도 내냐?"

"당연하지. 가끔 용돈도 줄 수 있어."

"좋은 얘기다."

"하겠다는 거야?"

"내 말이 하겠다는 걸로 들리니?"

"그럼 아니야?"

"미안하지만 아니다. 난 말이야, 헤픈 여자와는 섹스가 안 되는 사람이다."

"뭐, 뭐라고?"

"아직 젊은데 몸 함부로 굴리지 마라. 값어치 떨어지니까."

강산도 강하다.

도도한 얼굴로 기다리는 하연을 향해 강산은 얼굴에 웃음을 지은 채 여유 있고 부드럽게 말했다.

하지만 그 말의 의미는 독하고 냉정했다.

하연의 몸이 부들부들 떨리기 시작한 것은 강산이 말을 마치고 자리에서 일어날 때였다.

그녀의 목소리도 덜덜 떨리고 있었다.

"미친… 새끼."

"예쁜 입으로 욕을 하면 쓰나. 돈 많다고 했지? 나 먼저 갈 테니까 나갈 때 커피값 계산하는 거 잊지 마."

제2장

사랑과 인연

하루 종일 일이 손에 잡히지 않았다.

음료 광고 프레젠테이션이 코앞으로 다가왔지만 은서는 무언가에 홀린 사람처럼 실수를 연발하고 있었다.

초조하고 불안했으며 산만했다.

은영이 하연에게 강산을 소개시켜 줬다는 걸 알게 된 것은 엄마의 전화로 인해서였다.

점심시간에 전화를 해온 김 여사는 사촌 오빠의 결혼 소식을 전하면서 말끝에 강산이 소개팅하게 된 것도 덧붙였다.

그 말을 듣는 순간 마치 번개를 맞은 것처럼 정신이 멍해져 아무것도 할 수 없었다.

그때부터 은영에게 수도 없이 전화를 했다.

화가 머리끝까지 치밀어 무슨 소릴 했는지도 기억나지 않는다.

은영은 스스로 해놓은 짓이 있기 때문에 미친 듯 떠드는 자신의 말에 아무 소리 못 하다가 퇴근 무렵이 돼서야 소개팅이 깨졌다는 결과를 알려왔다.

그동안 얼마나 안달을 했는지 그 얘기를 듣는 순간 기운이 모두 빠져나가 스스륵 주저앉고 말았다.

이렇게 화가 나고 힘든 것이 이해되지 않아 은서는 한동안 자리에서 일어나질 못했다.

저녁에 돌아와 밥을 먹고 방으로 들어간 은서는 책상에 앉아 턱을 괸 채 한 시간이 다 되도록 일어서지 않았다.

그녀의 앞에는 노트가 펼쳐져 있었는데 강산의 이름과 백수라는 단어가 크고 작게 수없이 적혀 있었다.

저절로 나오는 한숨.

뭘 어떻게 해야 될지, 자신의 마음은 어떤 건지 정말 알 수가 없었다.

한동안 고민을 거듭하던 그녀가 방에서 나온 것은 마루에서 달그락거리는 소리가 들리기 시작했을 때다.

마루에는 겉절이를 하려는지 김 여사가 배추를 다듬고 있었다.

"엄마, 강산 오빠 요즘 몇 시에 나가?"

"보통 다섯 시에서 여섯 시 사이에 나가더라. 왜 그러니?"

"그냥."

이상한 눈으로 바라보던 김 여사가 바짝 다가왔다.

그녀는 은서의 대답에서 뭔가 심상치 않음을 느낀 것 같았다.

"혹시 너, 강산이 마음에 두고 있는 거 아니니? 수상해."

"아니야. 궁금해서 물어본 거야."

"그러면 됐다. 아무리 잘생기고 착해도 강산이는 안 돼. 아무런 특기도 없이 일 생기면 하고, 없으면 노는 그런 남자는 여자를 책임지지 못하는 법이다. 하연이 같으면 몰라. 걔네 집이 엄청 부자라면서?"

"응."

"둘이 잘됐으면 좋겠다. 난 강산이가 부잣집 딸 만나서 잘 살았으면 좋겠어."

"엄마, 너무 이기적인 거 아냐?"

"내가 왜?"

"자기 딸은 안 되고 남의 귀한 집 딸은 된다는 법이 어디 있어?"

"부자라잖아. 부자가 딸 못살게 하지는 않을 거 아냐."

"그럼 난 가난해서 안 된다는 거네?"

"당연하지, 이것아."

"하여간 엄마들이란. 안됐지만 오늘 소개팅 깨졌다네요."

"정말?"

"오빠가 싫다고 했대."

"왜?"

"몰라. 나중에 직접 들어봐."

"그놈이 복을 차는구나. 부자라는데 꽉 틀어잡을 것이지 뭐가 잘났다고 퇴짜를 놔!"

"잘된 거야. 하연이가 아직 세상을 몰라서 혹한 거라니까. 걔가 세상을 조금이라도 알면 사귄다 해도 강산 오빠는 무조건 차이게 되어 있어. 백수를 누가 키워?"

"그래도 아깝다."

"그 얘긴 그만하고. 엄마, 강산 오빠 뭐 하는지 궁금하지 않아?"

"열심히 살겠지. 난 걱정하지 않아. 잘못된 일 할 애가 아니니까."

"믿는 도끼에 발등 찍힌다는 말도 있네요."

"강산이는 아니다."

"내일 오빠 나갈 준비 하면 나한테 전화해. 어디 가나 알아보게."

"그건 뭐하러. 그만둬."

"꼭 해, 엄마. 엄마도 강산 오빠 뭐 하는지 궁금하잖아."

유태희는 자신을 빤히 바라보는 김현수의 시선을 외면한 채 얼음이 담긴 온더록스 잔을 빙글빙글 돌렸다.

　　그 모습이 너무나 아름다워 시선을 떼지 못할 정도다.

　　고등학교 때부터 알아주던 그녀의 미모는 이제 활짝 핀 꽃처럼 절정을 이루고 있었다.

　　흰 블라우스에 보라색 톤 투피스를 매칭한 그녀의 패션은 완벽한 몸매가 아니라면 소화가 불가능해 보일 정도로 세련된 것이었다.

　　그들이 자주 오는 '미러클'은 스탠드 형식으로 되어 있어 사람들과 마주 보는 경우가 없었다.

　　그럼에도 사람들이 고개를 내밀고 흘끔흘끔 쳐다볼 만큼 그녀의 미모는 빼어났다.

　　물론 김현수의 외모도 많이 달라져 있었다.

　　고등학교 때 170이 안 되었던 키는 훌쩍 컸고 몸매도 다부지게 변해서 양복이 아주 잘 어울렸다.

　　거기에 준수한 마스크까지 겸비했기 때문에 태희의 옆에 앉아 있어도 부족하단 생각이 들지 않을 정도이다.

　　태희가 김현수를 다시 만난 것은 대학교를 졸업하고 난 후였다.

　　둘은 강산과 청명고에서 같은 반이었는데 유태희는 강남

에서 제일 잘나간다는 청명고 퀸이었고 대원전자 사장이 아버지인 귀족 중의 귀족으로 대원그룹 기획실에서 근무하고 있었다.

그녀가 그룹 기획실에 근무하게 된 것은 오너 일가라서가 아니라 그녀의 뛰어난 머리 때문이었다.

고등학교 시절부터 김현수와 수석을 다투던 그녀는 S대 경영학과를 나와 당당하게 대원그룹 공채에 수석으로 합격한 실력파였다.

반면 김현수는 삼 년 동안 유태희에게 뺏긴 두 번을 제외하고는 모조리 수석을 차지한 수재로 S대를 졸업한 후 사법고시에 합격해 현재는 서울지검 특수부 검사로 재직 중이었다.

두 사람은 한때 사귀는 사이였다.

두 사람이 고등학교 시절 육 개월간 연인으로 지낸 것은 김현수가 유태희의 제안을 받아들였기 때문이다.

학생들을 괴롭히던 임태천 패거리에게 맞서 싸운다면 사귀겠다는 유태희의 제안에 김현수는 공부를 팽개치고 수시로 싸움을 벌였다.

이기지는 못했지만 터무니없는 그 싸움으로 현수는 조건을 충족하고 유태희와 사귈 수 있었다.

하지만 그녀가 한 약속은 고등학교 시절에 한정된 것이었기 때문에 대학교에 올라가서부터는 사 년 동안 거의 소식을 끊고 살았다.

김현수가 바뀐 핸드폰으로 전화를 해온 것은 그녀가 신분을 속이고 대원그룹 기획실에 들어가 고생하고 있을 때였다.

생소한 일을 배우다 보니 많이 힘들고 외로웠기 때문에 현수의 전화가 가뭄 속의 단비처럼 반가웠다.

그때부터 그들은 한 달에 한두 번씩 이렇게 식사도 하고 술도 마셨다.

술잔을 들어 한입에 털어 넣은 현수가 입을 연 것은 유태희의 시선이 술잔에서 떨어졌을 때였다.

"요즘 바빠?"

"대기업 기획실은 검사보다 훨씬 바빠."

"그러고 보니 너도 입사한 지 벌써 오 년 차구나."

"그러네. 시간 정말 빨리 간다."

"아무리 바빠도 나한테 너무 소홀한 거 아냐?"

길게 한숨을 쉬는 유태희에게서 시선을 떼지 않은 채 현수가 술잔을 입으로 가져갔다.

여전히 그녀는 같이 있어도 불편하게 느껴졌다. 함께 있으면서 불편하다는 건 다시 만난 지 오 년이나 되었어도 아직 그녀의 마음을 사로잡지 못했다는 증거이다.

김현수가 반이나 남은 술을 한입에 털어 넣자 유태희의 얼굴에 웃음기가 떠올랐다.

그녀는 답변을 준비해 놓고 있는 사람 같았다.

"나를 빠져들게 해봐. 정신없게. 그러면 아무리 바빠도 일에서 도망칠 준비가 되어 있으니까."

"결국은 내가 문제란 뜻이구나."

"며칠 전에 너 텔레비전에 나오더라. 서울지검 특수부 검사 김현수, 마약 사범 일당 검거. 제법 멋지던데?"

"그만해, 립 서비스란 거 다 아니까. 멋있으면 너한테 이런 대접받고 살겠냐."

"아직도 목검 들고 다녀?"

"아무래도 난 현장 체질인가 봐."

"그럼 검사 그만두고 형사가 되지 그러니."

"형사 되면 네가 쳐다나 보겠냐?"

"하긴, 난 형사 싫어."

한 번도 자신의 마음을 속인 적 없는 여자다.

그랬기에 김현수는 그녀의 대답을 듣고 나서 바로 고개를 흔들었다.

유태희에게는 검사나 형사나 그게 그걸 거란 생각이 들었기 때문이다.

"어제 석만이한테 전화받았어. 이번 주 목요일에 나올 건지 묻더라. 갈 거냐?"

"글쎄, 시간 되면."

"강산이도 나올 모양이더라."

"저번에도 온다더니 안 왔잖아."

"이번엔 꼭 온단다."

"뭐 하고 살았대?"

"글쎄, 그것까지는 못 물어봤다. 모임에 나오면 그때 물어보지 뭐. 그놈 뭐 하고 살았는지 나도 궁금하다."

강산의 이야기가 나오자 두 사람의 눈빛이 모두 달라졌다.

그가 보여준 마지막 충격.

그 충격은 그들의 인생에서 절대 잊을 수 없을 만큼 강렬한 것이었다.

특히 유태희에게 강산은 특별한 기억이 있었다.

그녀가 조건을 내민 것은 김현수보다 강산이 먼저였다.

고 3 때 전학이란 이름으로 거짓말처럼 그녀의 앞에 나타난 강산은 정신을 차리지 못할 정도의 충격을 주었다.

조각 같은 얼굴과 탄탄한 몸매, 보면 볼수록 사람을 빠져들게 만드는 부드러운 음성과 사람을 더없이 편하게 만들어주는 강산의 미소는 그녀뿐만 아니라 모든 여학생의 마음을 사로잡기에 충분했다.

하지만 외모와는 다르게 강산의 행동은 그녀를 실망시켰다.

고 3이었음에도 공부에는 전혀 신경 쓰지 않았고 일진의 짱이던 임태천 패거리에게 수시로 돈을 뜯겼다.

축제 때 벌어진 축구 시합에서 엄청난 실력을 나타냈지만 그는 임태천과 맞서면 사귀겠다는 그녀의 제안을 끝내 거부했다.

그녀를 좋아했다면 그래서는 안 되었다.

그녀를 좋아한다고 몇 번이나 대시한 강산을 매몰차게 거부한 것은 남자로서 갖추어야 할 조건을 강산이 지니지 못했기 때문이다.

아무리 마음에 드는 외모를 지녔다 하더라도 강한 자에게 맞설 수 있는 용기가 없다면 사내로서의 매력은 점점 나락으로 떨어진다는 것을 너무나 잘 알기에 그녀는 강산과 사귀는 것을 깨끗이 포기했다.

강산에 대한 기억이 그것으로 끝났더라면 다시 그가 나타났다고 해도 이렇게 가슴이 설레지는 않았을 것이다.

고등학교 졸업을 얼마 남기지 않았을 때 현수와 데이트를 마치고 집으로 돌아오는 도중 임태천 패거리를 만났다.

임태천은 복싱을 배워서 엄청난 싸움 실력을 지녔고, 그가 데리고 다니는 여섯 명의 똘마니도 전부 운동을 해서 한가락씩 했는데 악독한 심성을 지녀 학생들에게는 지옥의 사자와도 같은 놈들이었다.

놈들이 나타난 것은 현수와의 싸움으로 인해 퇴학 처분을 받은 것에 대한 보복 차원이었다.

전교 1등의 수재를 매일 두들겨 팬 놈들은 퇴학당하기에 충분했다.

강산이 나타난 것은 놈들이 현수를 때려눕히고 그녀를 강간하려 할 때였다.

임태천과 똘마니들은 강산에게 상대가 되지 않았다.

강산은 불과 십 분 만에 모두 바닥을 설설 기게 만들었는데 그녀는 그가 어떻게 싸웠는지 제대로 확인조차 하지 못했다.

강력한 카리스마.

그녀는 지금까지 살아오면서 그렇게 강한 사내의 마력을 본 적이 없었다.

그는 떠나면서 그녀에게 이런 말을 남겼다.

'태희야, 널 좋아했어. 사정이 있어 네가 원하는 걸 해줄 수 없었지만 좋아한 건 사실이다. 지금은 먼 길을 떠나서 어쩔 수 없지만 만약에 다시 만나게 된다면 그땐 정말 잘해 볼게. 잘 있어라. 안녕.'

짧은 인사와 함께 강산은 조용히 뒤돌아 걸어갔다.

웃음 속에 담겨 있는 아쉬움과 고백이 가슴을 뛰게 했지만 태희는 어둠 속으로 사라지는 강산을 잡을 수가 없었다.

음료 광고의 Proposal이 내일로 다가왔기 때문에 은서는 PT 자료를 마무리 짓느라 눈코 뜰 새 없이 바쁘게 움직였다.

그녀의 팀이 맡은 이번 광고는 본부장까지 직접 신경 쓰는 대형 광고였기 때문에 사무실은 긴장감이 팍팍 감돌았다.

점심까지 굶어가며 만든 PT 자료에 본부장의 결재가 난 것은 오후 세 시가 넘어서였다.

은서는 배가 고팠지만 온몸이 녹초가 되었고 꼼짝하기 싫어 책상에 앉아 있었는데 광고 3팀의 김 대리가 슬그머니 다가오더니 커피 잔을 내밀었다.

"은서 씨, 힘들었죠? 커피 한 잔 하세요."

"고마워요, 김 대리님."

"저, 이번 주말에 뭐 해요?"

"왜요?"

"뮤지컬 표가 공짜로 생겨서요. 같이 가지 않을래요?"

김 대리가 내민 표는 요즘 한창 히트 치고 있는 맘마미아의 VIP 좌석표였다.

한 장당 가격이 이십만 원에 가까웠고 전 회 매진 행렬을 이어갈 정도로 인기 있는 뮤지컬이었으니 공짜로 생겼다는 건 지어낸 말임이 틀림없었다.

그랬기에 은서는 냉정하게 그의 말을 끊었다.

"어쩌죠. 전 주말에 동생들이랑 여행 가요."

"주말마다 여행을 가는 모양이네요. 저번에도 그러더니."

"미안해요. 저 지금 바빠서. 아직 남은 일이 있거든요."

은서는 말을 끊고 컴퓨터 쪽으로 몸을 돌렸다. 뒤에 앉아 있던 윤선아가 의자를 밀어서 다가온 것은 김 대리가 우물쭈물하다가 고개를 흔들며 자신의 부서로 돌아갔을 때다.

"뭐래?"

"주말에 뮤지컬 보러 가잔다."

"그래서, 간다고 했어?"

"약속 있다고 했어."

"웬만하면 받아주지 그러니. 벌써 몇 번째냐."

"난 싫어."

"저번에 기획실 황 대리님한테 들었는데 김 대리님 집안이 엄청 좋대. 둘이 대학 동창이니까 상당히 신빙성 있는 정보야."

"그럼 네가 하면 되겠네."

"야, 지금 염장 질러? 너한테 목매다는 거 안 보여?"

윤선아의 눈이 사팔뜨기로 변하며 은서를 쩨려봤다. 그녀의 눈엔 없는 자의 서러움이 고스란히 담겨 있었다.

은서는 김 여사의 전화를 받고 팀장에게 다가갔다.

팀장은 컴퓨터를 보다가 은서를 확인한 후 고개를 바짝 들고 입술을 끌어 올리며 방긋 웃었다.

그는 일 잘하는 은서를 무척이나 예뻐했기 때문에 언제나 이렇듯 활짝 웃어주었다.

"우리 사랑스러운 은서 씨, 무슨 일이야? PT 자료도 끝내서 바쁜 일도 없는데."

"팀장님, 급한 일이 생겨서요. 오늘 일찍 나가면 안 될까요?"

"급한 일이야?"

"네."

"별일이네. 은서 씨가 조퇴를 다 하고. 알았어. 얼른 가봐."

"고맙습니다."

팀장은 더 이상 묻지 않았다.

자신의 궁금증 때문에 급한 부하 직원을 지체시켜서는 안 된다는 걸 그는 잘 알고 있었다.

은서의 얼굴에는 다급함이 들어 있었다.

그랬기에 팀장은 두말하지 않고 은서의 조퇴를 허락한 후 자신이 오히려 더 서두르는 표정으로 은서에게 빨리 가보라고 성화를 냈다.

사무실을 나와 택시를 잡아탄 은서는 가방에서 핸드폰을 꺼내 급하게 단축 번호를 눌렀다.

복도에서 마주친 본부장이 말을 거는 바람에 오 분이란 시간을 지체했기에 그녀의 마음은 새까맣게 타들어가는 중이다.

일분일초가 바쁜 와중에 오 분이란 시간 낭비는 추적의 실패 요인이 될 수 있었다.

"엄마, 나야."

—응, 그래.

"아직 집에 있지?"

—옷 갈아입고 있어.

"벌써? 웬일이래, 늦장쟁이가. 하여간 나 금방 도착하니까 그때까지 붙들어놔."

─뭐라고 하고 잡아놔. 강산이가 이상하게 생각하면 어떡해?

"그건 알아서 하고 십 분만 끌어. 알았지?"

핸드폰을 끊은 은서는 곧바로 택시 기사를 닦달해서 여유 있게 달리던 택시를 총알택시로 바꿔놓았다.

택시 기사들은 항상 반복된 일만 하다 보니 일정한 패턴에서 벗어나는 일이 벌어지면 생각보다 대응 강도가 훨씬 세다.

은서의 닦달에 택시 기사는 금방 흥분으로 응수했다.

늦게 가는 차는 욕하고 갑자기 끼어든 차에 대해서는 주먹을 불끈 들어 올리며 거침없는 질주를 거듭했다.

그런 택시 기사를 은서는 뒤에서 불안하게 지켜봤다.

닦달은 했지만 이 정도로 화끈하게 운전할 줄은 몰랐기 때문에 사고라도 날까 걱정되었다.

정신은 어지러웠지만 은서는 택시에서 내리자마자 뛰기 시작했다.

이왕 마음먹었으니 도대체 요즘 강산이 뭐 하고 사는지 확실하게 알아낼 작정이다.

하지만 은서는 오래 뛰지 못하고 좌측으로 몸을 돌리며 그대로 화장품 가게로 몸을 숨겨야 했다.

반대쪽에서 강산이 걸어오는 걸 확인했기 때문이다.

다행히 늦지 않았다.

내심 엄마가 제대로 잡아주지 못했으면 어쩌나 했는데 나름 지연작전을 성공한 모양이다.

강산이 강남역 근처에 있는 30층 건물의 지하로 들어가는 걸 확인한 은서의 표정이 잔뜩 어두워졌다.

갑자기 은영이가 말한 호스트바가 생각났기 때문이다.

강산이 들어간 곳의 간판은 아무런 정보 없이 '샤르망'이란 상호만 우아한 글씨로 적혀 있었다.

고급 룸살롱이나 유한마담들이 이용하는 호스트바는 이처럼 상호만 간단하게 쓴다는 말을 누군가에게 들은 적이 있기 때문에 은서는 주먹을 꼭 쥔 채 따라 들어가야 할지 망설였다.

정말 이곳이 호스트바라면 어쩔 텐가.

상상만 해도 싫었다.

나이 든 여자들의 시중을 들며 온갖 변태 짓을 하는 곳이 호스트바라고 들었다.

한마디로 갈 데까지 가서 막장에 몰린 인간들이 기생하는 곳이란 뜻이다.

그런 짓을 강산이 한다고 생각하니 온몸이 으슬으슬 떨려왔다.

두 눈으로 확인해서 만약 그것이 사실이라면 강산을 두 번 다시 보지 않을 생각이었다.

힘들게 살아도 건강한 정신을 가졌다고 믿었다.

그의 밝은 웃음을 볼 때마다 언젠가는 좋은 직장을 찾아 제대로 된 삶을 살 것이라 기대했다.

그런데 호스트바라니.

힘들게 한 걸음 한 걸음 계단을 걸어 내려가 문을 여는 순간 은서는 깊은 한숨을 몰아쉬었다.

고급스럽게 장식된 홀.

백여 석에 달하는 자리에는 수많은 사람이 삼삼오오 모여 앉아 식사를 하며 술을 마시고 있었다.

'휴우.'

저절로 안도의 한숨이 흘러나오며 다행이란 생각에 자신도 모르게 눈시울이 뜨거워졌다.

정면에 설치되어 있는 무대에는 피아노와 앰프 시설이 좌우에 있고 중앙에는 마이크가 의자와 함께 덩그러니 놓여 있었다.

종합적으로 분석한 결과 여기는 강남에서 잘나가는 고급 라이브 카페가 분명했다.

열심히 고개를 돌려 보았으나 강산은 어디로 갔는지 보이지 않았다.

이대로 서 있을 수 없어 고개를 빼 들고 보니 왼쪽 중간 쪽에 빈자리가 보였다.

조심스럽게 걸어 빈자리에 앉자 단정한 차림의 웨이터가 기다렸다는 듯 물과 메뉴판을 들고 다가왔다.

강남이라 그런지 웨이터마저도 잘생겼다.

"뭐로 드시겠습니까?"

"저기, 혹시 도와주시는 분들 중에 이강산 씨라고 있나요?"

"강산 형님 찾아오셨어요?"

"예."

"누구시죠?"

"그냥 친구예요. 그런데 그분, 여기서 뭐 하세요?"

"강산 형님은 노래 부르시는데요. 이십 분만 있으면 강산 형님 차렌데. 아직 시간 있으니까 불러 드릴까요?"

"아니에요. 나중에 보면 돼요."

"아, 네."

"저는 맥주 한 병하고 마른안주 주세요."

"곧 준비해 드리겠습니다."

은서는 웨이터가 돌아간 후에야 황당한 표정을 지었다.

호스트바가 아니란 사실에 불안한 마음은 가셨지만 그렇다고 마냥 기분이 좋은 것도 아니었다.

강산이 이곳에 들어온 이유가 빤하다고 생각됐기 때문이다.

공장이나 건설 현장을 전전하던 강산이 이런 곳에서 할 수 있는 일은 웨이터밖에 없었다.

그랬기에 들어오면서 서빙하는 웨이터들을 유심히 바라보

았다.

새삼 강산에게 한 행동이 떠올라 마음이 안 좋아졌다.

먼지가 잔뜩 묻은 작업복을 입은 채 들어온 강산을 향해 화난 표정으로 언제까지 그렇게 살 거냐며 싫은 소리를 했다.

강산이 건설 현장에서 벗어나 이런 곳에서 웨이터를 하는 게 모두 자신의 말 때문인 것 같아 새삼 미안해져 미칠 것만 같았다.

그런데 노래를 한단다.

처음에는 무슨 소릴 하는지 이해할 수 없었는데 웨이터의 반짝거리는 눈을 확인한 후에야 감을 잡을 수 있었다.

노래를 한다면 저기 정면 무대에서 손님들을 앞에 두고 가수처럼 공연을 한다는 뜻이다.

'강산 오빠가 노래를 잘했나?'

그러고 보니 일 년이나 같이 살면서 지금까지 강산의 노래를 들어본 적이 한 번도 없었다.

은서는 글라스에 맥주를 따라 한 모금 마신 후 천천히 주변을 둘러보았다.

강산이 나오려면 아직 이십 분이나 남았기 때문에 그녀는 샤르망의 장식과 구조를 살피기 시작했다.

확실하게 고급스러운 가게다.

홀 벽은 모두 대리석으로 치장되었고 조명과 장식물도 쉽게 찾아볼 수 없을 만큼 우아한 것들이었다.

백여 석에 달했지만 사람들의 목소리는 귀를 기울여야 들을 수 있을 만큼 작았고 손님들 수준도 높아 보였다.

그런데 이상한 것은 홀에 있는 손님의 상당수가 여자라는 것이다.

은서의 옆에도 세 명의 아가씨가 맥주를 마시며 이야기를 나누고 있었다.

세련된 옷차림에 예쁜 얼굴과 늘씬한 몸매를 지닌 여자들이다.

옷차림으로 봤을 때 대기업에 다니는 사원이거나 전문직에 종사하는 사람들로 보였다.

일부러 이야기를 들으려 한 것은 아니었으나 바로 옆자리였기 때문에 그녀들의 대화가 자연스럽게 들려왔다.

그녀들의 목소리는 조금 들떠 있었다.

"너, 나 오늘 약속까지 펑크 내고 왔어. 실망하게 만들면 죽을 줄 알아."

"내일부터 출근부나 찍지 마."

"정말 그렇게 멋있니?"

"여기 자리를 꽉 채운 여자들을 봐라. 아마 대부분이 그 사람 보려고 온 걸 거야. 거의 시간 다 돼가니까 기대해."

"호오, 그 정도란 말이지."

"너희들 마음에 안 들면 오늘 저녁은 내가 산다. 대신 마음에 들면 니들이 술 사."

하얀 면바지를 입은 여자가 친구들에게 자신만만한 웃음을 지어 보였다.

아마 그녀로 인해 여길 온 모양이다.

여자들의 환성 소리가 터져 나오기 시작한 것은 은서가 맥주잔을 비운 후 땅콩을 집어 들 때였다.

사람들의 시선은 한곳으로 향해 있었는데 거기에는 강산이 기타를 든 채 무대로 들어오는 중이었다.

"안녕하세요. 이강산입니다. 오늘은 제가 여기서 노래한 지 꼭 한 달째군요. 저를 보기 위해 찾아주신 분들께 진심으로 감사 인사드립니다."

무대에 선 강산이 부드러운 목소리로 인사하자 다시 한 번 여자들의 환성이 터졌다.

앰프의 영향 때문인지 강산의 목소리는 집에서 듣던 것과 많은 차이가 있었다.

마치 꿈결에 듣는 것처럼 부드럽고 아이스크림처럼 달콤한 음성이 귓가를 맴돌아 은서는 맥주잔을 손에 든 채 꼼짝도 하지 못했다.

집에서 듣던 강산의 그 푼수 같은 행동과 목소리는 어디론가 사라지고 환상 속의 백마 탄 왕자가 나타나 사랑을 속삭이고 있었다.

한쪽에서 미친년처럼 일어나 소리치는 여자의 심정이 이

해가 되었다.

목소리도 변신시키고 조명발로 무장해 어마어마하게 잘생긴 것으로 위장했으니 강산의 평상시 생활 태도나 행동을 모르는 여자들은 충분히 백마 탄 왕자로 오해할 만했다.

인사를 끝낸 후 기타 줄을 몇 번 튕겨 튜닝을 마친 강산이 노래할 곡을 소개했다.

"이번에 부를 곡은 '내 가슴에 흐르는 눈물' 입니다."

그대를 떠나보내고
나는 돌아와 술을 마신다
그대의 모습이 그리워도 끝내 잡지 못한 것은
떠나는 그대가 너무 슬퍼 보였기 때문이지……

조용한 전주에 이어서 흘러나온 노래.

어느 비 오는 날 쓸쓸함과 외로움에 젖어 처량하게 술잔을 기울이는 남자의 모습을 떠오르게 만드는 노래였다.

척 봐도 꽤 오래된 노래다.

그런데도 사람들은 그가 노래를 시작하는 순간부터 홀린 듯 정신을 차리지 못했다.

예전 쌍팔년도에나 유행했을 법한 감성이 그의 노래에 담겨 홀을 묵묵히 휩쓸자 객석에 있던 관객들은 모두 넋을 잃어갔다.

그리고 나도.

말도 안 되는 일이었다.

나는 아직도 새파란 청춘이고 풋풋한 젊음을 고스란히 간직하고 있는 이십 대 중반의 꽃다운 아가씨다.

그런 내가.

언제 적 노랜지, 누가 불렀는지도 알지 못하는 노래를 들으며 눈물을 흘리다니 기가 막혀 말도 안 나왔다.

울지 않으려 노력했으나 더 눈물이 나왔다.

막을 수 없는 눈물이다.

그랬기에 무대에서 노랠 부르는 그를 바라보며 원 없이 울었다.

저 사람. 아, 저 사람. 그리고 나는…….

이 모든 것이 꿈처럼 느껴졌다. 저 사람을 만난 것도, 저 사람을 좋아하는 것도.

내 마음을 접으려 무진장 애를 썼으나 결국 막지 못하고 여기까지 오고 말았다.

바보 같은 짓이란 걸 알고 있다.

하지만 운명은 자꾸 내 손을 이끌고 가지 말아야 할 수렁 속으로 밀어 넣고 있었다.

백수를 사랑하다니 얼마나 어리석은 짓인가.

그럼에도 내 마음은 그에게 향한다.

블랙홀로 맥없이 빠져드는 먼지 알갱이처럼.

노래가 끝나는 걸 보며 서둘러 눈가에 흐르는 눈물을 지웠다.

부끄러웠다.

노래를 들으며 눈물을 흘린다는 것은 강산의 세계에 자신이 빠져들었다는 것을 남들에게 보여주는 것이란 생각이 들었다.

남이 볼까 봐 재빨리 눈물을 닦고 혹시 본 사람이 있는지 확인하기 위해 주위를 둘러봤다.

그랬더니 여기저기서 여자들이 훌쩍거리는 것이 보였다.

특히 옆 좌석에 앉아 있던 여자들은 난리가 나 있었다.

"저 사람, 완전 대박이다."

"큰일 났다, 애. 난 눈물이 멈추지 않아. 어쩌면 좋아."

"정말 멋있어. 한번 안아보고 싶다."

"어때, 내 말이 맞지?"

"응."

"오늘 여기 계산은 니들이 해. 멋진 구경 시켜줬으니까."

"알았어. 그런데 저 사람에 대해서 아는 거 있어?"

"왜?"

"나 필 받았거든. 한번 대시해 보려고."

십자 목걸이를 한 여자가 하얀 면바지의 여자에게 목덜미를 드러내며 교태를 부렸다.

색기가 좔좔 흐르는 여자이다.

강산에 대한 자신의 감정이 본능적으로 나타나며 한 행동이었겠지만 그 모습을 보자 은서의 눈에서 불꽃이 튀었다.

마치 그 행동이 강산에게 하는 것처럼 느껴졌기 때문이다.

은서가 집에 들어온 건 열 시가 조금 넘어서였다.

간단히 샤워를 하고 마루로 나오자 세 모녀가 반짝이는 눈으로 자신을 바라보고 있다.

오늘의 사건을 심문하기 위해 기다리는 자세이다.

탁자에는 과일이 놓여 있었지만 포크만 찍혀 있을 뿐 먹은 흔적은 없었다.

은서가 나타나자 제일 먼저 은영이 입을 열었다.

"오늘 추적했다며. 성공했어?"

"그래."

"어허, 오토매틱으로 안 나오지. 꼭 하나씩 물어봐야 해?"

"잠깐 기다려. 입가심 좀 하고."

은영의 독촉을 뒤로하고 은서가 수박 한 조각을 들었다.

그런 후 천천히 먹으며 오늘 벌어진 기가 막힌 사건에 대해서 이야기를 꺼냈다.

수박씨가 은서의 입에서 총알처럼 튕겨 나가기 시작한 것은 옆 좌석에 있던 아가씨들에 대해 얘기할 때였다.

은서는 아직도 그녀들에 대한 분이 풀리지 않은 모양이었다.

그러나 모녀의 관심은 그게 아니었다.

"강산 오빠가 정말 그렇게 노랠 잘 불러?"

"그래."

"엄마, 강산 오빠 노래 들어본 적 있어?"

"가끔가다 흥얼거리는 건 들어봤지."

질문에 김 여사가 어정쩡한 얼굴로 대답하자 은수의 고개가 은서에게 돌아갔다.

엄마의 대답은 목소리나 태도에서 신빙성이 매우 떨어지고 있었다.

"언니, 오빠 어땠어?

"그 계집애들이 울더라니까."

"그 정도로 잘한단 말이지? 혹시 언니도 울었어?"

"울긴 내가 왜 울어!? 내가 미쳤니?"

"아님 그만이지 왜 신경질을 내고 그래?"

갑작스럽게 은서가 소리를 빽 지르자 은수가 엉덩이를 밀어 뒤쪽으로 도망갔다.

과도한 리액션.

사람은 아픈 곳을 찔리면 이처럼 과한 반응이 보이는데 만약 계속 건드리면 폭발한다.

그랬기에 언니가 울었을 거라 의심하면서도 은수는 더 이상의 발언을 자제하고 뒤쪽으로 물러났던 몸을 슬며시 앞쪽으로 이동시켜 왔다.

동생의 항복에 대신 나선 것은 은영이었다.

"사람들 앞에서 기타 치고 노래할 정도면 엄청 잘하는 모양인데, 언제 시간 나면 한번 불러달라고 해야겠다."

"그래, 강산이 노는 날 마당에서 우리를 위한 콘서트를 해달라고 그러는 거야. 어떠니?"

"돈 내라고 할지도 몰라."

"그땐 쫓아내야지. 종갓집 가문의 무서움을 보여준다. 나도 예전에 한 성깔 했어."

주먹을 쥐고 허공을 휘젓는 김 여사의 조크에 세 딸이 동시에 함박웃음을 흘려냈다.

가끔가다 엄마는 이렇게 한 방을 터뜨려 사람을 즐겁게 만들었다.

자신의 농담에 딸들이 활짝 웃어주자 어깨를 으쓱거린 김 여사는 벽에 걸린 시계를 봤다.

"그나저나 강산이 피곤해서 어떡하니. 매일 한 시가 훨씬 넘어서 들어오던데."

"걱정하지 마요. 자기가 스스로 판 무덤인데, 뭐. 난 들어가서 잘래. 그 인간 따라다녔더니 피곤하네."

"그래라. 늦었다. 너희도 이제 들어가."

은서가 먼저 일어나자 김 여사가 재촉해 은영과 은수도 일어나게 만들었다.

김 여사가 바라본 벽시계는 열한 시를 가리키고 있었다.

유태희는 차에서 내려 집으로 들어갔다.

잔디밭 사이로 하얀 조각돌이 깔린 길을 따라 걸으면 웅장한 건물이 나오는데 대지와 건평을 모두 합쳐 천 평 가까운 대저택이다.

거실로 들어서자 우아한 홈드레스를 입고 커피를 마시던 윤 여사가 벌떡 일어나 태희를 맞았다.

윤 여사는 오십 중반임에도 불구하고 젊었을 적의 미모가 고스란히 남아 있고 몸매도 잘빠져서 나이가 무색할 정도였다.

"지금 몇 시니? 일찍 좀 다녀!"

"바빴어요."

"저녁은?"

"먹었어요. 나 그만 올라가서 쉴게요."

대원그룹은 요즘 한창 해외사업에 열을 올리는 중이다.

그랬기에 기획실은 눈코 뜰 새 없이 바쁘게 돌아가는 중이고, 유태희는 오늘도 야근을 해야만 했다.

벌써 열 시가 훌쩍 넘었기 때문에 태희는 얼른 올라가 휴식을 취하고 싶었다.

하지만 윤 여사는 그런 태희를 소파 쪽으로 억지로 끌어다 앉혔다.

"태희야, 잠깐 이리 와봐. 할 말 있다."

"뭔데요?"

"너 현수하고는 잘돼가고 있는 거니?"

"또 그런다."

"또 그러긴, 네 나이 벌써 스물여덟이야. 이젠 결혼해야지."

"아직 결혼 생각 없어요."

"현수가 혹시 청혼 안 하디?"

윤 여사의 엉뚱한 질문에 유태희가 황당한 표정을 지었다.

사법고시 수석에 엘리트 코스를 밟아나가는 현수를 윤 여사는 매우 기꺼운 눈으로 바라보고 있었다.

집안에 잘나가는 검사가 한 명 있는 것도 괜찮다는 게 그녀의 생각이었다.

"현수하고는 그런 관계 아니라고 몇 번이나 말해요."

"그럼 왜 만나?"

"동창이잖아."

"도대체 난 이해가 안 간다. 그렇게 괜찮은 애를 옆에 두고 왜 그러는 거니?"

"몰라. 이상하게 걘 남자로 느껴지지 않아. 어릴 때부터 봐서 그런 것 같아요."

태희의 시큰둥한 태도에 윤 여사의 안색이 어두워졌다.

요즘 들어 잠자리에 들 때면 남편의 성화가 이만저만이 아니다.

현수가 마음에 들어 이리저리 미루고 있었지만 태희의 태도로 봤을 때 더 이상 미룰 수가 없었다.

무슨 조치라도 취하지 않으면 남편의 성화는 점점 더 커질 게 뻔했다.

윤 여사가 핸드백에서 주섬주섬 사진을 꺼내 든 것은 태희가 자리에서 일어나려 할 때였다.

"아빠 성화가 이만저만이 아니다. 평창동 아줌마가 보내 왔다. 한번 봐라."

"싫어요."

"보고 말해. 그만하면 인물도 빠지지 않고. 동성그룹 셋째 아들이란다."

"메기 닮았네."

"그게 어떻게… 그러지 말고 한번 만나보기나 해. 나도 아빠한테 할 말이 있게 만들어주면 안 돼?"

"나 올라갈래요. 아빠한테는 내가 얘기할 테니 엄만 걱정하지 말고. 때 되면 내가 다 알아서 한답니다."

힐끔 사진을 본 태희가 더 이상 앉아 있을 이유가 없다는 듯 칼같이 자리에서 일어났다.

그녀는 선볼 생각이 전혀 없었다.

❖

침대맡에 놓아둔 핸드폰 소리가 요란하게 울리자 꿈속을 헤매던 강산이 손을 더듬거리며 움직였다.

어제도 두 시 넘어서 들어왔기 때문에 대낮이 되었어도 쉽게 잠에서 깨지 못하고 있었다.

눈을 뜨지 않은 채 핸드폰을 찾아낸 강산은 졸린 목소리로 전화를 받았다.

전화를 해온 놈은 예상대로 한석만이었다.

―아직도 자냐?

"너 죽을래? 지금이 몇 신데 전화하고 그래!"

―열두 시가 넘었다. 까불지 말고 일어나.

"벌써 열두 시야? 밥 먹을 시간이네."

부스스 일어나 시계를 본 강산은 면 티 속으로 손을 집어넣어 가슴을 긁었다.

전화기 속에서도 강산의 행동이 눈에 보이는지 석만의 웃음소리가 요란하게 흘러나왔다.

―이제 정신 차린 모양이네. 밥 타령하는 거 보니까.

"왜 전화했어?"

―오늘 모임 알지? 일곱 시 미러클.

"미친놈. 나 일하는 거 알면서 놀리는 거냐?"

―그럴 줄 알고 내가 용수 형한테 미리 말해놨다. 오늘 하루 휴가 낸다고.

"내 휴가를 왜 네가 내고 지랄이야!"

―약속했잖아, 인마. 자꾸 엉뚱한 소리 하면 직접 체포하러 간다?

"용수 형이 나한테는 말 안 하던데?"

―오늘 부탁했거든. 그러니까 너는 걱정하지 말고 나오기나 해.

"미러클이 술집이냐?"

―응.

"그런데 왜 일곱 시에 모여? 밥은 안 먹냐?"

―밥은 무슨. 그 자식 먹는 타령 더럽게 하네. 넌 어떻게 맨날 먹는 타령이냐. 거기도 배 채울 안주 나오니까 걱정 붙들어 매고 나와.

"인마, 너도 굶고 살아 봐."

강산이 푸념하자 석만이 서둘러 전화를 끊었다.

놈은 불리하면 무조건 전화를 먼저 끊는 버릇이 있었다.

밥을 먹고 낮잠 한 번 더 때린 후 만화책을 보면서 킥킥대다 보니 금방 여섯 시가 돼버렸다.

서둘러 머리를 감고 콧노래를 흥얼거리며 드라이기로 머리를 말린 강산은 과감하게 옷장을 열었다.

오랜만에 만나는 동창들인데 깔끔하게 입고 나가야 한다는 생각이 들어 옷장을 전부 뒤집었으나 강산은 입맛을 다시며 흩어진 옷을 주섬주섬 다시 옷장으로 집어넣고 말았다.

그나마 가장 좋은 게 어제 입은 옷이었다.

"아무리 뒤져 봐도 쓸 만한 게 없네. 오늘은 태희도 나온다는데. 할 수 없지, 뭐. 있는 대로 살자고."

미러클은 압구정동에 위치한 회원제 카페였다.

회비가 꽤 비싼데도 워낙 많은 상류층 자제들이 회원 가입 신청을 해와 가입 조건이 까다롭다고 알려진 곳이다.

미러클은 평상시 술과 안주를 파는 고급 카페였으나 일주일에 한 번은 홀을 완전히 비우고 회원들 간의 상호 교류를 주선하는 파티를 여는 것으로 유명했다.

바로 이 파티 때문에 미러클의 회비가 천정부지로 뛰고 있었다.

그들만의 리그.

상류층 자제들이 직접 눈으로 확인하며 배우자감을 고를 수 있는 기회를 만들어주기 때문이다.

일종의 특화다.

미러클의 주인은 대단한 상술을 지닌 사람임이 분명했다.

프랑스의 궁전처럼 만들어진 정문은 오채색 대리석으로 꾸며졌고 들어오는 입구의 벽에는 유명 화가의 작품이 전시되어 있었다.

웬만한 사람들은 입구에 들어오면서부터 위압감을 느낄 만큼 화려하고도 중압감이 느끼지는 구조였다.

그 정문을 세련된 옷차림의 유태희가 당연하다는 듯 거침없이 들어섰다.

검은색 바탕에 흰색 문양으로 조화를 이룬 투피스가 몸매를 더욱 돋보이게 만들었고, 귀와 목에 치장된 다이아몬드 장식은 그녀를 더욱 고아하게 만들었다.

천천히 홀을 따라 들어오며 일행을 찾던 유태희는 한편에 앉아 있는 친구들을 확인하고는 경쾌하게 걸음을 옮겼다.

또각또각.

그녀가 걸을 때마다 이태리 장인이 한 땀 한 땀 손으로 직접 만들었다는 장미 문양 수제 구두에서 청아한 음향이 흘러나왔다.

앉아 있던 친구들은 태희의 그런 모습을 보며 눈을 휘둥그레 뜬 채 한동안 시선을 돌리지 못했다.

예쁘고 잘빠진 건 수도 없이 느낀 것이지만 오늘따라 유태희는 중국의 황제가 미치도록 예뻐했다는 서시가 저리 가라 할 정도로 아름다움을 뽐내고 있었다.

자리에 앉아 있던 사람은 여자 셋에 남자 넷.

그들 역시 명품으로 온몸을 도배하고 있었지만 태희와 비교하면 아무래도 옷걸이에서 차이가 났다.

먼저 입을 연 것은 석만이었다.

놈은 여전히 예쁜 것에 대해서는 사족을 못 썼다.

"우와! 태희 예쁜 건 예전부터 알았지만 오늘은 완전 끝장이네. 오늘 너 무지 예쁘다."

"석만아, 오랜만이야. 다들 잘 지냈지?"

유태희가 의자를 빼서 앉으며 친구들한테 인사를 했다.

그러자 끝 쪽에 앉아 있던 윤혜수가 입술을 삐죽였다.

윤혜수와는 학교 다닐 때는 한 번도 말을 섞지 않았지만 모임을 같이하면서 가끔 연락하는 사이가 되었다.

"넌 어떻게 나이가 들수록 더 예뻐지니? 부럽다, 얘."

"비행기 띄우지 마."

"이거 더 이상 내버려 두면 안 되겠는데? 태희야, 내가 대시하면 받아줄래?"

"한번 해봐. 그렇잖아도 이 나이가 되도록 대시하는 사람이 없어서 외로워 죽을 지경이야."

"그 말 정말이지?"

윤혜수에 이어 민강식이 나섰다.

민강식도 윤혜수와 마찬가지로 모임을 시작하면서 만난 놈이다.

언뜻 그의 아버지가 광화문에 빌딩을 몇 채 가지고 있다는 소릴 들었는데 흑심이 있는지 가끔가다 이런 농담을 하곤 했다.

그런 민강식을 가운데 앉아 있는 김현수가 스윽 노려봤다. 장난의 농도가 올라가는 게 마음에 들지 않는다는 시선이다.

현직 검사의 눈초리는 아무리 친구라도 충분히 압도할 만큼 매서웠다.

그런 분위기를 눈치채고 나선 것은 석만이었다.

석만은 여기서도 분위기 메이커 역할을 하고 있었다.

"오늘 모임에는 특별히 강산이가 오기로 했다. 내가 나오라고 부탁해서 오는 거니까 될 수 있으면 반갑게 맞이해 줘라. 강산이 곧 도착한다니까 조금만 기다려."

석만이 말을 마치자 태희의 시선이 자연스럽게 입구 쪽으로 향했다.

그녀의 시선은 기대로 반짝이고 있었는데 그와는 반대로 현수의 눈은 점점 무겁게 가라앉고 있었다.

화려하게 치장되어 있는 미러클의 정문에서 강산은 한동안 간판만 바라본 채 움직이지 않고 있었다.

손님들은 대부분 정장 차림으로 외제차에서 내렸는데 멋들어진 연미복의 안내인이 차례대로 그들을 입구까지 안내하고 있었다.

마치 영화제의 한 장면을 보는 것 같았다.

강산이 천천히 걸어 입구 쪽으로 다가가며 중얼거린 것은 방금 도착한 손님들로 인해 안내인이 모두 자리를 비웠을 때다.

"이거 술집 맞아?"

입구를 건너 홀 문을 열고 들어서자 지배인 명찰을 단 사십 초반의 중년인이 다가와 강산의 앞을 가로막았다.

그는 하얀 와이셔츠에 검은 나비넥타이를 맸고 콧수염을 멋지게 길러 로맨틱한 매력을 풍기는 사람이었다.

그러나 지금 그의 얼굴에는 웃음이 담겨 있지 않았다. 면바지에 남방을 걸친 채로 들어선 강산의 모습이 그를 어이없게 만든 것이다.

"어떻게 왔습니까?"

"기다리는 일행이 있습니다."

"여긴 댁 같은 사람이 오는 곳이 아닙니다. 나가주시죠."

"난 약속이 있어서 왔어요. 여기서 모임이 있단 말입니다."

"약속이 있어도 안 됩니다. 그런 차림으로는 입장하실 수 없습니다."

"어떤 차림이어야 되는데요?"

"여긴 회원제라서 정장을 입으셔야 합니다."

지배인은 약속이 있다는 말 자체를 믿지 않는 것 같았다.

그럼에도 홀을 가리키며 복장 불량을 이유로 들었다는 건 그가 남을 배려하는 마음이 바탕에 깔린 사람이란 뜻이다.

강산은 매니저의 말에 자연스럽게 홀에 있는 사람들의 복장을 확인했다.

홀에 있는 사람들은 모두 정장 차림이었다.

정문에서 지켜볼 때 미러클로 들어가는 사람들이 모두 정장을 입었다는 게 이제야 떠올라 강산은 황당한 표정을 짓고 말았다.

미러클의 화려함이 그를 귀신에 씌게 만든 모양이었다. 그 토록 영민하게 돌아가던 머리가 하필 그때 먹통이 되다 니…….

미리 사람들의 복장을 눈여겨봤다면 처음부터 들어오지도 않았을 것이다.

고갤 숙여 자신의 모습을 확인한 강산은 쓴웃음을 지은 채 뒤돌아 나가려 했다.

여기서 시비를 걸어봤자 창피당하는 것은 자신이 될 수밖 에 없다는 걸 너무나 잘 알기 때문이다.

그때 한석만이 뛰어오며 강산을 불렀다.

석만은 지배인과 안면이 있는지 활짝 웃으며 말했다.

"이 사람, 저희 일행입니다."

"아, 그러십니까. 그래도 이런 차림으로는 입장이 곤란합 니다."

"처음이라 몰라서 그랬을 겁니다. 안에 있는 사람들 생각 해서 한 번만 봐주시죠. 불편 안 끼치게 할 테니 걱정하지 마 시고요."

말을 마친 석만의 손이 슬그머니 지배인의 손을 잡았다가 놓았다.

그 손에는 접힌 수표가 숨어 있었는데 수표는 어느새 지배 인의 손으로 옮겨져 주머니로 사라졌다.

지배인이 바쁜 척 반대편 드링크 하우스 쪽으로 움직인 것은 석만이 강산의 손목을 붙잡았을 때다.

"가자. 애들 기다린다."

강산이 석만과 함께 다가오자 기다리던 친구들의 시선이 한꺼번에 몰렸다.

하지만 곧 그들의 시선은 허름한 강산의 남방과 면바지를 확인하고는 호기심에서 허탈함과 황당함으로 변해갔다.

아무리 잘생겼어도 옷이 외모를 받쳐 주지 못하면 그 외모는 상당 부분 퇴색하게 되어 있다.

더군다나 실내의 은은한 조명을 받는 곳이라면 의복의 역할은 거의 절대적이어서 강산을 바라보는 친구들의 표정은 초대받지 않은 짜장면 배달부를 보는 것 같았다.

"오랜만이다. 반갑다."

"어, 어서 와라."

반갑게 강산이 인사했지만 벌써 자리는 어색함으로 가득 찼다.

인사를 받는 친구들의 표정은 밝지 못했고 그들과 악수하는 강산의 얼굴도 어두워져 갔다.

태희와 현수를 제외한다면 다른 사람들은 강산과 안면이 거의 없기 때문에 그 어색함은 더 컸다.

그나마 알고 있던 태희와 현수도 많이 변해서 간신히 알아봤을 정도이니 석만이가 한 명 한 명 소개해 줬음에도 나머지는 전혀 알아볼 수 없었다.

그나마 다행인 것은 태희가 활짝 웃으며 강산을 맞아주었다는 것이다.

그녀는 강산의 옷차림에 영향을 받지 않은 유일한 사람이었는데 악수를 하며 마주 잡은 손이 너무나 따뜻해서 놓고 싶지 않을 정도였다.

석만이 서둘러 강산의 잔에 양주를 따른 것은 아마도 좌중의 어색함을 희석시키기 위해서였을 것이다.

말없이 잔을 들어 술을 받은 강산은 자신을 주시하는 친구들의 면면을 확인하고는 쓰게 웃었다.

그들은 모두 명품 의상으로 도배되어 있었고, 화려한 장신구로 번쩍번쩍 빛이 나고 있었다.

이 어색함의 정체가 무엇 때문인지 너무나 잘 알고 있다.

그들과 자신의 차이는 단 하나, 옷차림밖에 없었는데 그 단순한 차이가 그와 친구들 사이에 거대한 벽을 만들고 있었다.

석만이 나선 것은 강산이 술잔을 빙글빙글 돌리며 현수를 봤을 때다.

현수는 고등학교 때와는 달리 차가운 이미지로 무장되어 함부로 대하기 힘들 정도였다.

"자, 강산이도 왔으니까 다 같이 한잔하자. 건배!"

석만의 호들갑에 술잔이 부딪쳤고, 친구들이 여기저기서 원샷을 외쳤다.

독한 양주를 단숨에 마신 석만이 친구들의 잔이 비었는지 확인하느라 분주하게 움직였다.

다행히 잔은 모두 비었고 술병이 이리저리 돌아다니며 잔을 채우는 사이 옆에 앉아 있던 태희가 슬쩍 말을 걸어왔다.

"십 년이나 지났는데 강산이는 변하지 않았네?"

"더 멋있어지진 않았고?"

"그런가? 잘 모르겠는데?"

강산의 뻔뻔한 대답에 유태희가 같은 뻔뻔함으로 받아쳤다.

얼굴은 더 성숙하고 세련되어 보였지만 그녀의 성격은 하나도 변하지 않은 것 같았다.

석만의 성화에 다시 잔을 채운 후 다시 한 번 건배가 이어졌고, 술잔이 바닥을 보였을 때 이번에는 강산이 태희에게 말을 붙였다.

"넌 예전보다 다섯 배는 더 예뻐진 것 같다."

"고마워."

"고맙긴, 뭐. 사실인데."

늘 듣는 말이지만 강산이 부드러운 표정으로 말하자 유태희의 얼굴이 순식간에 붉어졌다.

그녀는 강산에게서 그런 말이 나올지 전혀 예상하지 못한 모양이다.

오랜만에 보는 강산에 대해서 질문이 시작된 것은 술이 다섯 순배 정도 돈 후였다.

석만이 가급적 강산에게 시선이 집중되지 않도록 노력했지만 그 노력에는 한계가 있었다.

제일 먼저 질문을 한 것은 윤혜수였다.

그녀는 고등학교 시절 강산을 짝사랑한 전력이 있기 때문에 누구보다 궁금한 게 많은 것 같았다.

"강산아, 오랫동안 못 봤는데, 그동안 어떻게 지냈니?"

"학교 졸업하고 한동안 여행 다녔어. 내 꿈이 전 세계 무전 여행하는 것이었거든. 그런데 여행 많이 못 했다. 사는 게 힘드니까 여행 갈 돈도 시간도 없더라."

"지금은 뭐 하는데?"

"저번 주까지는 아파트 공사 현장에서 일했고 지금은 카페에서 일해."

강산의 대답에 질문을 한 윤혜수는 물론이고 나머지 애들도 어이가 없는지 일순간 말을 멈추었다.

그리고 그 침묵이 끝나자 대부분의 얼굴에서 경멸의 미소가 떠올랐다.

특히 거들먹거리기 좋아하는 민강식은 대놓고 비릿한 웃음을 흘리고 있었다.

그는 자신의 술잔을 비우고 강산에게 잔을 내밀었다.

"힘들게 사는구나. 자, 한 잔 받아라. 이런 술 먹기 어려울 텐데 이럴 때라도 마셔."

"난 소주만 마셔봐서 이런 비싼 술이 뱃속에 들어가도 괜찮을지 모르겠다."

강산이 잔을 단숨에 비우고 돌려주자 민강식이 잔을 받지 않았다.

그는 강산의 손에 들린 잔을 불결하다는 듯 쳐다보고 있었다.

"그 잔 그냥 네가 써라. 난 새 잔에다 마실 테니까."

"무슨 소리지?"

"난 남이 마신 술잔으론 안 마셔. 더군다나 소주만 마신 입을 댄 건 더욱 그렇고."

완전한 무시.

강산의 정체를 확인한 민강식이 결국 본심을 드러내며 팔짱을 끼었다.

근본이 다르니 사는 것도 달라야 한다는 태도다.

놈이 잔을 건넨 것은 그것을 일부러 나타내기 위한 행동이었음이 분명했다.

그러나 거기에 열 받은 것은 강산이 아니라 한석만이었다.

"너 뭐하는 짓이야, 이 새끼야!"

"뭐하는 짓이라니?"

"너무하잖아!"

"너무한 건 너야. 우리 양해도 없이 쟤를 왜 데리고 왔냐? 우리 모임이 아무나 올 수 있는 자리가 아니라고 너 들어올 때 분명히 말했을 텐데?"

"그건 맞아."

민강식의 말에 이름을 들었지만 기억나지 않는 여우 얼굴이 맞장구를 쳤다. 그러자 한석만이 입에 거품을 물었다.

"동창이 얼굴 보고 싶어서 왔는데 그것도 잘못이냐?"

"우린 보고 싶다고 한 적 없어."

"학교 때야 어쩔 수 없었지만 지금은 아니잖아. 우리가 모임을 만든 건 비슷한 수준의 친구들끼리 만나기 위해서거든. 그래서 회원 아니면 한 번도 동창을 초대한 적이 없고. 더군다나 강산이는……."

이번에 나선 놈은 파마머리를 한 놈이다.

역시 이름은 기억나지 않았는데 시계며 팔찌, 그리고 목걸이까지 완전 세트로 온몸에 돈을 처바른 놈이었다.

갈수록 가관이다.

강산도 듣자 하니 속이 부글부글 끓었지만 어디까지 할 건지 궁금해서 조용하게 앉아 친구란 이름을 가진 연놈들의 하는 꼬라지를 쳐다만 봤다.

옆자리의 태희는 아무 소리 없이 듣기만 했고, 현수는 전혀 상관하지 않는다는 태도로 연신 술잔만 기울이고 있었다.

더 이상 화를 참지 못하고 석만이 튕기듯이 일어난 것은 민강식이 강산의 옷차림을 가지고 시비를 걸었을 때다.

"나도 개판으로 살아왔지만, 씨발, 니들 정말 썩어도 더럽게 썩었구나! 동창이 오랜만에 만나서 술 한잔하는 것도 신분 차이가 나면 안 된다 이거냐? 그동안 눈꼴시어도 그냥 참아 넘겼는데 이젠 더 못 참겠다! 다시 니들 면상 보면 내가 개새끼다! 별것도 아닌 것들이 지랄 옆차기하고 있어! 정말 더럽다! 강산아, 가자!"

석만이 흥분한 상태에서 자신의 팔을 잡자 천천히 자리에서 일어난 강산이 그의 손을 떼어놓으며 친구들을 바라봤다.

강산은 자신에 관한 그들의 이야기를 듣고도 전혀 충격받지 않은 표정을 하고 있었는데 흘러나온 목소리도 여유가 있었다.

"내가 괜히 온 모양이네. 즐거운 자리 방해해서 미안하다. 난 먼저 일어날 테니 즐겁게 놀다 가라. 그런데 말이야, 나 술값 안 내고 가도 되냐?"

제3장

전환

강산과 석만이 나가 버리자 분위기는 급격히 다운되었다.

그들도 사람이다.

특권 의식이 몸에 밸 대로 밴 그들이지만 동창생을 홀대해서 내쫓았으니 마냥 즐거운 분위기에서 술을 마실 수는 없었다.

특히 현수는 말없이 계속 술을 마셨기 때문에 벌써 반쯤 눈이 풀려 있었다.

그는 강산이 들어올 때부터 마치 술과 원수진 사람처럼 잔을 비워댔는데 강산이 떠난 후에도 멈추지 않았다.

추억.

생각하기조차 싫은 추억이 자꾸만 떠오른 탓이다.

하나의 시간, 한 장소, 그리고 거기에 있던 사람들.

부서질 대로 부서진 자존심은 그때 그 가로등 아래 철저히 깔아뭉개졌고, 그 기억은 오랫동안 삶 속에서 생생히 각인되어 그를 괴롭혔다.

잊으려 숱한 노력을 했지만 잊히지 않았다.

정신과 치료도 받았고 남자로서 다시는 그런 일을 당하지 않기 위해 십 년 동안 검도에도 미쳐 살았다.

그럼에도 그 낙인은 가슴과 뇌 속에 뿌리 깊이 자리한 채 어느 날 불쑥불쑥 튀어나와 그의 삶을 갉아먹고 있었다.

그럴 때마다 그는 이렇게 취했다.

제정신으로 괴로움을 당하느니 이렇게 술에 취해 정신을 잃는 게 나았다.

유태희는 현수가 정신을 잃고 쓰러진 걸 확인한 후 석만에게 전화를 걸었다.

현수가 쓰러진 것은 석만과 강산이 나간 시간에서 채 삼십 분이 지나지 않았을 때다.

사람은 살다 보면 거의 틀리지 않는 예상을 할 때가 있는데 지금의 태희가 그랬다.

강산과 석만은 그녀의 짐작대로 불과 오 분 거리에서 술을 마시고 있었다.

친구들에게 현수를 부탁한 그녀는 서둘러 자리에서 일어

나 미러클을 나왔다.

사람이 많은 곳에서 할 수 없는 이야기를 하고 싶었다.

그 이야기는 단둘이 있어야 할 수 있는 이야기였다.

석만이 설명해 준 대로 현대백화점 쪽을 향해 걸어가자 '아데나'란 이름의 카페가 나왔다.

카페는 오 층 건물의 지하에 위치하고 있었는데 크지는 않았지만 나름대로 우아하게 꾸며져 편안한 분위기를 느낄 수 있도록 인테리어가 된 가게였다.

태희가 문을 열고 들어서자 중앙 자리에 앉아 있던 석만이 자리에서 일어나 문 쪽으로 걸어왔다.

그는 부탁한 대로 아무런 질문도 하지 않고 자리를 비켜 줬다.

홀에는 불과 세 팀밖에 없었고 음악마저 조용한 재즈가 흐르고 있어 이야기하기에는 더없이 좋은 환경이었다.

태희가 맞은편 자리에 앉자 강산이 기다렸다는 듯 빈 잔에 맥주를 따랐다.

그런 후 지그시 태희를 바라봤다.

"할 얘기가 있다고 그러던데."

"물어볼 게 있어서 왔어."

"말해봐."

"그날 이후 지금까지 늘 궁금했어. 도대체 그런 실력을 가지고 있으면서 왜 그렇게 산 거니?"

"학교 다닐 때 태천이 일당한테 당한 거 말하는 거야?"

"그래, 내가 그렇게 원했는데도 안 들어준 이유. 그걸 듣고 싶어."

"꼭 말해야 돼?"

"그래."

단호한 음성.

그녀는 정말 그것에 대한 해답을 절실히 원하고 있는 것처럼 보였다.

그랬기에 강산은 한참을 망설이다 어쩔 수 없다는 표정을 지으며 말을 꺼냈다.

"아버지의 부탁이 있었다. 그 이전 학교에서도 애들과 싸워서 전학 온 거거든. 아버지는 내가 고등학교라도 무사히 졸업하기를 바라셨어. 그래서 싸울 수 없었다."

"정말이야?"

"응."

"넌 수능도 안 봤고 졸업식에도 안 왔어. 그건 왜 그랬어?"

"집안 형편 때문이었어. 더 자세히 이야기해야 돼?"

말하고 싶지 않은 얼굴로 억지로 대답하는 강산을 보며 태희의 얼굴이 급격히 어두워졌다.

청명고에 다니던 아이들의 가정이 모두 좋았던 건 아니다.

같은 강남에 산다고 해서 모두가 부자는 아니었고, 그중에는 부모가 극빈층에 속하는 경우도 많았다.

강산처럼 수능조차 보지 못한 경우가 바로 그런 경우였다.

그랬기에 유태희의 시선이 급격하게 흔들렸다.

아파트 공사 현장에서 일했다는 것도, 카페에서 일하고 있다는 것도 이제야 이해가 갔다.

강산이 자신의 바람과는 한참이나 동떨어진 세계에 살고 있는 사람이란 게 확인되자 가슴에 찬바람이 불어왔다.

다시 돌아올 때는 꽤 멋있는 사람이 되어 대시해 보겠다던 강산의 말을 한 번도 잊은 적이 없었다.

그때 뒤돌아서 걸어가는 강산의 뒷모습은 아직도 선명하게 기억에 남아 있었다.

세상에 태어나 그 어떤 영화의 주인공보다 더 멋있게 느껴졌고, 가슴이 미친 듯이 뛰었다.

그래서 기다렸다.

언젠가 멋진 모습으로 자신을 찾아올 거란 기대를 하며 막연하게 그를 기다리고 있었다.

하지만 다시 돌아온 강산은 그녀의 장밋빛 꿈을 단박에 깨뜨리고 말았다.

백수라니.

기가 막혀 정말 말도 안 나올 지경이다.

유태희가 실망한 표정으로 말문을 닫자 강산은 물끄러미 그녀를 바라보다가 느리게 입을 열었다.

"궁금증 다 풀렸어?"

"어느 정도."

"그럼 이제 나도 하나 묻자."

"말해."

"현수와 사귀는 거냐?"

"사귀는 건 아니고, 그냥 친구로 가끔 만나."

"다른 남자 친구도 없고?"

"응, 없어."

"그럼 내가 대시해도 돼?"

"무슨 뜻이지?"

"나는 아직도 너에 대한 좋은 감정이 그대로 남아 있다. 고등학교 시절에는 적극적으로 어필하지 못했지만 지금은 할 수 있을 것 같거든."

강산은 처음부터 유태희의 눈에서 시선을 떼지 않고 있었다.

말이 끝난 후에도 그는 열정적으로 그녀를 바라보고 있었다.

멋진 외모를 가진 강산이 좋아한다고 말하자 유태희의 가슴이 뛰기 시작했다.

언젠가 이런 고백을 받았으면 좋겠다고 생각하고 있었는데, 막상 강산이 고백을 해오자 그녀는 얼굴까지 붉어질 정도로 흥분을 느꼈다.

하지만 그게 다였다.

지금의 그녀는 꿈 많은 어린 소녀가 아니었고, 백수가 넘볼 정도로 허술한 위치에 있는 사람도 아니었다.

"강산아, 넌 내가 지금 어디에 근무하는지 아니?"

"몰라."

"나 대원그룹 기획실에 다니고 있어. 그리고 조만간 기획실장 자리에 오르게 될 거야."

"그런데?"

"아직도 내 말뜻을 못 알아들은 모양이구나. 그렇다면 아주 쉽게 이야기해 줄게. 나랑 사귀고 싶으면 내 위치에 맞는 자격을 갖추고 와. 그럼 긍정적으로 생각해 볼 테니까. 이젠 알아듣겠니?"

유태희는 속사포처럼 자신이 할 말만 퍼부은 후 칼같이 일어나 나가 버렸다. 그 때문에 강산은 혼자 남아 맥주를 마셔야 했다.

강산이 종갓집으로 돌아왔을 때는 아홉 시도 안 된 시각이었다.

마루에는 김 여사와 은영이 텔레비전을 보고 있었는데 강산이 들어오자 의아한 표정을 지었다.

동창 모임에 간다고 나간 사람이 아홉 시도 안 되어 돌아왔으니 충분히 그럴 만했다.

"엄마, 라면 좀 끓여줘요."

"왜, 밥 안 먹었어?"

"네."

"아니, 동창 모임이라면서 왜 밥을 안 먹어?"

"그런 일이 있었어요. 배고파요."

"알았다. 잠깐 기다려. 준비해 놓을 테니까 얼른 씻고 와."

김 여사가 부엌으로 들어가자 강산은 방으로 들어가 추리닝으로 갈아입고 세면을 했다.

라면이 다 되고 강산이 다시 마루로 나온 것은 불과 십 분이 지났을 때다.

하지만 그 짧은 시간에 은서가 합류했고, 은수도 물을 마신다는 핑계로 나왔기 때문에 마루에는 온 가족이 모이게 되었다.

이 집 식구들은 언제나 궁금한 건 반드시 해결을 봐야 직성이 풀리는 사람들이었다.

그중 성격이 제일 급한 것은 언제나 은영이었다.

"오빠, 지금 이 시간까지 굶은 이유가 뭐야?"

"미친놈들이 식당이 아니라 술집에서 약속을 잡았더라고."

"먹을 거 나오는 술집이라고 오빠가 그랬잖아."

"응, 응."

"나 주먹 든 거 보이지. 솔직히 말해. 왜 못 먹고 들어왔어?"

"사실은… 그놈들이 나 백수라고 놀리는 바람에 화가 나서…….."

"얼씨구."

"열 받고 자존심 상해서 그냥 들어왔다."

"백수 아니라고 하지 그랬어. 오빠 카페에서 일하잖아?"

"그게 그거라네, 그놈들은."

은영이 눈을 크게 뜨며 분한 듯 편을 들자 강산이 탄력받아 목소리를 높이며 라면 먹던 젓가락을 흔들었다.

하지만 그의 패기는 은서의 한마디에 잡풀 꺾이듯 움츠러들었다.

"자랑이다. 카페에서 몇 푼 받고 일하는 거나 백수나 뭐가 달라?"

"그래도… 일은 하잖아."

"제발 정신 차려. 오빠 나이도 생각해라, 좀."

"너 자꾸 나 무시할래?"

"무시 안 당하게 살아봐."

"은서야."

"왜?"

"내가 회사에 취직하면 오빠 무시 안 할 거냐?"

"그걸 말이라고 해?"

"좋다, 그럼 나 회사 취직할게. 한 달만 기다리면 내가 정말 끝내주는 회사에 입사할 테니 그땐 오빠 무지하게 존경해라. 알았지?"

말도 안 되는 강산의 폭탄선언에 종갓집 식구 모두가 순식간에 입을 닫았다.

그런 후 조금 이따가 비실거리며 웃기 시작했는데 그녀들의 얼굴은 이 와중에 유머를 터뜨리는 강산의 순발력이 꽤 기특하다는 표정을 담고 있었다.

강산은 방으로 돌아와 책상에 앉아 다이어리를 꺼냈다.

다이어리에는 일 년 반 동안 그가 해온 일이 빼곡하게 적혀 있었다.

주로 인생의 밑바닥 일들이다.

가락동 농수산물시장, 영등포 수산시장, 레스토랑 웨이터, 피트니스클럽, 아파트 공사 현장 등 이십여 가지에 달하는 일을 하면서 느낀 점과 사람들을 바라보는 시각이 한 장 한 장 정성스럽게 쓰여 있었다.

그뿐만이 아니다.

다이어리에는 주말마다 전국을 돌아다니며 경험한 것도 적혀 있었는데 그 숫자가 백여 가지에 달했다.

양로원 봉사 활동, 농촌 일손 돕기, 서해안 갯벌에서 꼬막 캐기, 경마장 구경하기, 연탄 배달하기 등 주말마다 한 번도 빼먹지 않고 해온 일이었다.

강산은 똑바로 앉아 처음부터 끝까지 꼼꼼하게 읽은 후 천천히 다이어리를 덮었다.

백여 페이지에 달할 정도로 두꺼운 다이어리는 강산의 경험으로 가득 차서 더 이상의 여백이 남아 있지 않았다.

강산을 팔을 들어 머리를 감싸며 눈을 감았다.

유태희.

오랜만에 만난 그녀는 정말 아름다웠다.

어릴 적 청순하고 예쁘던 소녀는 어느새 세련되고 사람을 매혹시킬 만큼 뛰어난 미모를 지닌 여인으로 변해 있었다.

시크한 성격은 그대로였으나 그것이 그녀의 매력을 감소시키지는 않았다.

예전의 감정이 되살아나 사귀어보자고 했지만 되돌아온 건 철저한 무시였다.

안다. 그녀가 왜 그러는지.

충분히 이해할 수 있는 일이고, 자신이 태희라도 그랬을 것이란 생각이 들었다.

그랬기에 그녀를 미워하지 않았다.

조건을 갖추고 오라는 그녀의 차가운 목소리가 계속해서 머리를 맴돌았다.

고등학교 시절에도 그랬고 지금도 그렇다. 먼저 좋아한 것은 자신이었으니 그녈 탓할 일이 아니었다.

원한다면 맞춰준다.

그렇지 않아도 밑바닥 인생은 겪을 만큼 겪었기 때문에 변화를 시도할 생각이었다.

❖

은서는 하루 종일 취직을 하겠다는 강산의 말이 생각나서 도통 일이 손에 잡히지 않았다.

모든 식구가 농담으로 받아들이고 대충 넘어가는 분위기라서 더 따지진 못했지만 강산은 끝까지 취직하겠다는 말을 무르지 않았다.

가족들 생각처럼 그녀도 강산이 제대로 된 직장에 취직할 수 있을 거라곤 생각하지 않았다.

고졸 출신이 할 수 있는 건 생산직밖에 없다는 걸 너무나 잘 알고 있기 때문이다.

그런데도 은근히 기대하는 건 무슨 마음인지 모르겠다.

생각할수록 머리가 지끈거리고 아파왔다.

그녀는 은영이 다니고 있는 한강대 출신이다.

사 년 내내 장학금을 받았고, 국내 굴지의 광고 회사인 한성기획에서 졸업 전에 스카우트할 정도로 그녀는 뛰어난 두뇌를 소유하고 있었다.

그런 그녀였기에 강산을 생각할 때마다 자신도 주체하지 못할 괴로움에 빠져들곤 했다.

누구는 사랑 하나에 모든 것을 버리고 목숨까지 주었다는데 자신은 기껏 조건 때문에 망설이고 주저하며 강산을 미워하고 있었다.

좋아한다는 고백조차 할 수 없었다.

속으로는 수도 없이 사랑한다고 말했지만 그의 앞에만 서면 불행해질 자신의 미래가 떠올라 화를 냈다.

그런 후에는 언제나 후회하며 괴로워했다.

정말 끝이 보이지 않는 지랄 같은 사랑이었다.

김 대리가 은서의 자리로 다가온 것은 오후 다섯 시가 다 되어갈 무렵이었다.

그의 이름은 김영식이다.

광고 3팀의 주축으로 실력이 뛰어난 것으로 알려져 있고 외모도 꽤 잘생겨서 회사 여직원들에게 인기도 많았다.

더군다나 최근에는 그의 집안이 엄청 좋다는 소문까지 돌면서 상종가를 치는 남자다.

그런 그가 은서에게 데이트 신청을 하기 시작한 것은 석 달 전부터였다.

"은서 씨, 시간 좀 내줄래요?"

"말씀하세요."

"우리 잠깐 나가죠. 드릴 말씀이 있어요."

오늘은 다른 날과 다르다.

그는 말을 마치고 먼저 몸을 돌려 걸어갔기 때문에 은서는 황당한 표정을 짓고 말았다.

언제나 부드러운 말투와 깍듯한 매너로 그녀의 마음을 상하지 않게 노력했는데 오늘의 행동은 무척 강했다.

그랬기에 은서는 얼떨결에 자리에서 일어나 그의 뒤를 따라 걸어 나갔다.

휴게실에 들어선 김영식은 자판기에서 커피 두 잔을 빼 앉아서 기다리고 있는 은서에게 한 잔을 내밀었다.

그런 후 자신도 자리에 앉으며 맑게 웃었다.

"은서 씨, 내가 좋아하는 거 알죠?"

"몰라요."

"거짓말하지 마세요. 석 달 동안 내가 데이트 신청한 게 여덟 번이에요. 그런데도 모른다면 말도 안 되죠."

"그래서요?"

"이제 이만큼 변죽을 울렸으니 제대로 해보려고요. 그동안은 우리 관계를 부드럽게 진행하고 싶어서 적극적으로 나서지 않았지만 이제는 제대로 할 생각입니다."

"난 도대체 무슨 소린지 모르겠어요."

"모른단 말이죠? 그렇다면 확실하게 말할게요. 난 은서 씨가 좋습니다. 서른이 되도록 살아오면서 여러 여자를 사귀어 봤지만 결혼하고 싶은 생각이 든 사람은 은서 씨뿐입니다. 은서 씨와 결혼을 전제로 사귀고 싶습니다."

시선을 피하지 않고 빤히 바라보는 김영식의 시선에 은서는 자신도 모르게 얼굴이 붉어졌다.

언제나 수줍게 데이트 신청을 해왔기 때문에 여린 성격을 가진 남자라고 생각했는데 이제 보니 잘못 판단한 것 같다.

은서는 도전적으로 바라보는 김영식의 시선에 조용하게 그를 마주 보았다.

무슨 얘긴지는 알고 있다.

이 남자의 눈에는 자신감이 있고 그 자신감의 배경이 뭔지
도 대충 짐작이 갔다.

그러나 그녀의 심장은 하나였다.

지금의 그녀에게는 어떤 조건을 가진 남자가 와도 그녀의
심장을 뛰게 만들 수 없었다.

"무슨 소린지 충분히 알아들었어요. 하지만 제 대답은
'NO' 예요. 미안합니다."

은서는 손에 들고 있던 커피 잔을 탁자에 내려놓고 자리에
서 일어나 휴게실을 벗어났다.

조금의 망설임도 없는 단박의 거절이었다.

하지만 김영식은 그녀의 뒷모습을 바라보며 여전히 웃음
을 멈추지 않았다.

이제 한 번 찍었을 뿐.

계속 찍을 생각이다. 얼마나 찍어야 넘어올지 모르지만 절
대 포기하지 않겠다고 다짐에 다짐을 거듭했다.

태희는 대학 친구인 윤서경과 함께 늘 다니는 피트니스클
럽 '피란체'에 들어섰다.

피란체는 강남역에서 테헤란로 쪽으로 이백 미터 정도 떨

어진 이십칠 층 건물의 꼭대기에 자리 잡고 있었는데 그 규모가 오백 평이 넘었고 유명 연예인도 많이 오는 곳이다.

그만큼 비싸서 웬만한 사람은 올 엄두도 못 내는 클럽이었다.

탈의실로 들어서서 운동복으로 갈아입자 윤서경의 늘씬한 몸매가 눈에 들어왔다.

그녀의 키는 유태희보다 5센티가 더 커서 이렇게 알몸이 되면 평상시보다 그 늘씬함이 더 돋보였다.

유유상종이라 했던가.

원일그룹 계열 원일상사 사장 딸인 윤서경은 같은 경영학과였고 성격도 비슷해서 대학 때부터 단짝이었다.

운동복으로 갈아입고 나온 그녀들은 러닝머신 쪽으로 걸어가다가 웅성거리는 사람들로 인해 걸음을 멈췄다.

사람들은 뭔가를 구경하고 있었는데 대부분이 여자들이고 가끔가다 탄성 소리도 흘러나오고 있었다.

저절로 그쪽으로 걸음이 옮겨졌다.

저렇게 많은 사람이 모여 있다는 것은 무언가 구경거리가 있다는 뜻이기 때문이다.

피란체에 다닌 지 한 달이나 되었지만 이런 경우는 처음이기에 그녀들은 호기심이 가득 담긴 눈으로 사람들에게 다가갔다.

그런 후 무언가에 뒤통수를 맞은 것 같은 충격으로 꼼짝도 하지 못했다.

체스트 프레스.

가슴의 근육을 발달시키기 위한 장비에 앉아 운동하고 있는 것은 바로 강산이었다.

웃통을 벗은 강산의 상체는 멋들어진 근육으로 들어차 있었는데 지금까지 본 어떤 몸매보다도 완벽했다.

윤서경은 그런 강산을 확인한 후 호들갑을 떨어대며 감탄을 연발했지만 태희는 슬그머니 입술을 깨물었다.

스토킹이란 생각이 퍼뜩 들었기 때문이다.

강산은 자신이 여기에서 운동한다는 걸 알고 찾아온 것이 분명했다.

남아 있던 일말의 동정심과 연민마저 순식간에 사라져 버렸다.

어리석은 놈.

이런 짓으로 자신의 마음을 얻을 수 있을 거라 생각했다면 착각도 보통 착각이 아니다.

지그시 강산을 노려보던 유태희는 경멸의 미소를 베어 물었다.

어릴 적 고등학교 시절에도 이런 경우가 있었다.

그때도 그녀는 단칼에 강산의 의중을 꺾어버렸다.

편법을 쓰고 싶었던 모양인데 세상은 그렇게 만만하지 않다.

자신이 말한 조건은 사회적인 지위를 말한 것이지 여자들의 눈요깃감에 지나지 않는 알량한 육체를 말한 것이 아니었다.

그랬기에 그녀는 가차 없이 강산에게서 등을 돌렸다.

찬바람이 불도록 뒤돌아서 자리를 떠난 유태희와 달리 윤서경은 강산의 완벽한 몸매를 본 후 넋을 잃고 움직이지 못했다.

조각남이란 소린 많이 들어봤어도 강산처럼 얼굴과 몸이 완벽하게 조화를 이룬 남자는 처음이다.

늘 꿈꿔오던 이상형의 남자였기에 그녀는 강산에게서 시선을 떼지 못한 채 한동안 꼼짝하지 않고 자리를 지켰다.

태희와는 다르게 윤서경은 남자를 가리지 않는 성격이다. 마음에 드는 남자가 나타나면 무슨 수를 쓰든 작업을 건다는 뜻이다.

그녀는 대학 때부터 결과를 신경 쓰지 않고 과정을 즐기는 진정한 프로페셔널로 유명했다.

윤서경은 운동하는 척하면서 온 신경을 강산에게 맞췄다.

태희는 일부러 그러는지 강산을 아예 무시했기 때문에 윤서경은 강산이 운동을 멈추고 라커룸으로 향하자 즉시 걸음을 옮겨 그를 가로막았다.

라커룸을 가기 위해서는 그녀가 운동하고 있던 바이크 옆으로 지나게 되어 있어 슬그머니 나서기만 해도 자연스럽게 강산을 세울 수 있었다.

"안녕하세요?"

"네. 그런데 누구신지……?"

"전 여기 온 지 한 달 되었어요. 그런데 체계적으로 운동을 하지 못해서 그런지 살이 전혀 빠지지 않아서 고민이에요."

"아, 그러시군요. 그런데 몸매가 무척 예쁜데요?"

"보기만 그래요. 여기저기 숨겨진 살이 많답니다."

"하하, 다른 여자분이 들었으면 싫어했을 겁니다."

강산이 웃으면서 말도 안 된다는 표정을 지었다.

그녀의 몸매는 그만큼 완벽했기 때문이다.

하지만 그녀는 정말 고민이 된다는 듯 눈썹까지 찡그리고 강산을 쳐다봤다.

"하여간 전 체계적인 운동이 필요해요. 그래서 말인데요, 저 좀 가르쳐 주면 안 되나요?"

"제가요?"

"아까 운동하는 거 봤어요. 이곳에서 일하시는 분 맞죠?"

"오해를 하신 모양이네요. 전 강사 아닙니다."

"설마요."

"사실입니다."

"그런데 왜 웃통을 벗고 사람들 앞에서 시범을 보이셨어요? 열심히 하면 이런 좋은 몸매를 가질 수 있다고 보여준 거 아니에요?"

"뭐 비슷하긴 한데 강사는 아닙니다. 단지 전 아르바이트를 하고 있어요."

"아르바이트라뇨?"

윤서경이 이상하다는 표정을 지었다.

강사가 부족할 경우 시간제로 아르바이트를 쓰는 경우가 있다는 소린 들었다.

그렇다면 그게 그건데 강산은 명확하게 다른 것처럼 이야 길 했다.

그랬기에 그녀는 궁금한 얼굴로 강산을 빤히 쳐다봤다.

강산의 얼굴에 웃음이 깃든 것은 그녀의 눈이 자신의 입 가까이 위치하고 있다는 걸 확인한 후였다.

여자가 이렇게 키가 큰 경우는 여간해서 볼 수 없었다.

"제가 하는 아르바이트는 일주일에 한 번씩 클럽에 나와 서 웃통을 벗고 한 시간 동안 운동하는 겁니다. 그러니까 강 사하고는 완전히 다른 아르바이트라고 볼 수 있죠."

"그런 아르바이트도 있어요?"

"여기 있잖아요."

강산의 대답에 윤서경의 눈이 가늘어졌다.

만약 사실이라면 이 비싼 피트니스클럽에서 공짜로 운동 하면서 돈을 번다는 뜻이다.

처음에는 이해하지 못했지만 천천히 땀에 젖은 강산의 근 육을 보자 그때서야 이해가 갔다.

자신이 사장이라도 충분히 제안했을 거란 생각이 들었다.

그만큼 강산의 몸매는 사람들의 눈을 현혹시킬 만큼 완벽했다.

다시 말해 강산이 하는 아르바이트는 변형된 피트니스 모델이란 뜻이다.

"얼마나 버는데요?"

"많지는 않아요. 한 달에 40만 원 받습니다. 그래도 운동하고 돈도 받으니 꽤 괜찮은 아르바이트죠."

"그렇군요. 참 좋은 아르바이트 맞네요. 언제부터 이 일을 했어요?"

"이제 다섯 달 됐습니다."

"호호, 초면에 제가 별걸 다 묻죠?"

"아닙니다. 괜찮습니다."

"지금 가시는 건가요?"

"시간이 됐으니까요. 이제 샤워하고 갈 생각입니다."

"혹시 다른 약속 있어요?"

"없는데요."

"그럼 저랑 차 한잔하실래요?"

러닝머신에서 달리기를 하고 있는 유태희의 시선은 창문에 고정되어 있었다.

그 창문을 통해 윤서경이 강산에게 다가가는 것이 보였다.

눈살이 저절로 찡그려졌다.

들어오면서부터 강산에게 눈을 떼지 못하더니 결국 그 못된 버릇이 도진 모양이다.

윤서경은 대학 다닐 때부터 이목을 끌 정도로 잘생긴 남학생은 그냥 넘어간 적이 없을 정도로 작업을 거는 데 선수였다.

두 사람은 한동안 대화를 했는데 무엇이 그리 좋은지 연신 웃음을 터뜨렸다.

역시 윤서경은 분위기를 만드는 데 탁월한 능력을 가졌다.

태희는 강산이 자신을 주시하고 있을 거라 생각했다.

우연히 만난 것처럼 하기 위해 자신을 보지 않는 척하고 있지만 기회가 생기면 득달같이 달려들 것이 분명했기에 태희는 창문을 통해 눈이 마주치는 걸 피하기 위해 수건으로 머리를 감쌌다.

윤서경이 그녀에게 돌아온 것은 오 분이 지나지 않아서였다.

"태희야, 나 한 건 했다."

"뭘?"

"아까 그 남자랑 차 마시기로 했어."

"너 미쳤구나?"

"얘는 뭘 그렇게까지 말하니. 멋있는 남자랑 차 마시는 건데 그게 무슨 잘못이라고 그래?"

"뭐 하는 사람인지도 모르잖아."

"이곳 피트니스 모델이란다."

"모델?"

"그래, 아르바이트 모델. 일주일에 한 번 웃통 벗고 운동하면 클럽에서 돈 준단다."

"그 말 정말이야?"

"나도 의심이 가서 저기 강사한테 물어봤더니 정말이라네. 벌써 다섯 달째래."

윤서경의 대답에 태희의 얼굴이 하얗게 변했다.

혼자서 북 치고 장구 치고 다 한다는 말이 있는데 자신이 꼭 그랬다.

얼굴이 붉어져 남이 볼까 봐 억눌린 한숨을 가쁘게 몰아쉬며 땀을 닦는 척 수건으로 얼굴을 가렸다.

사정도 알지 못하면서 스토킹을 한다고 혼자 경멸하고 조소했으니 참으로 한심스러운 일이 아닐 수 없었다.

그러면서도 새삼 궁금해졌다.

인연일 수도 있고 악연일 수도 있는 이 만남의 결과가.

1층 로비에 있는 커피숍으로 유태희와 윤서경이 들어섰는데도 강산은 신문을 보느라 그녀들이 다가오는 걸 알지 못했다.

"신문에 뭐 재밌는 거라도 있어요? 사람이 와도 모르면 어떡해요?"

"아, 오셨어요."

윤서경이 장난을 걸듯 불쑥 말을 걸자 강산이 얼른 신문을 접으며 반쯤 일어났다.

그런 후 태희를 확인하고는 동작을 멈췄다.

사람은 너무나 의외의 일에 직면하면 몸이 굳어지곤 한다.

"태희야, 네가 여긴 어떻게……?"

"두 사람, 아는 사이예요?"

질문은 태희에게 했으나 대답은 윤서경이 했다. 아니, 대답이 아니라 질문이었다.

그녀는 황당한 표정으로 어정쩡하게 서 있는 두 사람을 번갈아 쳐다보며 누군가가 설명해 주기를 기다리고 있었다.

"고등학교 동창이야. 사람들 보잖아. 앉아서 얘기해."

유태희가 별일 아니라는 듯 자리에 먼저 앉으며 두 사람에게 시선을 던졌다.

앉으라는 의미가 담긴 시선이다.

그랬기에 두 사람은 태희를 중간에 두고 마주 보며 앉았지만 표정이 그리 밝지는 않았다.

"야, 유태희, 동창이면 왜 나한테 말하지 않았어?"

"사정이 있거든."

"어떤 사정?"

"너, 재한테 관심 있지?"

"동창이라고 너무 나가는 거 아냐?"

"사실대로 얘기해."

"그래, 관심 있어."

묻는 태희도 그렇지만 대답하는 윤서경도 만만치 않았다.

강산이 지켜보는 와중에도 그녀는 자신의 감정을 전혀 숨기지 않았다.

하지만 태희는 그녀가 그렇게 나올 것이란 걸 짐작이나 한 듯 여전히 차분하게 말을 이었다.

"그래서 말하지 못했다."

"알아듣기 쉽게 말해."

"얘 이름은 이강산이야. 고등학교 때 얘가 짝사랑한 사람이 바로 나고."

"그래서?"

"저번 주 동창 모임에서 만났을 때 아직도 날 좋아한다고 하더라. 그래서 너한테 말하지 못했다."

"그렇다면 미리 말해줬어야지. 친구가 허공에 옆차기 하는 거 구경하고 싶었어?"

"아니, 두 사람이 어떻게 되는지 궁금해서. 나는 쟤한테 'NO'라고 말했거든."

유태희는 도도한 표정으로 강산에게 눈을 돌렸다.

말은 윤서경에게 하고 있었으나 강산이 들으라는 얘기다.

강산의 입이 열린 것은 윤서경이 이해가 안 된다는 표정으로 두 사람을 바라봤을 때다.

"태희야, 뭘 그런 걸 친구 앞에서 공공연하게 떠들고 그러냐. 가슴 아프게시리. 내가 여기 온 것은 네 친구가 허벅지 살 빼는 방법을 가르쳐 달라고 떼를 써서 왔을 뿐이야. 그러니 신경질 그만 부려."

"넌 내가 신경질 부리는 걸로 보이니?"

"내 눈엔 그렇게 보인다."

"웃겨!"

"아님 말고. 난 그만 일어서야겠다. 좋은 일 하려고 왔다가 봉변을 당했으니 오늘은 내 일진이 안 좋은 모양이다. 저 아가씨 허벅지 살 빼는 건 네가 상담해 줘라. 넌 허벅지살 하나도 없으니까 좋은 상담 해줄 수 있을 거다."

"흥."

"조금만 기다리고 있어. 네가 좋아하는 조건 맞춰서 다시 올 테니까."

❖

유태희는 입사 오 년 차로 작년에 과장을 달았다.

동기들에 비해 빠른 편이지만 기획실에 있다 보니 항상 일에 치여 살았기 때문에 사람들은 그녀의 승진을 당연시했다.

월요일 아침의 교통 상황은 언제나 최악이었으나 태희는 평소보다 삼십 분이나 먼저 나와 하루 일과를 정리하고 있었다.

오늘은 그룹 사장단 회의가 있는 날이라서 회의 자료를 챙겨야 하고 분기 말 실적 보고를 위한 프레젠테이션 상황 등을 체크해야 되기 때문에 눈코 뜰 새 없이 바쁜 하루가 될 터였다.

잠깐의 여유.

커피 한 잔을 빼 들고 해야 할 일을 정리하던 태희는 고개를 들고 사무실로 들어서는 직원들에게 눈인사를 했다.

주말 동안 보지 못한 직원들의 얼굴을 보며 반갑게 인사하는 것은 일주일의 행복을 지켜주는 작은 행사였다.

기획팀장이 새하얗게 질린 얼굴로 태희를 불러 세운 것은 아침에 급히 먹은 토스트가 체했는지 자꾸 속이 안 좋아서 화장실에 다녀올 때였다.

기획팀장은 사십 대 초반의 사내인데 대인관계가 좋고 실력도 뛰어나서 직원들에게 인정받는 사람이었다.

"유태희 씨, 혹시 나 모르게 무슨 일 있었어?"

"무슨 말씀이죠?"

"방금 최고층 비서실에서 직통으로 태희 씨에게 전화가 왔어. 바로 올라오라고."

"꼭대기요? 38층이 아니고요?"

"그래, 최고층. 도대체 뭐야?"

"나도 잘 모르겠어요."

"하여간 빨리 가봐. 갔다 오면 총알같이 나한테 보고하고. 알았지?"

"예, 팀장님."

태희는 고개를 숙여 인사한 후 복장을 가다듬으며 사무실을 나섰다.

대원그룹 빌딩은 52층으로 구성되어 있었는데 사장은 38층, 회장은 최상층인 52층에 근무했다.

따라서 전화를 한 것은 회장이라는 뜻인데, 한 번도 이런 적이 없었기 때문에 직원들은 사무실을 나서는 태희를 불안한 눈빛으로 쳐다봤다.

회장이 평사원을 불렀다는 건 보통 일이 아니기 때문이다.

하지만 태희는 태연한 태도로 엘리베이터를 탄 후 52층을 눌렀다.

지금까지 신분을 속이고 근무했기 때문에 다른 사람들은 회장의 호출을 엄청나게 큰일로 여기겠지만 그녀는 한 달에 한 번 있는 가족 모임 때마다 큰아버지인 회장과 마주 앉아 저녁을 먹었다.

경쾌한 신호음과 함께 엘리베이터 문이 열렸고, 고급 미색 융단이 깔린 비서실의 전경이 한눈에 들어왔다.

회장 비서실은 생각보다 단출해서 실장과 부장, 그리고 그룹 내 동향을 파악해서 보고하는 실무진 셋에 일정 비서까지 합쳐 모두 여섯에 불과했다.

태희가 비서실로 들어서며 인사를 하자 창가 책상에 앉아 있던 실장이 웃는 얼굴로 고갯짓을 했다.

그는 태희의 정체를 알고 있기 때문에 회장이 왜 그녀를 불렀는지 아는 모양이었다.

비서실을 통해 회장실로 들어서자 일정 비서인 황민영이 자리에서 앉은 채 유태희를 맞아들였다.

마치 모델처럼 아름다운 그녀는 도도한 눈빛으로 태희를 바라보았다.

기획실의 일개 과장 정도는 발가락의 때만큼도 여기지 않는다는 시선이다.

실질적으로 그녀는 회장의 일정을 관리하기 때문에 그룹의 사장단뿐만 아니라 임원진도 그녀에게는 언제나 웃는 얼굴로 대할 만큼 파워가 셌다.

물론 실질적인 파워라기보다는 허상에 가까운 것이지만 그녀는 그것이 자기가 지닌 힘으로 착각해서 이렇듯 거만한 짓을 하는 경우가 종종 있었다.

사내 일각에서는 그녀가 회장의 정부라는 소문이 돌 정도였으니 황민영의 태도는 분명 문제가 있었다.

미친년.

언젠가 회사에 자신의 정체를 밝히고 당당히 나서는 순간이 오면 가차 없이 잘라 버리겠다고 다짐하면서 태희는 그녀를 가소롭다는 표정으로 쳐다본 후 천천히 회장실로 들어섰다.

회장인 유호성은 태희가 조심스럽게 들어서자 소파에 앉은 채 밝은 웃음을 지었다.

그는 태희가 어릴 때부터 유독 예뻐했는데 커서도 언제나 그녀를 어린애 취급했다.

"어서 오너라. 이쪽으로 앉아."

"괜찮습니다."

"오늘 부른 건 기획실 과장을 부른 게 아니라 내 조카로 부른 거다. 그러니까 앉아."

"그렇다면 앉을게요, 큰아버지."

먼저 지위를 내려놨기 때문에 태희는 그때서야 방긋 웃으며 유호성의 맞은편에 앉았다.

유호성이 예뻐한 만큼 유태희도 그를 좋아하고 따랐기 때문에 두 사람의 사이는 가족 누구보다 가까웠다.

"오늘 왜 불렀는지 알겠니?"

"아뇨. 몰라요."

"넌 시간 체크도 하지 않는 모양이구나. 바로 오늘이 네가 입사한 지 오 년째 되는 날이다."

"아, 그러고 보니 그러네요."

"그래서 말인데… 이제 약속한 대로 네가 실장 자리를 맡아줘야겠다."

회장의 푸근한 눈동자가 태희의 맑고 빛나는 눈과 마주쳤다.

은근한 시선은 그녀가 약속한 대로 이행할 시간이 왔다는 걸 알려주고 있었다.

오 년.

참 빠른 시간이었다.

유호성은 태희가 대학을 졸업하고 대원그룹에 입사했을

때 오 년간 실무를 익히고 실장 자리를 맡아야 한다는 약속을 받아냈다.

대원그룹의 기획실장은 그룹의 생명줄인 자금, 인사, 전략을 관리하는 핵심 브레인 자리였다.

그런 자리였으니 가족 중의 하나가 반드시 맡아야 하는 핵심 중의 핵심 자리다.

"오빠는 어떡하고요."

"준성이는 대원화학 사장으로 내보낼 생각이다. 이제 경영에 참여시킬 때가 됐어."

"그렇다면 맡을게요."

"좋아, 어디 실력 발휘 한번 마음껏 해봐. 내가 팍팍 밀어줄 테니까."

"고마워요, 큰아버지."

"그 자리, 매우 중요하다. 알지?"

"네, 알아요."

"그룹 사장단의 실적을 철저히 파악해서 꼼짝 못하게 만들어봐. 요즘 딴생각을 하는 놈들이 부쩍 는 것 같단 말이지."

"열심히 할게요."

"열심히만 해서는 안 된다. 잘해야지. 잘못하면 가차 없이 바꿀 테니 알아서 해."

❖

강산은 피트니스클럽에서 태희를 마주치고 지금까지 보름이 지나도록 한 번도 그녀에게 연락을 하지 않았다.

어차피 연락해 봤자 받지 않을 것이고 받는다 해도 할 말이 없기 때문이다.

조건을 내세웠으니 조건을 맞추지 않으면 그녀를 만난다는 건 무척이나 힘든 일이다.

하지만 그가 취직을 하려 한 것은 반드시 태희 때문만은 아니었다.

이제 시간이 많지 않았다.

남은 시간엔 평범한 사람들이 살아가는, 또 살고 싶어 하는 세계를 경험해야 했다.

그러기 위해 필요한 것이 취직이었다.

남들이 부러워할 만한 회사를 골라 취직해서 새로운 경험을 쌓고 싶었다.

강산이 집으로 돌아온 것은 오후 세 시가 조금 넘어서였다.

오늘은 토요일이라 집에는 은서도 있었는데 그녀는 강산이 뭔가를 잔뜩 들고 들어오자 궁금한 표정으로 자리에서 일어났다.

쪼르르 달려와 강산의 앞에 선 그녀의 눈에 보인 것이 책이었기 때문이다.

"이게 뭐야?"

"보면 몰라? 책이잖아."

"그러니까 왜 오빠가 이런 걸 들고 오냐고!"

은서의 목소리가 높아졌다.

질문의 요지를 정확히 파악하지 못하고 딴소릴 하는 건 강산의 특기다.

쉽게 말해서 열 받기 딱 좋을 만큼 반응한다는 뜻이다.

그랬기에 은서는 눈을 부릅떴는데 강산은 별거 아니라는 표정으로 그녀를 향해 방긋 웃었다.

"왜긴, 공부하려고 그러지."

"무슨 공부?"

"내가 너한테 말했잖아. 취직할 거라고."

"아이고!"

은서의 입에서 한강 물에 풍당 빠지는 소리가 났다.

뭔가 합당한 이야기를 해야 믿든가 말든가 할 텐데 강산이 한 말은 전혀 이해가 되지 않은 황당한 소리였기 때문이다.

손에 든 것은 책이 맞았으나 고졸 출신인 강산과는 전혀 아무런 상관이 없는 물건이었으니 책이라고 보기가 어려운 것이다.

강산의 손에 들린 것은 최신 경제 서적이 대부분이고 가끔 가다 자신도 알아보지 못할 정도로 난해하게 적힌 영어 서적도 보였다.

"이거 어디서 난 거야?"

"집에 있던 건데?"

"웃겨. 오빠가 홍길동이냐? 오전에 나갔는데 어떻게 통영엘 다녀와?"

"아버지가 부쳐 준 거야. 택배로."

"택배로?"

"그래. 일하는 피트니스클럽으로 보내셨더라."

"오빠 피트니스클럽에서도 아르바이트했어?"

"응. 다섯 달 동안."

"도대체 하고 있는 게 몇 개야? 오늘 날 잡은 김에 끝장을 보자. 솔직히 불어. 거짓말할 생각 말고."

"세 개였는데 피트니스 알바 빼고 오늘 두 개는 그만뒀다."

"카페에서 노래하는 것도?"

"응."

"왜 그만뒀는데?"

"이거 공부하려고."

"좀 말이 되는 소릴 해. 한 번만 더 나 열 받게 하면 그냥 안 둔다!"

"진짜야."

"진짜긴 뭐가 진짜야? 내가 취직 준비를 해본 적은 없지만 그래도 기본은 안다. 요새 누가 취직 준비한다면서 경영학 서적만 잔뜩 들고 들어오니? 오빠 바보냐?"

"얘는 잘나가다가 꼭. 너 오빠한테 자꾸 바보라고 할래?"

"내가 왜 이러는지 정말 몰라서 그래?"

"모른다."

"요즘 괜찮은 회사들은 대부분 영어만 보고 나머지는 스펙으로 평가한단 말이야. 엉뚱한 것만 들고 다니면서 무슨 취직을 한다고 그래? 혹시 오빠 나 모르게 엄청난 스펙 만들어놓은 거 있어?"

"그거야 당연히 없지."

"그러면서 무슨……."

혹시나 하는 기대감에 물어본 은서의 눈이 강산의 대답에 순식간에 도끼눈으로 변했다가 잠시 후 한숨을 내쉬며 스르륵 풀렸다.

스스로 생각해도 한심했기 때문이다.

모르는 사람도 아니고 강산의 사정을 빤히 알면서 물어본 것도 잘못인데 거기다 화까지 냈으니 강산의 입장에서 본다면 날벼락을 맞은 것이나 다름없었을 것이다.

그녀가 슬그머니 화제를 돌린 것은 자신의 추궁에 강산의 얼굴이 심각하게 변했기 때문이다.

나름대로 열심히 해보겠다고 꿈과 희망을 가졌을 텐데 단숨에 박살 낸 것 같아 미안한 마음이 들었다.

그래서 배시시 웃었다.

"오빠, 엉뚱한 짓 해서 힘 빼지 말고 그냥 살던 대로 살아. 엄마가 만두 삶아놨다니까 얼른 씻고 나와라. 내가 김치 맛있게 찢어놓을게."

❖

현수는 태희가 들어오는 모습을 보며 한숨을 내쉬었다.

언제나 아름다운 그녀의 모습은 사람들의 시선을 끌기에
부족함이 없었다.

손을 들어 신호를 보내자 그녀가 자리로 다가왔다.

태희에게 전화가 온 것은 어제저녁이었다.

태희가 술이나 한잔하자고 했을 때는 것은 뭔가 할 이야기
가 있다는 뜻이다.

이전에도 비슷한 경험이 있는데 모두 대원그룹에 관련된
일이었고, 자신이 근무하는 서울지검에서 수사를 진행 중이
거나 기획하던 건에 관련된 것이었다.

그럼에도 그는 태희의 요청을 한 번도 거절하지 않았다.

알고 있는 범위에서 최대한 정보를 노출시켜 줬고 도와줄
수 있는 거라면 발 벗고 나섰다.

그것으로 인해 태희가 호감을 보인다면 좋고 아니라도 상
관없었다.

태희를 도와준다는 것은 언제나 기분 좋은 일이기 때문이다.

"빨리 왔네."

"나도 방금 왔다. 뭐 마실래?"

"마티니."

물어볼 필요도 없었지만 습관처럼 대답을 들은 현수는 다가온 웨이터에게 마티니와 진 토닉을 주문했다.

그녀는 자신과 단둘이 만날 때는 언제나 마티니를 마셨다.

술이 나오자 한 모금 마신 현수는 입안에서 혀를 굴렸다.

진 토닉의 쌉쓸하고 달콤한 맛이 부드럽게 감각을 깨우며 긴장을 이완시켰다.

"꼭 이 시간에 불러내야 되겠냐. 조금 일찍 만나서 같이 밥 먹으면 안 돼?"

"미안해. 어쩌다 보니 그렇게 됐어."

"넌 변명도 언제나 똑같구나."

"다음엔 같이 밥 먹자. 됐지?"

"옆구리 제대로 찌른 모양이네. 안 하던 소릴 다 하고."

태희가 미안해하는 표정을 짓자 현수의 얼굴에 쓴웃음이 떠올랐다.

이 여자와 나, 도대체 무슨 관계인지 알 수가 없다.

자신이 좋아한다고 말은 했지만 태희는 받아들이지 않았다.

의례적으로 만나기는 했어도 단 한 번도 스킨십을 허락하지 않았고, 그렇다고 감정적인 교류가 이뤄진 적도 없다.

그러면서도 이렇듯 만남을 지속하는 것은 도대체 이해되지 않는 일이었다.

하기야 그것은 요즘의 자신도 마찬가지였다.

마약 거래를 하고 있는 폭력 조직을 소탕하기 위한 작전이 몇 달째 지속되고 있어 현수 역시 그녀에게 제대로 연락조차 하지 못했다.

태희에게서 강산의 이야기가 나온 것은 웃음을 멈추며 이제 본론을 얘기해 보라는 눈짓을 하려 할 때였다.

"나 그날 너 술 취했을 때 강산이 만났어."

"걔는 먼저 나갔잖아."

"그랬지. 그런데 내가 따라 나갔어."

"왜?"

"너무 궁금했거든. 그 일이."

현수의 표정이 급격히 굳어졌다.

태희가 말하는 그 일은 그의 인생을 송두리째 바꿔놓은 그날 일을 말하는 것이 분명했다.

그것은 그녀뿐만 아니라 그 역시 무척 궁금해하던 것이다.

"그래서?"

"강산이는 원래 대단한 싸움꾼이었대. 다른 학교에서 전학 온 것도 싸움 때문이었다고 하더라. 그래서 일부러 참았던 거래. 아버지가 반드시 고등학교는 졸업해 달라고 부탁해서 약속을 지켜야 했단다."

"말도 안 되는 소리. 삼류 소설도 아니고. 넌 그걸 믿어?"

"아니라고 생각해?"

"그 자식, 너 놀리는 게 재밌었던 모양이다."

"왜 그렇게 생각하는 거지?"

"내가 말이야, 특수부 검사를 하다 보니 사람 심리를 훤히 꿰뚫게 되더라. 남들보다 뛰어난 주먹 실력을 가진 놈들은 남에게 맞는 걸 죽기보다 싫어해. 전문적으로 말한다면 이런 거야. 누군가가 자신의 해코지하려 할 때 그것을 극복한 경험이 있는 사람은 언제나 똑같이 반응하는데 그것을 심리학에서는 점화 효과라고 불러. 다시 말해서 그 정도로 싸움을 잘하는 놈이 아버지와의 약속 때문에 누군가에게 맞는다는 건 절대 있을 수 없는 일이란 말이지."

"확실해?"

"거의. 내 경험으로는."

"하긴 나도 이상하게 생각하긴 했는데 그래도 걔가 내게 거짓말할 이유가 없으니 그런가 보다 했지."

"아마 분명 다른 이유가 있을 거야. 누구에게도 말하지 못할."

"그럼 혹시 걔 백수라는 것도 거짓말일까? 내가 언뜻 듣기로는 졸업식 빠진 이유가 부모님 만나러 미국 간다는 거였거든."

"그건 아닌 것 같다."

"왜?"

"그날 걔 옷 입은 거 봤잖아."

"옷이야……."

"하나를 의심하니까 다른 것도 의심되는 모양인데, 너무

오버하지 마라."

"오버는 무슨, 궁금해서 그러지."

"생각해 봐. 놈이 그런 복장을 하고 와서 잘나가는 직업을 가졌다고 우겼다면 의심해 보겠지만 백수라고 스스로 자백했는데 의심한다는 게 웃기지 않아?"

"그건 그런데 이상해서 그래. 걔한테 뭔가 있을 거 같거든."

태희는 강산에 대한 자신의 생각을 한동안 이야기했다.

담임선생이 전학 오기 전 강산의 성적이 고 2 때까지 모두 올 100점이었다는 것 때문에 거품 물던 이야기부터 학창 시절 있었던 일을 하나씩 꺼내어 의문을 제시했고, 최근에 피트니스클럽에 있었던 일들까지 꺼냈다.

이대로 두면 언제까지 지속될지 알 수 없었기에 현수는 중간에서 그녀의 말을 끊을 수밖에 없었다.

"태희야, 나 시간 별로 없다. 큰 사건 때문에 사무실에 다시 들어가 봐야 해. 네가 전화해서 특별히 시간 내서 나온 거야. 그러니까 빨리 본론이나 얘기해."

"무슨 본론?"

"나한테 할 얘기 있어서 부른 거 아냐?"

"아니야. 오늘은 그냥 오랜만에 너 보고 싶어서 전화한 거야. 그렇게 바쁘면 얘기하지 그랬어."

"정말이야?"

"그래."

"살다 보니 이런 날도 있구나. 좋다, 나 오늘 안 들어간다."

"까불지 말고 들어가."

"괜찮다. 기껏해야 죽기밖에 더하겠어?"

"다음에 만나. 그땐 내가 밥 살게."

"점점 갈수록 신나는 이야기를 하는구나. 오늘 기분 정말 좋은데?"

"대신 강산이 좀 알아봐 줘."

"뭘?"

"걔 정말 백수 맞는지 확인해 봐. 나 정말 궁금해서 미치겠거든."

강산은 한강대 도서관에 앉아 공부를 하고 있었다.

그는 경영학 도서들을 보고 있었는데, 얼마나 집중하고 있었는지 여학생들이 흘끔흘끔 자신을 보고 있다는 것조차 알아채지 못했다.

지금 보고 있는 것은 최근 파레토 법칙을 뒤집은 크리스 앤더슨의 '롱테일 법칙'이란 경제 서적이었다.

롱테일 법칙은 오랫동안 비즈니스계의 황금률로 믿어오던 80 대 20 법칙을 무너뜨리며 인터넷과 디지털 혁명을 근간으로 해서 새롭게 떠오른 신경제 이론으로 비즈니스의 미래

로까지 불렸다.

거의 한 시간 동안 꼼짝 않고 공부하던 강산은 책을 덮은 후 조용히 눈을 감았다.

수십 번도 더 본 책이고 이론이었으나 새삼 다시 음미하자 또 다른 깨달음을 주었다.

앞으로 시험일까지는 보름밖에 남아 있지 않았다.

집에서 가져온 책을 읽는 것조차 빠듯한 시간이었으나 강산은 서두르지 않았다.

미리 시험 전형이 어떤 것인지 파악해 놓고 자신의 실력이면 충분히 합격할 수 있을 것이란 자신감이 있었기 때문이다.

은영이 불쑥 다가온 것은 강산이 눈을 감은 채 책에서 밝힌 아홉 가지의 원칙을 하나씩 되뇌고 있을 때였다.

도서관 자리를 맡아준 것은 은영이었는데 점심시간이 되자 그녀는 다짜고짜 강산을 밖으로 끌고 나온 후 한심하다는 표정부터 지었다.

"잘한다. 그새를 못 참고 자냐?"

"잔 거 아냐."

"그럼 눈 감고 기도했어?"

"우씨, 공부한 거 복습하고 있었어. 정말이야."

"공부는 무슨. 됐고, 밥 먹으러 가자. 오늘은 내가 살게."

"정말? 뭐 사줄 건데?"

강산은 밥 사준다는 소리에 얼굴을 활짝 폈다.

예쁜 동생과 같이 밥을 먹는다는 건 생각보다 훨씬 즐거운 일이기 때문이다.

강산과 은영은 투닥거리며 캠퍼스를 걸었다.

여전히 뭐하는 짓이냐는 질문이 쏟아졌고, 여전히 회사에 취직하기 위해서 공부한다는 주장이고 답변이었다.

그 모습이 마치 연인처럼 보였다.

캠퍼스의 잔디밭은 어느새 누런색으로 변해 있었고, 낙엽을 떨어뜨려 앙상한 가지만 남은 나무들은 푸른 하늘을 가리지 못한 채 허전하게 서 있었다.

하지만 은영과 강산은 그 허전함 속에서 웃고 떠들며 젊음을 발산했기 때문에 더더욱 사람들의 이목을 끌었다.

그리고 그 사람들 중에는 은영의 단짝 미선이도 있었다.

"야, 은영, 너 어디 가?"

"밥 먹으러 간다."

눈을 지그시 내리깐 은영이 마땅찮다는 듯 대답하자 미선의 시선이 즉각 강산에게 향했다.

"오빠, 안녕하세요. 오랜만이네요?"

"아, 네."

"하연이 얘기 들었어요. 아주 재밌게."

거의 웃음 폭발 직전이다.

미선은 터져 나오는 웃음을 주체하지 못하고 강산을 향해 키득거렸다.

'쩝!'

입맛이 저절로 다셔졌다.

은영이를 포함해 이 여우들이 삼총사라고 불린다는 말을 들었기 때문에 하연과 있었던 소개팅이 어떻게 변질되어 그녀의 귀에 들어갔는지 알 수가 없었다.

다행스러운 건 미선이 적의를 보이지 않는다는 것이다.

그 말은 하연이 자신에 대해 악의적인 말을 유포하지 않았다는 것을 의미하기에 강산은 고개를 빳빳이 들었다.

어차피 잘못돼서 죽을 거라면 고개라고 세우고 죽을 작정이다.

하지만 미선의 입에서 나온 이야기는 전혀 엉뚱한 것이었다.

"오빠, 나도 같이 가요."

"어딜요?"

"밥 먹으러 가는 거 아니에요? 나는 하연이처럼 호텔비는 못 대도 밥 한 끼 정도는 살 수 있거든요."

은서는 습관처럼 책상에 앉아 노트에 뭔가를 끼적거렸다.

어제와 같은 오늘.

은서는 어제처럼 퇴근해 돌아와 세면을 하고 저녁을 먹은 후 텔레비전을 보다가 방으로 들어와 책상에 앉았다.

남들은 그녀의 공상을 향해 전혀 비생산적인 짓이라며 거부반응을 나타냈지만 은서는 전혀 아랑곳하지 않고 하루 중 일정 시간은 꼭 공상하는 시간을 가졌다.

현실에서 할 수 없는 것들에 대한 상상은 그녀의 내면을 풍족하게 만들어 언제나 편안한 숙면을 취하게 만들어주었다.

하지만 오늘은 그렇지 않았다.

강산과 함께 나간 은영이 저녁 늦게 혼자 들어와 오늘 있던 일을 떠들었기 때문이다.

도서관에서 강산이 하루 종일 한 것은 잠잔 것과 밥 먹은 것밖에 없다는 이야기였다.

그나마 엎드려 자지 않고 고고하게 팔짱을 낀 채 자더라는 말에 너무나 어이가 없어 같이 웃었지만 속에서는 열불이 치솟았다.

봐도 모를 게 분명한 경영학 서적을 들고 대학생들이 공부하는 도서관에 간 것도 이해되지 않는 마당에 점심을 먹으러 가서 미선과 함께 두 시간이나 떠들고 놀았다는 소릴 듣자 완전히 뚜껑이 열리고 말았다.

요즘 들어 김 대리는 아주 작정했는지 무차별적으로 애정 공세를 펼치는 중이다.

남들이 보기 민망할 정도의 정성이고, 아무리 냉정하게 거절해도 물러설 기미가 보이지 않았다.

그럼에도 끝내 버티며 전혀 눈길조차 건네지 않았는데 강산은 엉뚱한 짓을 하며 탱탱한 아가씨와 노닥거렸다는 소릴 듣자 속이 새까맣게 타들어갔다.

대학교 도서관에 간 것은 공부하기 위한 게 아니라 어리고 예쁜 아가씨들 구경하기 위해서인 모양이다.

정말 구제 불능이다.

은서의 손이 거칠게 노트 위로 움직였다.

반복적으로 뭔가를 적던 은서가 신경질적으로 볼펜을 놓고 노트를 접은 것은 그로부터 십 분 정도 지났을 때다.

영등포에 위치한 명성나이트는 여자들 물이 좋기로 유명해서 인산인해를 이룰 만큼 장사가 잘되는 곳이었다.

성인 나이트의 승패는 찾아오는 여자들의 수준으로 결정되는데 수질의 좋고 나쁨은 아이러니하게도 어떤 남자들이 출입하느냐로 결정된다.

그랬기에 제법 잘나간다는 나이트들은 나이에 제한을 두고 외모에 신경을 써서 손님을 받았다.

배불뚝이, 대머리, 숏다리 등 외모가 떨어지는 물건들이 홀이 비었는데도 들어가지 못하는 것은 다 그런 이유 때문이었다.

현수가 명성나이트가 한눈에 보이는 사거리 횡단보도에

도착한 것은 열한 시가 훨씬 넘었을 때였다.

시간은 자정을 향해 다가가고 있었으나 자동차의 숫자는 전혀 줄어들지 않고 있었다.

자가용에서 내리자 기다렸다는 듯 가죽 잠바의 사내가 다가와 현수의 뒤로 따라붙었다.

그는 현수와 같이 일하는 십오 년 경력의 베테랑으로 강력계 안 형사였다.

"검사님, 준비 끝났습니다."

"놈들은요?"

"쌍칼, 이무기, 도끼, 가물치 등 황호파 대가리들은 모두 모여 있습니다."

"오케이. 위치는 어딥니까?"

"특실 3홉니다."

"좋습니다. 그럼 지금부터 들어갑니다. 다시 말하지만 총은 안 됩니다. 그렇다고 우리 식구가 다칠 수는 없으니 쇠파이프까지는 허락하겠습니다."

"늘 하던 대로 준비시켰습니다. 잘들 할 겁니다."

"손님들이 다치지 않도록 소개에 만전을 기해주세요. 비상구는 모두 틀어막으시고요."

"알겠습니다."

"작전 시간은 정확히 자정입니다. 한 방에 끝내고 자러 갑시다."

현수가 말을 끊고 돌아서자 안 형사가 무전기를 들고 지시를 내리며 자리를 떴다.

현수는 담배를 빼어 물고 불을 붙인 후 천천히 연기를 들이켰다가 허공을 향해 뿜어냈다.

휘황찬란한 네온사인이 번쩍이는 도시는 오늘도 여전히 슬프도록 아름다웠다.

오늘은 삼 개월에 걸쳐 수사를 해온 황호파를 때려잡는 날이다.

영등포를 중심으로 활약하는 황호파는 몇 년 전부터 야쿠자와 손을 잡고 슬금슬금 헤로인을 팔기 시작했는데 그 수법이 워낙 정교해서 증거를 잡느라 무진 애를 써야 했다.

결정적 증거를 잡은 것은 십 일 전이다. 내부 고발자가 놈들의 판매망과 반입 경로를 제보해 왔기 때문에 이곳에 오기 전에 놈들의 아지트와 조직원을 일망타진할 수 있었다.

현수는 담배를 떨어뜨려 구두로 문지른 후 천천히 자신의 차로 움직여 트렁크를 열었다.

그런 후 박달나무로 만든 목검을 꺼내 어깨에 걸쳐 들었다.

그가 경찰 병력이 포위한 명성나이트의 입구를 향해 걸어 들어간 것은 손님들이 미친 듯 비명을 지르며 벌 떼처럼 빠져나오기 시작했을 때다.

정문을 통해 나오는 사람들의 숫자가 적어지자 김현수는 계단을 통해 나이트클럽으로 들어갔다.

오백 평이 넘는 홀에는 여기저기서 사내들의 싸움이 거칠게 벌어지고 있었다.

황호파의 보스들이 모두 모여 있다더니 놈들의 반항이 만만치 않았다.

현수는 어깨에 걸쳐 놓은 목검을 들고 싸움판으로 뛰어들었다.

그는 폭력 조직 사이에서 미친개로 알려져 있었다.

현직 검사가 목검을 들고 날뛰는데 그냥 폼만 잡는 것이 아니라 걸리는 족족 패대기를 치기 때문에 붙은 별명이다.

그의 검도 실력은 공인 5단이었지만 실전도를 익혔기 때문에 파괴력은 일반 수련인과 현격한 차이가 있었다.

더군다나 박달나무로 만든 그의 목도는 한번 맞으면 그 고통으로 인해 숨쉬기조차 어렵게 만들었기 때문에 한번 맞아 본 놈들은 현수가 목도만 들어도 진저리를 쳤다.

현수는 싸움판에 뛰어들며 곧장 우측에서 양쪽 손에 나이프를 들고 설치는 놈을 가로막았다.

놈의 눈은 길게 찢어져 있었는데 한눈에 봐도 잔인한 성격을 가진 자라는 걸 알 수 있었다.

바로 이놈이 황호파의 두목 쌍칼이다.

망설이지 않고 곧장 목검을 내리꽂았다.

번개 같은 일격이었고 너무나 강력해서 맞으면 단박에 골로 갈 정도로 엄청난 공격이었다.

하지만 놈은 반사적으로 몸을 틀어 뒤로 물러섰다가 이를 악물고 현수의 품을 향해 뛰어들었다.

놈의 눈은 광기에 젖어 파란색으로 번뜩였다.

현직 검사를 죽이겠다고 달려드는 놈의 정신 상태는 이미 한강을 건넌 지 오래된 걸로 보였다.

현수의 목검이 움직인 것은 놈이 뛰어들며 나이프로 가슴을 찍어올 때였다.

빠, 바박, 빡!

삼연타.

처음은 머리였고 그다음은 어깨, 마지막이 옆구리였다.

수박 깨지는 소리와 함께 뼈마디가 박살 나는 소리가 들리더니 쌍칼이 비명을 지르며 바닥에 쓰러졌다.

주먹이었다면 모를까, 칼을 들고 공격해 왔기 때문에 현수의 공격에는 조금의 인정도 담겨 있지 않았다.

아무리 폭력 조직에 가담해서 성격이 난폭한 놈들이라 해도 공권력 앞에서는 기세가 현저히 꺾일 수밖에 없었다.

더군다나 보스인 쌍칼이 현수의 목검에 제대로 된 저항조차 하지 못하고 무릎을 꿇자 다른 놈들의 반항은 급격히 수그러들었다.

싸움은 현수가 가담한 후 십 분 정도 더 진행되었지만 그때부터는 거의 일방적인 체포나 다름없었다.

조직의 보스들이 현직 검사인 미친개 현수를 알아보고 스스로 반항을 포기했기 때문이다.

　이십여 명에 달하는 조폭이 줄줄이 수갑을 차고 끌려 나가자 안 형사가 가죽 장갑을 벗으며 현수에게 다가왔다.

　그는 벙글거리며 웃고 있었는데 무사히 일을 끝냈기 때문인지 기분이 좋아 보였다.

　"검사님, 수고하셨습니다."

　"안 형사님도 고생하셨습니다."

　"그동안 확보해 놓은 증거들이 있으니 심문은 그리 오래 걸리지 않을 것 같습니다. 제가 알아서 할 테니 검사님은 들어가서 쉬십시오."

　"그럴 필요 없어요. 놈들은 일단 유치장에 처넣고 일은 천천히 내일부터 해도 됩니다. 오늘은 오랜만에 모두 집에 들어가서 쉬라고 하세요."

　"그래도 되겠습니까?"

　"그럼요."

　"고맙습니다. 그렇지 않아도 며칠 밤을 새웠더니 졸려 죽을 지경입니다."

　그는 쉬라는 현수의 말이 끝나자 즉각 머리를 숙여 인사했는데 최대한 빨리 이 자리를 벗어나고 싶어 하는 것 같았다.

　현수의 입이 열린 것은 안 형사가 형사들 쪽으로 발걸음을 옮기려 할 때였다.

　"잠깐만요, 안 형사님. 저번에 제가 부탁한 건 알아보셨습니까?"

"아, 그거요. 알아봤습니다."

❖

회사의 특징은 월급을 주는 만큼 부려먹는 데 있다.

음료 광고를 따낸 게 불과 보름밖에 지나지 않았는데 팀장은 벌써 다음 달에 있을 자동차 광고에 목을 매며 직원들에게 관련 자료와 기존 광고의 특성을 분석해서 보고하라는 오더를 내렸다.

은서는 인터넷을 뒤져 한성자동차의 최근 광고를 수집하고 분석하느라 점심도 간단히 구내에서 샌드위치로 때웠다.

팀장은 자신의 오더가 정해진 시간 내에 올라오지 않는 걸 극도로 싫어하는 성격이기 때문에 조금 괴롭더라도 맞춰주는 것이 신상에 이로웠다.

오더만 무사히 끝내면 팀장은 더없이 좋은 상사로 돌아갔고, 퇴근 시간에 대한 터치도 거의 하지 않았다.

김 대리가 자리로 찾아와 커피가 든 일회용 컵을 내려놓은 것은 광고 분석 자료를 팀장에게 보고하고 한숨 돌릴 때였다.

"힘들었죠. 한 잔 드세요."

싱글거리는 얼굴.

김 대리는 오랫동안 자신을 지켜보다가 바쁜 일이 끝나는 시간을 이용해 다가온 것이 분명했다.

하지만 은서는 알고도 모른 체 그가 내려놓은 커피 잔을 들었다.

"고마워요. 그렇지 않아도 한 잔 하려 했는데……."

"하하, 이번에는 제가 타이밍을 잘 맞춘 모양이죠?"

"맞아요."

"보니까 1팀은 금방 또 바빠지겠는데요."

"다음 달에 자동차 광고 PP가 있으니까 아무래도 그럴 것 같아요."

"그래서 말인데요, 오늘 저녁 어때요?"

"오늘 저녁이요?"

"오늘도 누가 제 주머니에 영화 공짜표를 넣어뒀더라고요. 누군가 자꾸 제가 데이트하기를 바라는 모양이에요. 바빠지기 전에 우리 저녁 먹고 영화 보는 거 어때요?"

"…좋아요."

말을 마치고 은서를 빤히 쳐다보는 김 대리의 얼굴은 자조 섞인 웃음이 담겨 있었다.

본격적으로 전쟁 선포를 한 후 벌써 여덟 번째 대시였다.

그동안 은서는 한 번도 그의 데이트 신청을 받아주지 않았고, 여전히 냉랭하게 그를 대했기 때문에 김 대리는 뻔뻔하게 말을 해놓고도 거절 후의 부끄러움을 어떻게 숨길까 고민하고 있었다.

그랬기에 처음에는 잘못 들은 줄 알았다.

하지만 자신의 생각과는 다르게 귀는 여전히 정상으로 작동되고 있었고, 뒤늦게 대뇌로 그녀의 오케이 사인을 입력시켜 급격하게 변한 현재 상황을 인지하도록 만들었다.

그럼에도 쉽게 받아들이지 못했다.

그녀가 데이트를 허락했다는 것이 믿기지 않아 그는 한동안 말도 하지 못하고 꼼짝하지 않은 채 은서만 바라볼 수밖에 없었다.

뭘 먹고 싶으냐는 물음에 아무거나 다 잘 먹는다고 대답하자 기다렸다는 듯 김 대리는 용산에 있는 '비채'로 은서를 데려갔다.

비채는 이탈리안 레스토랑이었는데 50층짜리 대현빌딩의 스카이라인에 위치하고 있었다.

미리 예약해 놓은 창가 자리의 전망은 그야말로 환상이었다.

한강이 한눈에 내려다보였고, 우연인지 행운인지 자리에 앉자마자 유람선과 전철이 교차하는 장면을 볼 수 있었다.

두 사람은 잠시 불야성을 이루는 한강을 바라봤다.

서울에 살면서도 아름다운 한강의 야경은 쉽게 볼 수 없었다.

"야경이 참 예쁘네요. 이 집 자주 오세요?"

"아뇨. 딱 한 번 왔었어요. 탐색 차. 이곳은 은서 씨랑 데이트하기 위해 준비해 놓은 코스 중 하나거든요."

"무슨 말씀이죠?"

"이런 순간을 위해서 음식 종류별로 괜찮다는 가게들을 물색해 놨어요. 인터넷을 샅샅이 뒤져서."

무슨 말인지 금방 알아들었다.

김 대리는 자신과의 데이트를 위해 미리 꽤 많은 준비를 해왔다는 것이다.

자조적인 웃음을 짓는 김 대리의 정성이 새삼 가슴에 와 닿았다.

그러나 받아들여지는 않았다.

저 정도의 남자가 이런 극진한 정성을 보인다면 감동으로 인해 마음이 기울어져야 정상인데 은서의 가슴은 반대로 시간이 지날수록 차갑게 식어만 갔다.

미리 시켜놓은 코스 요리에 별도로 주문한 레드 와인이 지배인의 손에 들려 나왔다.

코스 요리는 일인당 십만 원짜리였고, 와인도 언뜻 봤을 때 십만 원이 조금 넘었다.

식사 비용으로 삼십만 원이 넘는 금액을 썼다는 건데 김 대리는 전혀 의식하지 않는 것처럼 보였다.

그 모습이 강산과 비교되면서 더욱 기분이 가라앉았다.

강산은 만 원 한 장도 벌벌 떨며 쓰는 것을 힘들어하는 사람이다.

김 대리는 식사를 하면서 자신의 이야기를 했다.

자라온 가정환경과 가족들 이야기, 그리고 자신이 살아온 삶.

회사에 소문난 것보다 김 대리 집안은 더욱 훌륭했고 그 자신도 누구 못지않은 엘리트였다.

더구나 삶에 대한 가치관이 뚜렷했고, 미래에 대한 목표도 확실하게 가지고 있었으며, 가정의 유지와 가족에 대한 배려를 말할 땐 얼굴에 진심이 가득했다.

정말로 괜찮은 사람이었다.

처음 봤을 때보다 지금이, 현재보다 미래가 훨씬 더 기대되는 사람이었다.

하지만 은서는 점점 웃음을 잃어갔다.

그가 생각보다 훨씬 더 괜찮은 사람이란 걸 알아갈수록 은서는 자꾸 눈물이 나오는 걸 간신히 참아야 했다.

유태희는 피트니스클럽에 들어와 옷을 갈아입고 러닝머신 쪽으로 걸어가다가 체스트 쪽에서 이야기를 나누고 있는 강산과 윤서경을 확인한 후 빠르게 고개를 돌렸다.

어제저녁이나 먹자며 자신을 불러낸 현수는 그동안 조사한 강산의 자료를 그녀에게 건네주었다.

강산이 한국에 들어온 건 일 년 반 전이고 그 이후로 특별한 직업 없이 아르바이트를 하고 있다는 게 자료의 주 내용이었다.

스스로 밝힌 것과 다르지 않은 내용.

다시 말해 백수가 맞는다는 자료였다.

강산이 그녀에게 보여준 충격적인 일들이 하나씩 떠올랐다.

고교 마지막 날에 보여주었던 그 무지막지한 야성, 어느 날 불쑥 나타나 친구들에게 멸시를 당하면서도 여유로움을 잃지 않았던 배포, 그리고 여자라면 누구나 관심을 가질 만한 외모와 몸매.

무엇 하나 소홀히 지나칠 수 없는 매력들이다.

그동안 자신도 모르게 신경을 쓴 이유는 그런 것들에 대한 미련 때문일 것이다.

십 년간 가슴속에 꼭꼭 숨겨두었던 강산에 대한 환상이 미련을 끊지 못하게 하는 가장 큰 이유였다.

그러나 이제는 끝을 내야 했다.

일말의 가능성과 희망을 가졌지만 완벽하게 정체를 확인한 이상 이제는 깨끗이 손을 놓고 그녀의 삶에서 지워야 할 때였다.

두 사람이 자꾸 시선에 들어온 것은 러닝머신 앞에 설치된 통유리 거울 때문이지 결코 일부러 보려 한 것은 아니었다.

우측에 있는 휴게실로 자리를 옮겨 커피를 마시는 모습도 뛰는 게 지겨워져 스텝머신 쪽으로 갔기 때문에 보였을 뿐이다.

자신도 모르게 갖은 핑계를 대며 그들을 지켜봤다.

보지 않으려 고개를 흔들고 다른 데로 눈을 돌려도 봤지만 어느새 시선은 그들에게 향하고 있었다.

윤서경은 그동안 자신의 사무실로 찾아와 이곳 피란체로 함께 왔는데 오늘따라 일이 있다며 오지 않았다.

지금 생각해 보니 강산을 만나기 위해 핑계를 댄 모양이다.

흘끔흘끔 그들을 쳐다보던 태희는 급히 시선을 다른 쪽으로 돌렸다.

윤서경이 그녀를 향해 다가왔기 때문이다.

"왔니?"

"응."

이제야 본 것처럼 태희가 대답하자 윤서경의 얼굴에 묘한 웃음이 떠올랐다.

그녀는 태희가 온 것을 예전에 알고 있었다는 표정이다.

"쟤 정말 볼수록 괜찮다."

"누구? 강산이?"

"그럼 쟤 말고 누구겠니. 지금 여기서 내 눈에 보이는 남자는 쟤밖에 없다."

"오늘로 날 잡았냐? 난 네가 언제 또 발작하나 했다."

"너 때문에 망설였는데 이젠 더 이상 안 되겠어. 쟤, 내가 접수하려고."

"잘생겨서?"

"단순하긴. 잘생긴 놈들은 당장 홍대 쪽에 가도 쌔고 쌨어."

"그럼 왜 그러는데?"

"같이 있으면 묘하게 몸이 떨려. 쟤 밑에 깔리면 하루 종일 천국을 볼 것 같다는 생각이 들거든. 이런 기분 처음이야."

"그 소린 로드모델 만났을 때도 했다."

"아냐, 이번엔 달라."

"미친년, 나한테 차인 놈이야. 그런데도 정말 그러고 싶니?"

"네 거라도 한번 훔쳐 먹고 싶을 정돈데 그게 뭐 어때서. 오히려 난 네가 고마워 죽을 지경이다."

"너 드디어 돌았구나?"

"반응이 이상하네. 너 쟤한테 혹시 미련 같은 거 남았니?"

"말도 안 되는 소리 하지 마."

"그럼 다행이고. 난 오늘 쟤하고 저녁 먹기로 했다. 결과는 나중에 알려줄 테니 기대해."

강산은 마음 같아서는 피트니스클럽도 그만두고 싶었으나 워낙 조건이 좋아 계속 다녔는데 결국 그녀들을 다시 만나고 말았다.

그는 자신을 외면하는 태희를 보며 쓴웃음을 지었다.

모른 체한다고 해서 모르는 사람이 되는 게 아니란 걸 그녀는 모르는 모양이다.

태희와는 다르게 윤서경은 끈질기게 따라붙으며 말을 붙여왔다.

일부러 피하지는 않았다.

어차피 알바를 하러 온 이상 손님들에게 최대한 좋은 인상을 심어줘야 하는 게 그의 임무이기 때문이다.

문제는 그다음에 발생했다.

그녀는 태희와 관련해서 상의할 게 있다며 저녁을 같이하자고 떼를 썼다.

무슨 일이냐고 물었으나 나중에 말하겠다며 버텼기 때문에 결국 강산은 그녀가 정한 장소로 나갈 수밖에 없었다.

가차 없이 거절할 수도 있었으나 궁금했다.

심각한 표정으로 말하는 윤서경은 태희에게 무슨 일이 생겼다는 걸 암시하고 있었다.

그녀가 정한 약속 장소는 단순히 식사만 하는 곳이 아니라 분위기 있는 술집에 가까운 곳이었다.

강산이 들어갔을 때 그녀는 이미 술과 안주를 시켜놓고 있었는데 자리에 앉자마자 대뜸 술부터 권해왔다.

사내는 언제 어느 때고 주는 잔을 마다하면 안 된다고 배웠기에 거절하지 않고 받았다.

물론 핑계다.

사실은 피트니스에서 잔뜩 땀을 흘렸기 때문에 마침 시원한 맥주가 당기는 상태였다.

그녀가 준 맥주를 단숨에 마시고 나자 그때부터 윤서경은 폭탄주를 만들기 시작했다.

밥을 먹자더니 그녀는 술을 마시고 싶었던 모양이다.

두 시간이 지나도록 윤서경은 신변잡기적인 이야기만 할 뿐 태희에 관한 얘기는 꺼내지 않았다.

그런데도 강산은 묻지 않았다.

시간이 지나면서 그녀의 몸짓을 보며 그녀의 의도가 무엇인지 대충 짐작했기 때문이다.

밸런타인 21년산 한 병이 바닥을 드러내고 맥주병이 사방에 뒹굴기 시작하자 슬쩍 눈이 풀린 그녀가 본론을 꺼냈다.

물론 그 본론은 강산이 예상한 것과 정확히 일치했다.

강산은 남아 있는 술잔을 깨끗이 비우고 자리에서 일어났다.

지금껏 살아오면서 섹스를 마다하진 않았지만 윤서경 같은 여자를 건드리고 싶진 않았다.

그녀의 얼굴은 최상급에 속했으나 하는 행동은 역겨울 정도로 지저분했다.

강산은 버스에서 내려 집으로 돌아오다 슈퍼에 들러 음료수를 샀다.

오랜만에 마신 술이 과했는지 속이 매스꺼웠는데 꿀차를 사서 단숨에 들이마시자 조금 안정이 되었다.

은서를 발견한 것은 집에 거의 도착했을 때다.

그녀는 고급 승용차 옆에서 어떤 남자와 함께 서 있었다.

척 보면 착.

한눈에 봐도 드라마나 소설책에 거의 상습적으로 나오는 데이트의 마무리 장면이다.

그랬기에 강산은 본능적으로 옆에 있는 전봇대 뒤로 몸을 숨겼다.

몇 개의 음료수와 그가 좋아하는 과자가 담긴 검은 봉지가 바스락거리며 소리를 냈으나 거의 완벽한 은닉이라고 자부할 만했다.

하지만 결과는 그렇지 못했던 모양이다.

남자가 차를 타고 사라지자마자 은서의 뾰족한 음성이 들려왔다.

"나와!"

처음에는 설마 하는 마음에 나가지 않았다.

워낙 훌륭한 은닉술이었기 때문에 발각되었을 거란 생각은 하지 않았다.

하지만 또다시 터진 은서의 고함에 강산은 엉성한 자세로 죄지은 사람처럼 전봇대의 그늘에서 빠져나올 수밖에 없었다.

"왜 숨었냐?"

"그냥… 네가 부끄러워할까 봐 본능적으로……."

"손에 든 건 뭔데?"

"음료수하고 과자."

강산의 대답에 은서의 입에서 긴 한숨이 흘러나왔다.

데이트하다 걸린 여자의 부끄러움은 어디다 내팽개쳤는지 금방이라도 통박을 줄 것만 같은 얼굴이다.

그러나 그녀의 얼굴은 금방 풀렸고, 흘러나온 말도 전혀 예상치 못한 것이었다.

"오빠, 밤에 그런 거 먹으면 살쪄. 내일 먹어."

제4장

취직

　토요일의 아침은 언제나 여유롭다.

　은서는 물론이고 학교를 쉬는 은영과 은수도 이날만큼은 평상시보다 늦게 잠에서 깨어났다.

　아침 식사가 아홉 시에 차려진 것은 그런 이유 때문이다.

　김 여사가 식탁에 반찬을 차려놓을 때 은서가 나타나 국과 밥을 푸기 시작했다.

　은영과 은수가 동시에 나온 것은 아침 식사가 거의 세팅되고 난 후였는데 둘은 금방 세수를 마쳤는지 얼굴이 뽀송뽀송했다.

　은서가 밥을 모두 푼 후 국을 뜨려 할 때 뒤늦게 생각난 듯 김 여사가 급히 말했다.

"은서야, 강산이 건 안 퍼도 돼."

"왜요?"

"걔 아까 나갔어."

"오빠가 어딜 가? 토요일에?"

"글쎄, 나한테는 시험 보러 간다고 하더라."

"무슨 시험?"

얼떨결에 되묻던 은서뿐만 아니라 모든 식구가 한꺼번에 동작을 정지했다.

갑자기 강산이 취직 시험을 보겠다고 농담처럼 한 말이 생각났기 때문이다.

김 여사도 이제야 생각났는지 갑자기 손뼉을 치면서 놀라는 표정을 지었다.

"어머, 내 정신 좀 봐. 걔 정말 취직 시험 보러 갔으면 어떡하니. 밥도 안 먹고."

"설마 그럴 리가 없잖아."

"혹시 강산 오빠 운전면허 시험 보러 간 건 아닐까?"

"무슨 운전면허 시험을 새벽에 보러 가. 그건 아닌 것 같다."

"그럼 뭐지?"

김 여사의 걱정과는 달리 세 딸은 강산이 취직 시험을 치르러 갔다는 걸 믿지 않았다.

취직이 어디 동네 강아지 이름도 아니고 매일 뒹굴며 살다가 어느 날 덜컥 취직을 한다면 지나가는 개도 웃을 일이다.

그만큼 지금의 취직 시장은 얼어붙을 대로 얼어붙은 상태였다.

안정적인 직장으로 꼽히는 9급 공무원 시험은 몇백 대 일이 기본이었고, 일류 기업들은 최상위권 대학의 빵빵한 스펙을 지닌 인재들이나 취직이 가능했다.

이름이 조금이라도 나거나 방귀깨나 뀐다는 기업들도 어렵기는 마찬가지였다.

대학 사 년 내내 미친 듯 스펙을 쌓고 공부한 학생들이나 취직이라는 전쟁에서 승리할 수 있었으니 강산에게는 하늘나라 별 따러 가는 것만큼 어려운 일이었다.

그럼에도 은서는 동생들과는 다른 표정을 짓고 있었다.

"은수야, 한번 검색해 봐."

"뭘?"

"인터넷. 오늘 시험 보는 데 있는지 알아봤으면 좋겠다."

"언니야, 그거 헛수고 아닐까?"

"그래도 모르잖아."

"알았어."

혹시 모른다는 생각으로 은서가 자리에 앉으며 말하자 은수가 일어나 제 방으로 향했다.

핸드폰을 가져오기 위함이다.

은수는 핸드폰을 들고 자리로 돌아와 고딩답게 총알같이

손을 움직여 인터넷 검색창에 취직 시험 일정이라고 썼다.

수많은 검색 결과가 올라왔지만 원하는 결과를 쉽게 찾지 못해 한참을 뒤적거리던 은수는 한 개의 뉴스를 발견하고는 창을 열어 은서에게 내밀었다.

거기에는 어제 날짜 뉴스가 떠 있었는데 대원그룹 신입 사원 공채 최종 면접이 오늘 있다는 것이었다.

뉴스에는 오늘 아홉 시부터 시험이 시작된다는 내용이 담겨 있었다.

고개를 빠끔히 내밀고 옆에서 뉴스를 훑어보던 은영의 입에서 병아리 울음소리 같은 희한한 신음이 흘러나왔다.

그녀는 숟가락을 든 채 허공에 대고 엑스 자를 그은 후 은수를 향해 입술을 끌어 올렸는데 그녀의 눈은 뉴스에서 떨어진 지 오래였다.

"은수야, 다시 찾아봐. 저거 말고."

"아무리 찾아봐도 다른 건 없어. 저것도 여기저기 다 뒤져서 찾아낸 거야."

"그래도 저건 아니다."

"나도 그렇게 생각하는데, 정말 저것밖에 없어. 아마 오빠는 내가 말한 것처럼 운전면허 시험 보러 간 걸지도 몰라. 지금 생각났는데 면허 시험은 아침 일찍부터 본다고 들었어."

"아니라니까. 오빠 도서관에서 경제 서적 펴놓고 잠잤어. 운전면허 볼 생각이었으면 운전면허 시험지 펴놓고 잠자야 되는 거 아냐?"

"그건 그러네."

"혹시 모르지. 공부 하나도 안 하고 보러 갔을지도. 워낙 엉뚱해서. 그런데 강산 오빠 면허 없대?"

"그러고 보니까 그것도 안 물어봤네. 큰언니, 강산 오빠 운전면허 있어?"

"글쎄……."

뭔가를 생각하던 은서는 은수의 질문에 명확한 대답을 하지 못하고 얼버무렸다.

그러고 보니 강산에게 운전면허가 있는지 없는지 알아볼 생각조차 하지 않았다.

항상 걸어 나가 버스를 탔기 때문에 당연히 없을 거라고 생각했다.

새삼 얼굴이 붉어졌다.

막상 그런 것조차 관심을 갖지 않았다는 걸 알게 되자 한순간 부끄러움이 몰려왔다.

강산을 좋아한다면서도 자신은 강산에 대해서 아직 모르는 게 너무나 많았다.

은영이 서둘러 나선 것은 은서의 분위기가 이상함을 느꼈기 때문이다.

"면허 있으면 뭐하냐? 차가 없는데."

"하긴."

"정말 어딜 간 거지?"

"혹시 놀러 가면서 미안하니까 시험 보러 간다고 사기 친 건 아닐까?"

"그럴 수도 있겠다. 하여간 이따 들어오면 물어보자. 아침 일찍 나가서 뭐 하고 돌아다녔는지."

강산은 천천히 대원물산 본사 사옥으로 걸어 들어갔다.

오랜만에 양복을 입고 넥타이를 맺기 때문에 불편했지만 오늘은 최종 면접이 있는 날이라 어쩔 수 없이 정장 차림으로 와야 했다.

예상대로 대원물산에 제출한 서류 전형은 무사히 합격했다.

고졸 출신은 1차 시험이 서류 전형이었고 그가 제시한 스펙은 누구보다 뛰어났기 때문에 합격을 의심하지는 않았다.

그의 토익 스피킹 레벨은 8이었고, 금년에 본 일반 토익 점수는 985점이었다. 더군다나 봉사 경력도 탁월했고, 그동안 해온 일을 모두 써넣자 이력서 칸이 모자랄 지경이었다.

이 정도의 스펙이라면 대졸자 정식 직원 전형에도 당당하게 합격하고도 남는다.

강산은 회사에서 지정한 8층으로 엘리베이터를 타고 올라갔는데 정장 차림의 남녀들로 빈자리를 찾아보기 어려웠다.

그건 엘리베이터를 내린 후에도 마찬가지였다.

8층의 규모는 생각보다 훨씬 컸으나 얼마나 많은 사람이 모여 있는지 정신이 하나도 없을 지경이었다.

간신히 접수창구로 다가가 강산이 이름을 말하자 진행을 담당한 직원이 잠시 기다리란 말과 함께 뒤쪽에 있는 40대 중반 사내에게 다가가 뭔가 이야기를 주고받았다.

다른 사람들은 그냥 면접표를 나눠 주었는데 유독 강산에게만 이상한 행동을 했기에 신경이 쓰였다.

직원이 강산에게 다시 돌아온 것은 오 분 정도 지난 후였다.

"이강산 씨, 죄송합니다. 이강산 씨는 여기가 아니라 15층으로 올라가셔야 되겠습니다."

"왜죠? 고졸 전형은 분명 8층으로 오라고 했는데요. 뭐가 잘못됐습니까?"

"아닙니다. 인사부에서 이강산 씨는 15층으로 올려 보내라는 지시가 있었습니다. 아마 가보시면 알게 될 겁니다."

"알겠습니다."

가볍게 고개를 숙여 인사를 한 강산은 발걸음을 돌려 다시 엘리베이터로 다가가 위로 가는 버튼을 눌렀다.

기다리는 동안 주위를 둘러보니 그때서야 사람들의 얼굴이 눈에 들어왔다.

남자든 여자든 모두 자신보다 한참 어려 보였다.

고졸 전형이다 보니 이십 초반의 젊은이가 대부분이었는

데, 그들은 상기된 표정을 숨기지 못할 만큼 순진해 보였다.

정부 정책으로 대기업에 고졸 전형이 시작된 것은 삼 년 전부터이다.

물론 그 유래를 따라가 보면 훨씬 이전부터 있던 일이지만 정부가 강력한 육성 정책을 펴기 전까지는 유명무실했다.

회사로서는 아마 미치고 펄쩍 뛸 일일 것이다.

각종 혜택을 미끼로 정부에서 정책을 펼쳐 어쩔 수 없이 따라가지만 고졸자를 쓸 수 있는 곳은 한정되어 있었고, 대졸 출신과 실질적인 능력 면에서도 현격한 차이가 있기 때문에 대기업은 고졸 출신의 채용을 울며 겨자 먹기식으로 그저 흉내만 냈다.

8층에 있는 수많은 사람 중 취업에 성공하는 것은 10프로도 안 될 터이고, 그마저도 대졸 출신과의 차별 대우로 인해 중도에서 그만두는 것까지 따진다면 살아남는 사람은 손으로 꼽게 될 것이다.

직원이 가르쳐 준 대로 15층으로 올라가자 그곳에도 정장 차림의 남녀가 가득했다.

하지만 그들의 외모는 8층 응시자들과 근본적으로 달랐다.

세련된 옷차림, 그리고 자신에 찬 표정. 남자들의 나이는 대부분 강산과 비슷했고 여자들은 조금 어려 보였다.

누군가에게 묻지 않아도 금방 알 수 있었다.

이곳은 대원물산 정식 직원을 채용하는 최종 면접 장소임이 분명했다.

대원그룹은 날고 긴다는 일류 대학 중에서 상위 5퍼센트에 속하는 뛰어난 인재들이 각종 경쟁을 통해 입사한다.

다시 말해 여기 있는 사람들은 엘리트 중의 엘리트들이란 뜻이다.

강산은 사방을 둘러보다가 접수대로 다가갔다.

8층과 똑같은 구조였으나 사람들이 다르고 분위기 또한 달랐다.

이곳은 진짜 전쟁터였다.

모인 젊은이들의 번쩍이는 시선과 면접을 대비해 마지막으로 점검하는 그들의 행동에서 무한한 긴장감이 뿜어져 나오고 있었다.

이름을 대고 면접표를 받아 든 강산은 기어코 한숨을 내쉬고 말았다.

수험 번호 105번.

면접을 보러 온 사람 중 가장 마지막 번호였기 때문이다.

강산은 자리에 앉아 두 시간이 넘도록 기다려야 했다.

면접은 한 조에 다섯 명씩 들어갔는데 평균 이십 분이 소요되었다.

다행스럽게 A, B, C반으로 나뉘어 면접이 진행되었기 때문에 그나마 시간이 단축되었지, 한군데서만 시행했다면 훨씬 더 많은 시간을 기다려야 했을 것이다.

면접을 끝내고 나오는 사람들의 표정은 다양했는데, 그중 깊은 한숨을 내쉬는 사람이 가장 많았다.

여자들 중에는 눈물까지 흘리는 경우가 있었는데, 면접에서 결정적인 실수를 했는지 얼굴을 손으로 가린 채 울음을 멈추지 못했다.

충분히 이해가 갔다.

전국에서 뛰어난 자들만 서류 전형을 통과했고, 이제 최종 면접만 치르면 꿈속에서도 원하던 입사를 할 수 있는데 실수로 인해 그 문턱에서 좌절됐다는 건 받아들이기 힘든 일일게 분명했다.

그러나 그들에게는 더 이상 남은 기회가 없었다.

사람들의 숫자가 점점 줄어들었고, 이제 그와 함께 남은 것은 열다섯 명에 불과했다.

마지막 조에 있는 사람들이다.

초조한 시간.

문이 열리며 진행 요원이 나타나 사람들의 이름을 부르기 시작한 것은 남은 사람들이 준비해 온 서류를 보면서 마지막 연습을 할 때였다.

진행 요원도 지쳤는지 처음과는 다르게 목소리 톤이 낮아져 있었다.

강산의 이름은 맨 마지막으로 불렸는데 C반에 소속되어 있었다.

진짜 꼴찌 중의 꼴찌였다.

그의 조에 속한 것은 남자 셋에 여자 둘.

자리에 앉아 기다릴 때부터 다른 사람들과는 다르게 유난히 침착한 모습을 보이던 사람들이다.

면접실로 들어서자 정면으로 면접관들의 근엄한 모습이 보였다.

면접관 역시 다섯 명이었고, 그중에는 외국인도 둘이 포함되어 있었다.

탁자에는 그들의 직함이 적힌 명패가 놓여 있었는데, 중간에 앉은 오십 중반의 사내 앞에는 해외사업본부장이란 타이틀이 박혀 있고 나머지 두 명은 관리이사와 대외협력이사라는 직함이 붙어 있었다.

하지만 외국인들의 앞에는 그저 이름뿐 어떤 직함도 쓰여 있지 않았다.

강산은 가장 끝 쪽 문가에 자리 잡았다.

번호가 끝이니 자리도 가장 나쁘다.

먼저 입을 연 것은 본부장이었다.

그는 C반의 책임자답게 분위기를 잡아나갔는데 묘하게 긴장감을 주는 목소리였다.

"여러분이 마지막이군요. 오래 기다리셨습니다. 지금부터 면접관들이 질문할 텐데 순서는 무작위이니 지명되셨을 때 질문의 요지에 맞게 대답하시면 됩니다. 그리고 여기 두 분의 외국인이 계십니다. 이분들의 질문에는 영어로 대답해야 하며, 그 성적이 최종 면접 성적의 50프로를 차지한다는 걸 미리 알려 드립니다."

본부장이 말을 끝내고 나자 먼저 좌측에 있던 관리이사가 첫 번째 자리에 앉아 있는 응시자에게 질문했다.

그는 주로 학교 이야기와 가정환경, 그리고 스펙에 관련된 내용, 대원그룹 입사 동기와 합격 시 포부 등 일반적인 내용을 물었다.

그러나 대외협력이사의 질문은 판이하게 달랐다.

대원그룹이 처한 현재 상황과 앞으로 나가야 할 방향, 그리고 기업과 학교, 관의 협력 방안에 대해서 개인의 생각을 물었다.

관리이사가 물은 것보다는 한 단계 높은 수준의 질문이었다.

그럼에도 응시자들은 예상 질문에 있는 내용이었는지 차분하게 대답했다.

응시자들을 가장 곤혹스럽게 만든 것은 외국인이었다.

그들은 주로 세계 경제에 대해 물었는데, 그와 연관되어 대원그룹의 미래 전략을 타깃으로 답변해 달라고 요청했다.

대한민국에도 영어를 잘하는 사람은 많다.

하지만 전공 분야에서 막힘없이 외국의 바이어와 대화를

나누고 토론할 수 있는 사람은 그리 흔치 않았다.

거기에 덧붙여 실물경제와 경제 이론까지 가미된 토론이라면 그야말로 모래밭에서 바늘 찾는 것만큼이나 찾기 힘들었다.

그랬기에 네 명의 응시자는 외국인의 질문에 땀을 뻘뻘 흘리며 간신히 대답했다.

밖에서 보이던 자신 있고 여유로운 모습은 사라진 지 오래였고, 당황한 나머지 얼굴이 벌겋게 달아올랐다.

강산은 응시자들의 대답을 듣는 한편 자신의 차례를 대비하며 그동안 공부한 내용들을 정리해서 답안을 만들었다.

시험 보러 오기 전 혹시나 하고 준비한 내용이 외국인들의 질문에 포함되어 있었기 때문에 강산은 대답할 내용을 정리한 후 차례가 오기를 기다렸다.

그러나 면접관들은 다른 네 명에게 질문을 집중했고 강산에게는 한 마디도 질문을 던지지 않았다.

이것 또한 이상한 일이었다.

굳이 15층으로 불러 올려놓고 마지막 순간까지 아무런 질문도 하지 않으니 강산은 답답한 마음에 절로 한숨이 나왔다.

더군다나 마지막에 앉아 있는 외국인은 면접실로 들어올 때부터 계속해서 놀란 눈으로 자신을 보고 있었다.

그는 응시자에게 질문하는 틈에도 자신의 얼굴에서 시선을 떼지 못했다.

어딘가 익숙한 얼굴이다. 언제 만났는지 생각나지는 않았지만 분명히 눈에 익은 얼굴이었기에 강산은 자꾸만 고개를 갸웃거렸다.

질문이 시작된 것은 나머지 사람들에 대한 대답이 모두 끝나고 난 후였다.

그동안 응시자들에게 무작위로 질문하던 패턴은 강산의 차례가 되자 집중식으로 바뀌었다.

먼저 입을 연 것은 관리이사였다.

"이강산 씨 본인 맞나요?"

"그렇습니다."

"기다리느라 힘들었을 겁니다. 하지만 지금까지 질문하지 않은 것은 이강산 씨가 특별한 위치에 있기 때문입니다. 여기에서 시행될 면접 결과에 따라 이강산 씨는 고졸 공채가 아닌 정식 직원으로 입사할 수 있는 기회가 주어진다는 것을 미리 알려 드립니다. 그러니 성심성의껏 대답해 주시기 바랍니다. 먼저 고등학교를 졸업하고 십 년 동안 특별한 직업을 갖지 않았더군요. 왜 그랬죠?

"저는 어딘가에 구속되는 걸 매우 싫어했습니다. 그래서 취직을 하지 않았습니다."

"하지만 이력서에는 많은 일을 한 것으로 적혀 있는데 그것은 구속받는 게 아닌가요?"

"한곳에 구속받지 않은 대신 많은 경험을 할 수 있었습니다. 저는 그런 경험이 제 인생에 많은 도움이 될 것이라 생각했습니다."

"그럼 이제 와서 입사하려는 이유는 뭡니까?"

"안정적인 직장을 갖고 가정을 꾸리기 위해서입니다."

"음, 이강산 씨의 토익 스피킹은 무려 8단계이고 토익 점수도 만점에 가깝습니다. 대학교에 진학하지 않은 이유를 알 수 있을까요?"

"집안 사정 때문이었습니다. 말하기 곤란한 부분이 있으니 그것에 대해서는 더 묻지 않았으면 고맙겠습니다."

"좋습니다. 뭔가 사정이 있는 것 같으니 더는 묻지 않겠습니다. 고등학교 3학년 성적이 이전보다 훨씬 떨어졌던데 같은 이유 때문입니까?"

"그렇습니다."

"그렇다면 몇 가지만 더 묻겠습니다. 부모님은 무얼 하시죠?"

"특별히 하시는 건 없습니다."

"형제는 없습니까?"

"네, 독잡니다."

"알겠습니다."

강산이 똑 부러지게 대답하자 관리이사가 질문이 끝났다는 듯 뒤로 물러났고, 대신 대외협력이사가 나서서 다른 응시자에게 한 질문을 똑같이 했다.

면접에서 남들의 대답을 모두 들을 수 있다는 건 매우 커다란 도움이 된다.

특히 강산처럼 학교와 정부 쪽에 대해서 모르는 경우에는 훨씬 많은 도움이 되었기 때문에 그는 다른 사람들이 한 내용을 취합해 그런대로 답변을 마쳤다.

마지막은 모든 응시자가 진땀을 뺀 외국인 차례였다.

처음에 시작한 제임스는 역시 똑같은 패턴으로 질문했기 때문에 정리한 대답을 유창한 영어로 대답했으나 문제는 흘끔흘끔 자신을 계속해서 지켜보던 토마스가 질문할 때부터 발생했다.

토마스는 무엇 때문인지 그동안 응시자에게 질문한 것에서 완전히 벗어난 내용을 물었는데 입사 응시자에게 묻기에는 상식선에서 벗어난 수준의 것이었다.

그의 질문은 경제 발전과 성장에 대한 학론에서부터 기업이 차용해서 써야 할 경제 이론의 종류, 신기술과 실물경제의 연관성 등 경제학에서도 최고급 수준에 속하는 내용이었다.

강산은 묵묵히 그의 질문을 들으며 정리해 놓은 답변들을 버리고 그동안 평소 생각하고 있던 내용들로 답변을 대체했다.

정해진 답변을 벗어났으나 막힘은 없었다.

토마스가 한 질문은 그에게 있어 영원한 숙제였기에 지난 십 년 동안 끊임없이 공부하고 고민하던 것들이었기 때문이다.

답변을 하면서 눈에 익은 토마스를 어디서 봤는지 기억해 낼 수 있었다.

토마스의 정식 명칭은 토마스 돈넬이다.

미국에서도 유명한 헤드헌터.

범세계적인 기업들이 그가 추천한 인재에 대해서는 조금의 의심조차 갖지 않고 받아들일 정도로 인재 스카우트에는 탁월한 능력을 지닌 사람이다.

그를 단숨에 알아보지 못한 것은 몇 년 전 미국에 있을 때 스쳐 가듯 잠시 만났기 때문이다.

그 당시의 그는 다른 것에 정신이 팔려 그의 얘기를 제대로 듣지 않았다.

토마스가 질문을 모두 마치고 입을 닫자 면접실에 일순 조용한 적막에 찾아왔다.

지금까지 이 정도로 유창하게 영어를 구사한 사람은 없었다.

더군다나 경제 전반에 대한 해박한 지식을 막힘없이 풀어 낸다는 건 최고의 전문가만이 해낼 수 있는 일이었기에 본부장을 포함한 면접관뿐만 아니라 응시자들까지 모두 입을 벌린 채 다물 줄을 몰랐다.

강산의 답변이 그들이 알아들을 수 없을 만큼 대단한 수준이었기 때문이다.

하지만 다른 사람들과는 다르게 토마스만은 당연하다는 얼굴로 강산에게서 시선을 떼지 않은 채 고개만 끄덕거렸다.

본부장이 나선 것은 잠시간의 적막이 지나고 어색함이 흐르기 시작할 때였다.

"이상으로 마지막 조의 면접을 마치겠습니다. 여러분께서는 조만간 다시 만나게 될 겁니다. 여러분을 마지막 조로 배치한 건 여러분이 최상위 성적을 가진 분들이기 때문입니다. 돌아가서 기다리시면 좋은 결과를 얻을 수 있을 것입니다."

본부장이 말을 마치자 진행 요원이 응시자들에게 일어나라는 사인을 보내왔다.

응시자들은 마지막으로 면접관들에게 인사를 한 후 회의장을 빠져나왔는데 모두 마치 지옥에 갔다 온 얼굴을 하고 있었다.

토마스가 쫓아온 것은 강산이 엘리베이터를 타기 위해 복도를 걸어가고 있을 때였다.

"미스터 리!"

"안녕하세요. 오랜만입니다."

"도대체 어떻게 된 일이오? 당신이 여기에 나타난 걸 보고 난 기절할 뻔했소."

"사정이 있어 그렇게 됐습니다."

"정말 대원그룹에 입사할 생각이시오?"

"네, 그럴 생각입니다."

"난 정말 이해가 되지 않소. 당신 같은 사람이 왜?"

"토마스 씨, 나에 대해서는 아무에게도 말하지 말아주십시오."

"그건 또 무슨 말이오?"

"부탁드립니다. 나중에 기회가 되면 다시 만나서 말씀드리겠습니다."

"그럼 좋소. 내가 오늘 여기 온 것은 객원으로 심사에 참여해 달라는 부탁을 받았기 때문이오. 나는 내일 미국으로 떠나니 반드시 찾아온다고 약속하시오. 그럼 당신의 부탁을 들어주겠소."

종갓집 식구들은 누구도 먼저 말을 꺼내지 않았지만 모두가 강산을 기다리고 있었다.

도대체 무슨 일이 있는 건지 너무나 궁금했기 때문이다.

말로는 설마 하면서 애써 무시했으나 마음속으로는 강산이 그럴듯한 회사에 취직했으면 하는 바람을 가지고 있었다.

어찌 보면 꿈이고 희망에 불과했으나 그녀들의 마음은 그랬다.

착한 강산이 제대로 된 직업을 가지고 행복하게 살 수만 있다면 그녀들은 하루 종일 집에서 꼼짝 않고 기다리는 것 정도는 얼마든지 할 수 있었다.

토요일의 하루는 생각보다 훨씬 빠르게 지나갔다.

은서와 은영은 아예 외출을 하지 않은 채 책과 텔레비전을 보면서 시간을 보냈는데 은서는 몇 번이고 핸드폰을 들었다 놨다 하며 초조함을 감추지 못했다.

하지만 그것은 은서뿐만이 아니었다.

김 여사 역시 잠시도 가만있지 못하고 부엌과 안방을 수시로 들락거렸고, 은영은 진득하게 한군데를 보지 못하고 채널을 여기저기 돌리며 작은 소리만 들려도 대문 쪽을 바라봤다.

김 여사는 틈이 날 때마다 강산에게 아침밥을 먹여서 보내지 못한 것을 두고 연신 중얼거리며 자책했는데 보기에 안쓰러울 지경이었다.

은수가 대문을 열고 부리나케 들어온 것은 두 시가 넘어 세 시가 가까워 올 때였다.

"오빠 왔어?"

"아직 안 왔다. 넌 도서관 간다는 애가 왜 벌써 들어와?"

"아이, 궁금하잖아. 궁금해서 도통 공부가 돼야지. 왜 안 들어오는 거야? 지금쯤 들어왔을 거 같아서 부리나케 왔는데. 미치겠네."

"운전면허 시험 보러 간 거 같다고 우기더니, 그런 애가 뭐가 궁금해?"

"말이 그렇다는 거지. 그런 언니는 왜 집에 있어? 아까 통화하는 거 보니까 미선 언니가 나오라고 하는 것 같던데."

"그냥 오늘은 나가기 싫어서. 그런데 토요일 낮에는 원래 재밌는 걸 안 하나 보지? 아, 정말 따분하다."

은영이가 두 팔을 하늘로 올려 기지개를 켜면서 텔레비전을 껐다.

뭔가 하릴없는 사람이 시간이 안 가서 미치겠다는 표현을 할 때 나타나는 전형적인 행동이다.

그때 생각난 듯 은수가 은서를 쳐다봤다.

"언니, 전화해 봤어?"

"무슨 전화?"

"강산 오빠한테 전화 안 해봤어?"

"…못 했어."

"왜?"

"진짜 시험 보는 거라면 어떡해. 시험 보는데 전화벨이 울린다고 생각해 봐. 끔찍하다, 애."

은서가 고개를 흔들며 절대 안 된다는 시늉을 하자 은수가 황당한 표정을 지었다.

"참, 걱정도 팔자다. 진동으로 해놨거나 무음으로 해놨겠지. 그것도 아니면 아예 꺼놨거나."

"너도 강산 오빠 덜렁대는 거 알잖아. 그냥 덜컥 들어갔다면 어쩔래? 그 인간, 충분히 그럴 수 있어. 난 겁나서 못하겠더라."

"그럼 내가 해볼까?"

"하지 마라. 가뜩이나 밥 못 먹여 보내서 속상한데 전화 때문에 취직 못 했다면 난 아마 죽어버릴지도 몰라. 그러니까 그냥 진득하게 기다려. 꼼짝하지 말고. 알았지?"

한숨만 푹푹 쉬던 김 여사가 은수의 핸드폰을 낚아채며 말했다.

그녀는 걱정으로 하루 종일 얼굴을 펴지 못했다.

강산은 면접을 마치고 거리로 나와 곧장 석만에게 전화를 했다.

어차피 이 시간에 집에 들어가 봐야 할 일도 없기 때문에 요즘 들어 자주 어울리는 석만이를 불러낼 생각이다.

놈 역시 백수였기 때문에 언제든 전화만 하면 콜이었다. 특히 강산이가 전화만 하면 석만은 무슨 짓을 하고 있다가도 튀어나왔다.

논현동에서 강남역 쪽으로 빠져 내려와 한참을 걷자 석만이가 말한 당구장이 나왔다.

당구장은 칠 층 건물의 꼭대기에 있었는데 외관으로 보는 것과 달리 평수가 커서 당구대가 스무 개가 넘었고 깔끔한 인테리어와 환기 시스템까지 갖춰 손님이 꽤 많았다.

강산은 당구장에 들어와 빈 당구대에 자리를 잡았다.

아직 석만이 도착하지 않았기 때문에 강산은 벨을 눌러 연습 구를 달라는 사인을 보냈다.

석만과 주로 치는 것은 삼구였는데 스리쿠션으로 승부를 보는 게임이다.

연습 볼이 도착하자 강산은 양복 윗도리를 벗고 넥타이도 풀었다.

면접 때문에 와이셔츠를 입었기 때문에 왼팔에 토시를 한 후 큐대를 점검하고 당구대로 다가갔다.

당구는 실전보다 연습할 때가 훨씬 잘 맞는다.

길도 잘 보일 뿐만 아니라 힘 조절도 잘되기 때문에 연습할 때처럼 치면 여간해선 게임에 지지 않는다.

물론 사람마다 다르지만 말이다.

강남에 있는 당구장이라 그런지 다른 데와는 달리 여자 손님도 꽤 있었다.

특히 강산이 차지한 당구대 옆에는 포켓볼 다이가 있었는데 거기에는 두 명의 늘씬한 아가씨가 게임을 하며 연신 즐거운 듯 웃음을 터뜨리고 있었다.

석만이 온 것은 그로부터 약 이십 분이 지난 후였다.

강산은 여자들의 게임을 방해하지 않기 위해 조심스럽게 움직이며 볼을 치고 있었으나 석만은 그만 급하게 들어오다가 빨간색 티를 입은 아가씨의 엉덩이를 건드리고 말았다.

당구를 쳐 본 사람은 잘 알겠지만 당구는 상체를 숙이고 엉덩이를 뒤로 빼는 것이 기본자세이기 때문에 샷하는 사람

보다 주변에 있는 사람이 주의해야 문제가 생기지 않는다.

"죄송합니다."

놀란 석만이 실수를 눈치채고 빠르게 사과했으나 이미 빨간색 티 아가씨의 인상은 날이 서 있었다.

그녀의 공은 균형이 무너진 상태에서 샷이 되어 엉뚱한 방향으로 굴러가고 있었다.

그러나 그녀는 곧 표정을 바꾸고 사과를 받아들이며 등을 돌렸다. 때문에 석만은 무사히 강산 앞으로 다가올 수 있었다.

"어이구, 넌 어째 맨날 그 모양이냐."

"내가 뭘?"

"덤벙대는 거 언제 고칠래?"

"놔둬. 이렇게 살다 죽으련다. 그런데 너 옷차림이 이상하다? 어디 갔다 오는 길이야?"

"응."

"어디 갔다 오는데 이렇게 쫙 빼입었어? 확실히 옷걸이가 좋으니까 양복이 어울린다. 결혼식 갔다 왔어?"

"아니, 시험 보고 왔다."

"무슨 시험?"

"취직 시험."

"얼씨구. 네가 무슨 취직 시험을 봐? 어디 봤는데?"

"대원그룹."

"이 자식, 사기 치고 있어. 너 나 놀리는 거지?"

"그래, 인마. 그냥 해본 얘기다. 심심해서. 그나저나 오늘은 뭐 내기할까?"

"이놈은 맨날 내기 타령이야. 어차피 져도 돈 안 낼 거면서."

"난 백수잖아."

"좋다, 게임비하고 저녁 내기. 오케이?"

"오케이."

"오늘은 꼭 돈 내야 돼? 없다고 버팅기기 없기다?"

"알았으니 시작이나 해."

당구도 기본적으로 운동신경이 있어야 잘하는 스포츠다.

물론 끊임없이 노력한 사람에게는 통하지 않겠지만 비슷한 경력과 노력을 한 사람이라면 운동신경이 더 좋은 쪽이 이긴다는 뜻이다.

그런 측면에서 석만은 고등학교 시절부터 강산의 밥이었다.

열 번 치면 한두 번 이길까 말까 한 실력이었는데 석만은 항상 이긴 것만 기억했다.

당구처럼 미묘한 스포츠는 심리적인 부분이 많은 영향을 미치기 때문에 조금만 신경을 건드려도 펄쩍펄쩍 뛰게 돼 있다.

더군다나 내기까지 걸렸다면 상대방의 실수를 기뻐하며 손뼉을 사정없이 치곤 하는데 친구들끼리의 게임은 할 말 못할 말 다 하면서 낄낄대는 것이 가장 큰 즐거움이다.

다섯 게임을 끝냈어도 시간은 네 시를 넘지 않았다.

두 시에 만났으니 당구장에서 두 시간을 보냈건만 아직도 밖은 환한 대낮이었다.

아무리 즐겁고 재밌는 일이라도 두 시간을 꼬박 서 있게 되면 다른 걸 하고 싶어진다.

"어쩔래?"

"그만하자. 오래 서 있었더니 다리 아프네."

"그럼 나가지, 뭐. 맥주나 한잔할까?"

"좋지."

석만의 제안에 강산이 큐대를 놓고 토시를 벗었다.

이왕 결정되었으니 조금이라도 빨리 나가 시원한 맥주를 마시고 싶었다.

은서가 도저히 견디지 못하고 전화를 한 것은 여섯 시가 다 되어갈 무렵이었다.

조금만 더를 외치며 기다린 시간이었고, 절대 전화하지 말라고 하던 김 여사마저 허락했다.

그러나 강산은 어쩐 일인지 전화를 받지 않았다.

전화기를 꺼놓은 건 아닌데 전화를 받지 않았기 때문에 애가 더 탔다.

"전화 안 받는데?"

"뭐 하느라고 전화 안 받아? 밥 먹을 때 다 됐구만."

"내가 다시 해볼게."

투덜거리는 은영이 대신 은수가 나서며 전화기를 들었다.

하지만 그녀의 핸드폰에서도 발신 소리만 들릴 뿐 강산의 대답은 들리지 않았다.

"미치겠네. 뭐 하느라고 전화를 안 받는 거야!"

"기다려 봐. 여러 번 했으니 전화 오겠지."

"엄마, 오빠 양복 입고 나간 거 맞아?"

"그렇다니까. 양복 어디서 났느냐고 물었더니 세탁소에서 빌렸다더라."

"언니야, 요즘은 시험 보러 가는데 양복 입고 가?"

"누가 시험 보는데 양복 입고 가냐. 말도 안 되는 소리다. 우리 선배들 취직 시험 보러 갈 때 보니까 전부 편한 복장으로 가더라."

"그렇지?"

"당연하지."

은수의 질문에 은영이 즉시 대답하곤 뒤로 벌렁 누웠다.

그녀는 이 상황의 미스터리를 풀지 못해 답답한 얼굴이었다.

그러다가 뭔가 생각난 듯 벌떡 일어났다.

"결혼식에 간 거 아닐까? 시험은 양복 입은 게 머쓱하니까 그냥 해본 소리고."

"설마 강산이가 장난은 잘 쳐도 그 정도는 아니다. 결혼식 가면 간다고 했겠지."

"그럼 도대체 뭐냐고!"

은영이 머리를 감싸 안고 다시 쓰러지자 이번에는 은수가 나섰다.

"난 시험은 둘째 치고 어떻게 된 건지 궁금해서 미칠 지경이야. 도대체 오늘 무슨 일을 하고 다니는 건지 그것만 알아도 속이 시원하겠다."

"내 말이 그 말이라니까!"

대문이 열리고 거짓말처럼 강산이 나타난 것은 은영이 누운 채 주먹을 공중에 대고 마구 흔들 때였다.

그는 자매들의 걱정과는 다르게 밝은 얼굴을 하고 있었는데 양복을 벗은 채 와이셔츠를 돌돌 걷어 입은 모습이 마치 회사에서 퇴근하고 돌아오는 샐러리맨처럼 보였다.

"다녀왔습니다!"

너무나 갑작스러운 출현에 김 여사를 비롯한 식구들이 전부 말을 잃고 멀뚱멀뚱 강산을 쳐다봤다.

사람은 너무나 황당한 경우를 당하면 잠시 말문이 막히는 법이다.

그러나 그것도 잠시, 정신을 차린 식구들이 동시에 소릴 질렀다.

"왜 전화 안 받아!"

"무슨 전화? 신호 안 울렸는데?"

"거짓말하지 마. 전활 얼마나 많이 했는데. 핸드폰 줘봐."

손을 내민 것은 은수였다.

제일 가까운 곳에 있어 수색 작업이 가장 용이했기 때문이다.

강산은 얼떨결에 핸드폰을 꺼내 보다가 깜짝 놀라 입을 쩍 벌렸다.

부재중 전화가 무려 열세 통이나 찍혀 있었는데 은서와 은수가 번갈아가며 한 것이었다.

"아니, 웬 전화를 이렇게나 많이……."

핸드폰과 눈꼬리를 치켜뜬 채 째려보는 은서를 번갈아 보며 강산이 황당한 표정을 짓자 은수가 전화기를 뺏어서 부재중 전화를 확인하며 얼굴을 찌푸렸다.

"일부러 안 받은 거지?"

"내가 뭘 잘못했다고. 그럴 리가 없잖아?"

"그럼 왜 안 받았어?"

"무음으로 해놓은 걸 깜박했어. 정말이야."

강산이 변명하자 핸드폰 귀신인 은수가 즉시 강산의 핸드폰 상태를 확인하곤 슬그머니 인상을 풀었다.

핸드폰은 분명 무음 상태로 묶여 있었기 때문이다.

"왜 무음으로 해놨어?"

"오늘 시험 봤거든."

드디어 중요한 단어가 강산의 입에서 흘러나오자 식구들이 모두 긴장한 표정을 지었다.

이제 본격적인 심문이 필요한 시점이었다.

뒤쪽에서 초조하게 서 있던 김 여사가 나서며 강산의 팔을 잡고 식탁으로 이끌고 간 것은 심문을 원활하게 하기 위함이었다.

원래 중요한 심문은 용의자가 다른 생각을 하지 못하도록 완벽한 환경에서 시행할 필요가 있었다.

네 여자가 강산을 중심으로 전부 의자에 앉고 분위기가 조성되자 은서가 먼저 심문을 시작했다.

"무슨 시험 봤는데?"

"그야 취직 시험이지."

"어디?"

"대원그룹."

"오빠, 자꾸 농담하면 죽는다!"

"야, 주먹 내리고 말해. 겁나서 어디 말하겠냐."

은서가 주먹을 치켜들자 강산이 움찔 물러서며 반항했다.

주먹을 거두지 않으면 묵비권이라도 행사하겠다는 태도다.

그랬기 때문에 은서는 슬그머니 주먹을 내린 후 조금 가라 앉은 목소리로 질문을 이어나갔다.

"오빠 고등학교밖에 안 나왔잖아. 고졸이 어떻게 그런 좋은 회사에 시험을 봐? 그게 말이 된다고 생각해?"

"거기도 고졸 출신 뽑아. 제도가 바뀌어서 몇 년 전에 고졸 공채 제도가 생겼거든."

"거짓말!"

"진짜야."

믿기지 않는 얼굴로 되묻자 강산이 너무나 당당하게 대답했다.

하지만 워낙 믿기지 않는 말이었기에 은서는 은수를 향해 눈짓을 보냈다.

요즘은 궁금한 게 있으면 즉시 검색할 수 있기 때문에 논쟁할 필요가 없는 좋은 세상이었다.

지시를 받은 은수가 총알같이 인터넷을 검색한 후 그 결과를 은서에게 내밀었다.

화면에는 고졸 공채에 관한 내용들이 뉴스와 블로그에 가득 들어차 있었는데 대부분이 공기업과 대기업의 시험 일정등 전형 방법에 관한 것들이었다.

믿을 수 없는 사실이 눈으로 확인되자 은서의 표정이 시시각각 변했다.

그럼에도 은서는 의심을 풀지 않고 질문을 이어나갔다.

"그런데 왜 양복 입고 갔어?"

"오늘 면접 보러 갔었거든."

"시험 본 게 아니고?"

"요즘 대기업은 대부분 시험 안 보고 서류 전형으로 1차 심사를 봐. 뭐 가끔 시험 보는 데도 있긴 하지만."

강산이 어깨를 으쓱하며 대답하자 이번에는 은영이 나섰다.

그녀는 언니인 은서의 심문이 답답했던지 질문의 진도를 팍팍 밀고 나갔다.

"그럼 오빠 서류 심사 합격해서 면접 본 거야?"

"당연하지. 오빠가 고등학교 땐 공부 잘했어."

"그렇다 치고, 거긴 몇 명 뽑아?"

"대원그룹 전체로는 칠십 명인데 내가 신청한 대원물산만 따지면 일곱 명이야."

"면접 보러 많이 왔어?"

"백 명이 넘는 것 같더라. 정확하게는 모르겠다."

"환장하겠네. 일곱 명 뽑는데 그렇게 많이 몰렸다고?"

"응."

강산의 대답에 질문하던 은영은 물론 김 여사를 포함한 식구 전부가 입을 쩍 벌린 채 다물 줄을 몰랐다.

최소한 십오 대 일은 넘는다는 뜻인데, 그 정도라면 합격하기 쉽지 않을 것 같았기 때문이다.

더군다나 강산은 나이가 많아서 경쟁력도 훨씬 떨어질 게 뻔했기에 식구들의 표정은 금방 어두워졌다.

그럼에도 은영은 끝내 질문을 포기하지 않았다.

"오빠, 면접은 잘 본 거야?"

"그럭저럭."

"잘 봤다는 거야, 뭐야?"

"질문하는 건 대충 다 대답했어."

"합격할 것 같아?"

"은서가 하도 뭐라 해서 봐본 거야. 워낙 많이 와서 솔직히 자신은 없다."

강산은 은영의 기대에 찬 시선을 슬그머니 피하며 식탁을 바라봤다.

그 모습이 영락없는 과거시험 낙방생과 조금도 다르지 않았기에 은서의 입에서 조용하게 한숨이 흘러나왔다.

그러나 그녀의 한숨은 곧 그쳤고, 강산을 바라보는 시선은 부드럽게 변해갔다.

비록 결과는 암담하게 느껴졌지만 자신을 위해 취직 시험까지 봤다는 사실을 확인하자 굳어 있던 은서의 얼굴은 봄날처럼 훈훈하게 풀려가고 있었다.

그것은 김 여사도 마찬가지였다.

아들처럼 여기는 강산이 미래를 위해서 취직 시험을 봤다는 사실만으로도 그녀는 충분히 행복했다.

"지금까지 열심히 잘 살아왔잖아. 떨어지면 어때. 안 되면 또 도전하면 되는 거지. 배고프겠다. 일단 밥부터 먹자."

김 여사가 먼저 자리에서 일어나 밥솥으로 다가가자 은서와 은영이 따라 일어났다.

엄마가 밥을 푸는 동안 그녀들은 국을 뜨고 반찬을 옮기기 시작했는데 착잡한 얼굴들이다.

하루 종일 기다린 궁금증이 좋은 결과로 끝났으면 좋았을 텐데 강산의 이야기를 들어보니 앞날이 밝지 않았다.

그럼에도 그녀들은 부지런히 움직여 상을 차리기 시작했다.

김 여사는 취직 시험 보러 가는 강산에게 아침밥을 먹이지 못한 것이 못내 가슴에 맺혔는지 하루 종일 종종거리며 저녁 상을 준비했기 때문에 식탁에는 불고기를 비롯해 강산이 좋아하는 음식으로 가득했다.

제5장

스카우트

태희는 기획실장으로 취임한 이래 정신없는 나날을 보내고 있었다.

원래 이곳에서 잔뼈가 굵어왔지만 직책의 차이는 그녀를 더욱 눈코 뜰 새 없이 바쁘게 만들었다.

직원들은 그녀가 로열패밀리의 일원인 것을 알고 난 후로는 기획실장이 된 것을 당연하게 받아들이며 깍듯하게 상관으로 모셨다.

로열패밀리 라인에 소속된다는 것은 출셋길이 보장되는 것과 다름없기 때문이다.

태희는 취임한 이후 가장 먼저 조직을 장악하는 데 주력했다.

이전의 기획부장과 몇몇 핵심 브레인이 사촌 오빠인 유준성을 따라 대원화학으로 자리를 옮겼기 때문에 태희는 현재 팀장인 김일평을 부장으로 승진시켜 조직을 재정비할 수밖에 없었다.

회장의 오더를 충실히 이행하고 단기간 내에 성과를 끌어내기 위해서는 조직의 정비와 인재의 보강이 절실했기 때문에 태희는 요즘 대원그룹 직원 중 능력이 탁월한 사람들을 추려내어 기획실로 발령 내는 작업을 최우선으로 시행하고 있었다.

인사담당이사인 김수철과 자주 통화하고 시간이 날 때마다 그의 사무실을 방문한 것은 그런 이유 때문이었다.

로열패밀리의 일원이라 해도 회장의 심복인 인사담당이사를 함부로 대할 수는 없었고 아쉬운 쪽도 그녀였기 때문에 주로 먼저 연락을 취하는 것은 언제나 태희였다.

더군다나 그는 태희가 어릴 때부터 알고 있었기 때문에 허물없이 대하긴 했으나 함부로 대했다가는 회장한테 보고될 가능성이 높았다.

오늘 태희가 김수철을 부랴부랴 찾은 것은 신입 사원 면접이 끝났다는 걸 뒤늦게 들었기 때문이다.

사장이 요청한 기획안을 만드느라 신입 사원을 뽑는다는 걸 알면서도 신경 쓰지 못했다.

벌써 각 부서의 임원들이 벌 떼처럼 달려들어 선점했겠지만 그럼에도 태희는 김수철의 방을 활짝 열고 들어섰다.

안 된다면 협박이라도 해서 챙겨 갈 생각이다.

김수철은 자리에 앉아 뭔가를 열심히 보고 있다가 태희가 들어오자 자리에서 일어났다.

나이는 어리지만 직책도 자신과 동급이고 더군다나 로열 패밀리의 일원이니 앉아서 맞이한다는 건 있을 수 없는 일이었다.

"어서 와. 며칠 뜸하더니 또 날 괴롭히러 왔겠지?"

"호호, 그럴 리가요. 그냥 보고 싶어 왔어요."

"거짓말하지 마라. 얼굴에 쓰여 있어."

"잘 지내셨죠?"

"나야 늘 잘 지내지. 요 근래 신입 사원 뽑느라 정신없었지만 이제 다 끝나서 조금 한가해졌다."

태희를 바라보는 김수철의 얼굴에 웃음이 떠올랐다.

여기 온 용건이 신입 사원 때문이냐는 의미가 담긴 웃음이다.

그랬기에 태희는 방긋 웃으며 고개를 끄덕였다.

어차피 알고 있을 테니 단도직입적으로 펀치를 날리는 게 효과가 클 거란 판단이 들었다.

"어때요. 괜찮은 사람 있어요?"

"있긴 여럿 있지. 그런데 유 실장이 조금 늦었어. 웬만한 인재는 다른 이사들이 벌써 다 찜해놨거든."

"전 무슨 말인지 모르겠네요."

"뭘 몰라. 장사 하루 이틀 하는 것도 아닌데."

"정말 무슨 말을 하시는지 모르겠어요. 아직 합격자 발표도 안 났는데 뭘 찜했다는 거죠?"

"거봐, 나 괴롭히려고 온 거 맞지."

"능력 있는 사람은 능력을 발휘할 수 있는 부서로 가야 회사가 잘되는 거 아니겠어요? 찜한다고 찜해진다면 인사부는 뭐하러 있어요? 그 사람들이 인사부를 우습게 아는 모양인데 이사님이 한 방 먹이지 그랬어요?"

"아주 나보고 죽으라고 해라."

"왜요?"

"기획실이 늦어놓고 왜 나한테 시비야? 벌써 다 찜했다니까. 아마 벌써 담당 상무들한테 다 보고가 들어갔을 거야. 지금 틀어버리면 문제가 커져. 늦었으니 유 실장이 양보해. 남은 사람 중에도 괜찮은 애 많아."

"그럼 그 사람들보고 그러라고 하세요. 저는 그렇게 못 하겠어요."

"정말 왜 이래? 룰을 깨자는 거야?"

"깨야 될 룰이라면 깨야죠."

"그러지 마. 그러면 회사가 시끄러워져."

"좋아요. 그럼 전 한 명만 줘요. 그렇게만 해주면 더 이상 아무 말 안 할게요."

"누구?"

"입사 수석."

"말도 안 되는 소리. 걔는 해외사업본부장이 직접 찜했어. 걔 건드리면 유 실장이라도 가만 안 있을 거야. 그 양반 성격 알잖아."

"잘 알죠. 하지만 저도 한 성깔 해요. 이사님이 조치 안 해주시면 전 회장님과 독대 들어갑니다. 그러니 알아서 하세요."

버티고 당기는 것은 부서를 맡고 있는 책임자가 가져야 할 덕목 중 중요한 부분이다.

특히 인사에 관한 부분은 더욱 그랬기 때문에 태희는 큰아버지인 회장까지 들먹거리며 김수철을 압박했다.

여기서 물러서면 괜찮은 인재를 기획실로 데려가는 건 물 건너간 것이나 다름없기 때문이다.

그러나 김수철은 쉽게 태희의 압박에 굴복하지 않았다.

"하여간 걔는 안 돼. 본부장이 오랜만에 똑똑한 학교 후배 들어왔다고 얼마나 애지중지하는지 알아? 정 할 거면 본부장하고 상의한 후 회장님 보는 게 좋을 거야. 안 그러면 유 실장이 코너에 몰려 창피당할 수도 있어."

눈을 빛내면서 말하는 김수철의 얼굴은 슬쩍 상기돼 있었다.

분명 본부장 때문일 것이다.

해외사업본부장은 회장의 신망이 두터워 차기 사장으로

거론되는 인물이다.

탄탄한 인맥과 리더십으로 무장한 그는 회사 내에서 직원들에게 인기가 상당했기 때문에 쉽사리 대할 사람이 아니었다.

김수철이 뻗대고 있는 것은 그런 이유 때문이었다.

아무리 유태희가 로열패밀리의 일원이라 해도 차기 사장에게 찍히면서까지 줄을 대기에는 부담감이 클 수밖에 없었다.

"수석이 S대가 아니라 Y대 출신이란 말인가요?"

"응, 맞아."

"이사님이 보시기엔 정말 안 될 것 같아요?"

"내가 봤을 땐 그래. 면접이 끝나고 결과가 나오자마자 본부장님이 나한테 직접 오셨어. 그렇게까지 한 양반이 넘겨줄 것 같아? 아마 절대 아닐 거야."

"그럼 전요? 다들 챙겨 갔는데 나만 손 놓고 있으란 건가요?"

"그것참, 왜 늦게 와서… 쯧쯧."

따지듯 말하는 유태희를 향해 김수철이 혀를 찼다.

부둣가에서 한참 전에 떠난 배를 뒤늦게 와서 다시 돌아오라고 소리치고 있으니 한심해도 너무나 한심한 일이었다.

하지만 유태희의 집념은 대단했다.

"좋아요. 수석은 그렇다 치고 그럼 차석이라도 주세요."

"유 실장, 그러지 말고 재밌는 놈이 있는데 걔 한번 데려다 쓸래?"

"재밌는 놈 말고 차석 달라니까요."

"내 말 들어봐. 구미 당길 테니까."

"뭔데 그래요?"

"이번에 입사한 놈들 중에서 고졸 전형으로 응시한 놈이 있어. 그런데 그놈 스펙이 얼마나 탁월한지 대학 졸업한 놈들 찜 쪄 먹더라고. 인사부장이 정식 직원으로 채용해야 된다고 건의해서 내가 오케이했으니 어느 정돈지 대충 짐작 가지?"

"그래서요?"

"그놈 토익 스피킹이 무려 8단계였는데 면접 본 권 이사 말로는 물건도 그런 물건이 없댔대. 그 유명한 토마스가 고개를 절레절레 흔들 정도였으니 알 만하지 않아?"

"토마스가요?"

"난 직접 보지 않았지만 소문이 파다하게 날 정도로 대단했던가 봐."

"고졸이 대단해 봤자 얼마나 대단하다고 토마스가 감탄을 해요? 소문이 과장된 거 아니에요?"

"안 믿겨지는 모양이네?"

"당연하잖아요. 그러지 말고 차석 주세요. 바빠서 미칠 지경인데 여기서 이러고 있는 거 보면 불쌍하지 않아요?"

"토마스가 마지막으로 했다는 말 듣고 판단해. 인사부장이 그러는데, 토마스가 그놈을 보고 떠나면서 이런 말을 했대."

"뭐라고 했다는데요?"

"대원그룹의 미래."

"웃기는군요."

"밑지는 셈 치고 믿어보는 게 어때? 차석 데려간 건 고집 불통 정 상무야. 거기도 만만치 않을 테니 내 말대로 하는 게 좋을 거야."

"그런 사람이 아직 남아 있다고요?"

"응. 예쁘게."

"다른 이사들이 그렇게 능력 뛰어난 사람을 가만둔 건 다른 이유가 있을 텐데요?"

"그게……."

김수철이 말꼬리를 흐리며 어정쩡하게 대답했다.

확실히 뭔가 있다는 뜻이다.

그랬기에 태희는 약점을 잡았다는 듯 집요하게 물었다.

"뭐죠, 그 이유가?"

"…인사담당이사로서 이런 말 하기 뭐하지만 출신 성분 때문이야. 잘 알다시피 우리 회사의 주력은 SKY잖아. 전부 후배들을 먼저 챙기니까 고졸은 당연히 소외될 수밖에."

"단순히 학벌 때문이라 이거죠? 다른 이유는 없고?"

"없어."

"이사님 말대로 데려왔는데 맹탕이면 어쩔래요?"

"그땐 내가 책임지고 다른 놈으로 바꿔줄게."

"좋아요. 그럼 그 사람 서류 줘보세요."

"올라가 있어. 내가 직원 시켜서 올려 보낼 테니까."

태희는 사무실로 들어와 책상에 앉았다.

왠지 김수철에게 속은 듯한 느낌이 들었으나 워낙 늦은 대응이었기 때문에 더 이상 어쩔 도리가 없었다.

더군다나 추천한 놈이 마음에 안 들면 다른 사람으로 바꿔 주겠다는 보험까지 들어놨으니 소기의 목적은 달성했다고 여겨졌다.

기획실은 그녀가 잠시 자리를 비운 사이에도 여전히 바쁘게 돌아가고 있었다.

사장이 지시한 신재생에너지 사업 진출 전략은 수많은 변수와 예산의 투입, 국가 간 협약까지 검토해야 하는 대규모 프로젝트였기 때문에 기획실 직원들은 요즘 철야까지 할 정도로 바쁜 상태였다.

인사부에서 사람이 올라와 서류를 내려놓고 간 것은 그녀가 사무실에 도착한 지 삼십 분 만이었으나 워낙 중요한 보고들이 많아서 그녀는 퇴근 무렵까지 서류를 확인하지 못했다.

경쾌한 음악 소리.

태희가 보고서에서 눈을 떼게 만든 것은 여섯 시를 알리는 알람 소리였다.

그녀는 아무리 바빠도 부득이한 경우가 아니라면 퇴근 시간은 지켰다.

실장이 야근을 한다면 기획실은 끝난 것이나 다름없기 때문이다.

실무에 관한 것은 직원들이 하는 것이지 책임자가 남아서 일일이 간섭하면 창의적인 업무가 이루어질 수 없었다.

보고서를 정리해서 결재판에 넣고 책상을 정리하던 태희의 눈에 인사부에서 올라온 서류가 눈에 들어온 것은 전화벨이 울렸기 때문이다.

서류는 전화 바로 옆에 있었기 때문에 태희는 자연스럽게 사각봉투에 담긴 서류를 꺼내며 전화를 받았다.

전화는 인사담당이사 김수철에게서 온 것이었다.

—유 실장, 나야.

"이사님, 웬일이세요? 퇴근 시간에."

—아까 일이 있어서 해외사업본부장실에 갔었어. 볼일 보고 차 마시면서 슬쩍 유 실장 얘기 했더니 본부장님이 엄청 웃으시더라고. 그러면서 나보고 유 실장 원하는 대로 해주래.

"무슨 말씀이시죠?"

—양보하겠다는 거야. 흔쾌히 수석 데려가라고 양보하셨어.

"정말이에요?"

—그래. 아까 보내준 서류나 해외사업부 쪽으로 보내줘. 그 친구를 본부장님이 쓰시겠다니까.

"아, 정말 고마운 말씀이네요. 감사 전화 드려야겠어요."

—그래, 그렇게 해.

"서류는 제가 직원 편으로 그쪽에 보내줄게요."

—오케이.

"이사님, 고마워요. 나중에 술 한잔 살게요."

—좋지. 잊지 말고 꼭 사라. 그럼 끊는다.

김수철이 먼저 전화를 끊자 유태희가 회심의 미소를 흘렸다.

어쩌면 이렇게 될지 모른다는 생각을 했는데 막상 사실대로 일이 진행되자 기분이 좋아졌다.

아무리 차기 사장감이라 해도 로열패밀리와 맞서는 것은 본부장도 꺼려지는 일이었을 테니 선심 쓰듯 보내줬을 게 틀림없었다.

아무리 똑똑한 인재라 해도 신입 사원에 불과한 후배 때문에 로열패밀리와 각을 세운다는 건 말도 안 되는 일이었다.

그리고 그 중간 매개체는 인사담당이사였겠지.

김수철은 본부장과 그녀 사이에서 줄을 타며 최선의 방법을 강구하느라 갖은 애를 썼을 게 분명했다.

기분이 좋아진 태희는 이젠 필요 없어진 서류를 다시 봉투에 넣은 후 기지개를 켰다.

그런 후 의자를 돌리며 일어서다가 갑자기 봉투에 다시 넣은 서류를 급히 꺼냈다.

얼핏 본 이름.

서류에 쓰인 이름은 그녀가 잘 아는 누군가였기 때문이다.

이강산.

분명 서류에 들어 있는 사람의 이름은 토씨 하나 틀리지 않은 이강산이었다.

더군다나 옆에 붙은 증명사진과 청명고를 졸업했다는 학력이 그녀가 아는 이강산이란 걸 확인시켜 주고 있었다.

천천히 한 글자도 빼놓지 않고 강산의 스펙을 읽어나갔다.

언어능력은 단연 최고 클래스였고 요즘 기업에서 유심히 살피는 봉사 활동 경력도 타의 추종을 불허했다.

더욱 믿기지 않는 것은 토마스의 면접 점수였다.

세계적인 헤드헌터이자 경영 전문가인 토마스는 다른 심사 위원들과 다르게 특A 등급을 강산에게 주었다.

그것을 보며 태희는 눈을 지그시 오므렸다.

그녀는 누구보다 토마스에 대해서 잘 알고 있었다.

그는 대한민국에서 난다 긴다 하는 인재들을 대상으로 스카우트에 나서기도 했는데 태희도 토마스가 관심 갖던 인재 중의 하나였기 때문이다.

그래서 토마스의 평가 방법을 잘 알고 있었다.

그는 언제나 인재들을 구분할 때 5등급 구분법을 사용했다.

물론 그의 평가를 받기 위해서는 근본적으로 톱클래스의 인재라는 전제가 깔리지만 그 인재 중에서도 다방면의 평가를 거쳐 상위 2등급만 다국적 기업에게 소개할 정도로 그는 냉정하고 혹독한 평가사였다.

그만큼 인재에 대한 그의 평가는 박하기로 유명했다.

토마스가 평가한 태희의 등급은 C등급이었고, 그녀는 결국 그의 추천에서 배제되었다.

아쉬웠다.

물론 토마스의 추천에 포함되었다 해도 대원그룹을 벗어나진 않았겠지만 언제나 최고를 지향하며 살아오던 그녀에게는 상당한 충격이고 아픔이었다.

그랬기에 토마스가 이강산을 특A로 평가했다는 것이 믿어지지 않았다.

언제나 5등급으로 평가하던 토마스가 예외의 등급을 주었다는 건 뭔가 특별한 사정이 있었다는 뜻이다.

태희는 잠시 강산의 면접 점수를 보며 생각에 잠겼다.

해외사업본부장을 비롯하여 나머지 관리이사와 대외협력이사의 평가점수는 B와 C였고, 대원그룹 해외마케팅 때문에 관리이사가 영입한 제임스의 평가도 C였다.

토마스와는 전혀 다른 평가였다.

한참을 생각에 잠겨 있던 태희가 인사부장에게 전화해서 토마스의 전화번호를 받은 것은 상식선에서 도저히 이해가 안 되는 의문 때문이었다.

아무리 학벌에서 밀린다 해도 토마스가 그 정도의 점수를 주었다면 다른 사람의 점수도 비슷해야 정상인데 평가의 차이가 너무나 컸다.

인사부장은 토마스가 지금 북경에 있다고 알려줬기 때문

에 태희는 즉시 핸드폰을 들었다.

북경과 서울은 시차가 한 시간밖에 나지 않기 때문에 전화를 걸어도 예의에 어긋나지 않을 시간이었다.

토마스 특유의 허스키한 목소리가 흘러나온 것은 불과 전화벨이 세 번 울렸을 때다.

"토마스 씨, 안녕하세요. 기억하실지 모르겠지만 저는 대원그룹 기획실장 유태희입니다."

―아, 오랜만입니다. 난 내가 관심을 가졌던 사람은 잊지 않습니다. 그러니 당연히 당신을 기억하지요. 그동안 잘 지내셨소?

"기억해 주셔서 고맙습니다. 저는 잘 지내고 있습니다."

―용무가 있는 것 같소. 어쩐 일이오?

"이번 저희 회사의 면접 때문에 전화드렸습니다. 이강산이라는 사람에 대해서 몇 가지 질문을 드리고 싶은데 괜찮겠습니까?"

―말해보시오. 내가 대답해 줄 수 있는 거라면 대답해 주겠소.

"다른 심사 위원들과 다르게 토마스 씨는 이강산에게 최고의 점수를 주었습니다. 그 이유를 듣고 싶습니다."

―잠깐, 지금 그 말은 다른 사람들의 점수가 좋지 않았다는 걸로 들리는군요. 그렇습니까?

"…그렇습니다."

―그들이 준 점수를 알고 싶소.

"B와 C가 각각 두 명이었습니다."

―미스 유는 오너의 일가 중 한 명으로 알고 있습니다. 만약 당신이 경영에 참여하거나 영향력을 미치게 된다면 최단 시간 내에 인사 혁신을 단행해야 될 것 같군요.

"무슨 소리죠?"

―그렇지 않으면 대원그룹의 장래는 밝지 않기 때문입니다. 대한민국에 만연해 있는 학연과 지연에 대한 뿌리 깊은 관행을 이해하지 못하는 것은 아니나 이강산의 점수가 그 정도였다면 대원그룹의 인사 시스템은 최하 수준이라고 생각되기 때문이오. 우수한 인재를 적재적소에 활용하지 못하는 회사는 절대 오래 살아남을 수 없소.

"평가가 잘못되었다는 뜻인가요?"

―확실히 그렇소. 그들의 평가는 믿어지지 않을 만큼 형편없는 것이오.

"이강산에 대해서 저에게 다시 평가해 주실 수 있겠습니까?"

―나는 지금까지 사람에 대한 평가를 후하게 해본 적이 없소. 그러나 그는 최고의 실력을 가진 사람이었소.

❖

강산은 한석만과 저녁을 먹은 후 당구를 치고 거리로 나왔다.

취직을 한다는 마음에 일하던 것을 전부 때려치웠더니 남는 게 시간밖에 없었다.

"어쩔래?"

"뭘 어째. 집에 가야지."

"야, 인마. 지금 아홉 시도 안 됐다. 그러지 말고 홍대 한 번 뛰자. 한창 끝내줄 시간이야. 내가 쏠 테니까 가자."

"싫어."

"도대체 왜 안 간다는 거야?"

"거기 가면 삭신이 다 쑤셔."

"네가 노인네냐, 뭔 삭신이 쑤신다고 지랄이야."

"난 오래 서 있으면 다리 아파."

"미치겠네. 거기 얼마나 예쁜 애들이 많은지 알기나 해? 가기만 하면 내가 다 알아서 해줄게."

"뭘 해주는데?

강산이 궁금한 표정으로 묻자 한석만이 음흉한 웃음을 지으며 손바닥을 쫙 펴서 주먹 쥔 왼손 엄지 부분을 쳤다.

녀석의 행동에 강산이 쓴웃음을 지었다.

그의 행동은 원 나잇 스탠드를 시켜주겠다는 의미였기 때문이다.

그랬기에 강산은 몸을 돌려 성큼성큼 걸어가기 시작했다.

어차피 계속 떠들어봐야 소귀에 경 읽기나 다름없을 테니 행동으로 보여주는 것이 가장 좋은 방법이었다.

그러자 석만이 총알같이 따라오며 거품을 물었다.

"너 고자냐?"

"그럴 리가. 내 물건은 건들기만 해도 서. 완전 오토매틱
이다."

"사기 치지 마, 인마!"

"궁금하면 보여줄까?"

"미친놈. 그런데 왜 그러냐고. 나도 네 덕에 호강 좀 해보
겠다는데 친구 부탁을 그렇게 매정하게 거절하는 건 무슨 심
보냐. 그러지 말고 딱 한 번만 가자. 응?"

"석만아, 난 이상하게 그런 데 가기 싫다. 체질상 안 맞아."

"그래, 그래라. 너 잘났다. 수도승 났네, 수도승 났어."

손가락을 하늘로 찔러대며 소리 지르는 석만의 태도는 완
전 열 받아서 이성을 잃은 모습이었다.

그도 그럴 것이, 만날 때마다 사정했으나 강산은 그의 뜻
대로 움직인 적이 한 번도 없었다.

강산이 그런 석만의 팔을 부여잡고 부지런히 걸은 것은 아
마도 창피해서였음이 분명했다.

강산은 석만을 꼬셔서 흑석동에 있는 포장마차촌으로 데
려왔다.

'엄마손 포장마차'는 그가 자주 애용하는 곳이었는데 은
서와 은영과도 여러 번 와본 곳이다.

문을 열고 들어서자 단골 아주머니가 반가운 듯 웃음을 띠며 인사를 해왔으나 강산은 안쪽 탁자에 앉아 자신을 쳐다보는 은서의 눈과 마주치는 바람에 당황스러워 아무런 말도 하지 못했다.

그녀의 앞에 예전에 집 앞에서 본 남자가 앉아 있었기 때문이다.

어정쩡한 자세로 서 있을 때 뒤따라 들어온 석만이 아무런 생각 없이 먼저 빈자리에 털썩 주저앉은 후 뭐 하냐는 시선을 던져 왔다.

은서의 목소리가 흘러나온 것은 강산이 어쩔 수 없다는 표정으로 석만이 앉은 자리에 다가갔을 때다.

"오빠, 이쪽으로 와. 같이 앉자."

"우린… 괜찮은데……."

"빨리 와!"

우물거리며 반쯤 자리에 앉던 강산이 은서의 한마디에 엉덩이를 번쩍 들었다.

그냥 해본 소리가 아니란 걸 눈치챘기 때문이다.

강산이 일어나며 눈짓하자 석만도 미적거리며 일어나서 따라왔다.

은서와 김 대리는 마주 앉아 있었기 때문에 그들은 자연스럽게 그들 사이에 끼어 앉을 수밖에 없었다.

"김 대리님, 인사하세요. 여기는 우리 집에서 하숙하는 오빠예요. 그리고 이분은 오빠 친구분인 것 같네요."

은서의 소개에 강산이 먼저 인사를 했고, 얼떨결에 석만도 같이 고개를 숙였다.

석만은 이게 웬 시추에이션이냐는 눈짓을 계속 보내고 있었는데 강산은 그 시선을 모른 체하며 입을 꾹 닫았다.

김 대리가 입을 연 것은 두 사람의 소개가 끝난 후였다.

"반갑습니다. 저는 김영식이라고 합니다. 은서 씨와는 같은 회사에 다니고 있습니다."

"두 분이 사귀는 사인가요?"

갑작스러운 질문.

계속되는 눈짓에도 강산이 반응이 없자 석만이 뜬금없이 김 대리를 향해 물었다.

석만은 은서를 확인하고 난 후부터 눈을 떼지 못하고 있었는데 두 사람의 관계가 무척 궁금한 모양이었다.

재밌는 건 김 대리의 반응이었다.

"그렇습니다. 예전부터 구애를 해왔는데 이제야 성과를 거두고 있는 중입니다. 두 번째 데이트니까 사귀는 사이라고 해도 되겠죠?"

김 대리가 본 것은 석만이 아니라 은서였다.

그는 에둘러 말하면서 은근히 은서의 답변을 기다렸다.

하지만 은서는 그의 간절한 시선을 비켜낸 후 술병을 들어 강산의 잔에 소주를 따랐다.

"오빠, 한잔해."

"응, 응."

"뭐해. 빨리 마셔. 마시고 나도 한 잔 줘."

독촉에 강산이 술잔을 비운 후 은서에게 건네주자 그녀는 받자마자 단숨에 잔을 비웠다.

은서의 폭음이 시작된 것은 그때부터였다.

그녀는 마치 술과 원수진 사람처럼 마시기 시작했는데, 사생결단을 낼 자세로 술을 마셔댔다.

아무리 말려도 소용없었고, 강산이 말릴수록 그녀는 막무가내로 술잔을 비웠다.

그러고는 주정을 하기 시작했다.

"야, 이강산, 백수 면하려고 고생한다. 불쌍한 자식. 그럼 뭐하냐. 아무리 해도 안 될 텐데. 그러니까 그냥 편하게 살아, 인마. 내가 너 볼 때마다 가슴이 아프다, 가슴이 아파!"

은서가 정신을 잃고 쓰러지자 강산은 한숨을 쉬며 한참 동안 그녀를 바라보았다.

같이 자리한 한 시간 동안 그녀는 내내 술만 마시다가 술이 취하자 강산에게 술주정을 했다.

그 모든 것이 그녀와 강산에 대한 이야기였다.

이 자리에는 오늘 그녀와 데이트를 한 김 대리도 있었으나 그녀는 한 번도 그에 대한 이야기를 꺼내지 않았다.

점점 굳어져 가는 표정.

김 대리는 그녀의 이야기가 진행되면 될수록 표정을 굳힌 채 은서 못지않게 많은 술을 마셔댔다.

누구라도 그녀의 행동은 이해하지 못할 것이다.

그녀가 강산에게 하고 있는 잔소리는 마누라가 정신 빠진 남편에게 하는 것과 흡사한 것이었기 때문이다.

그가 기어코 강산의 어깨를 잡아챈 것은 은서가 정신을 잃고 쓰러졌을 때였다.

"당신 뭡니까?"

"무슨 소리죠?"

"하숙생이라고 들었는데 아닌 것 같군요. 도대체 은서 씨와 무슨 사입니까?"

김 대리의 화난 음성이 쨍하고 울려 나왔다.

그것은 자존심에 상처 입은 하이에나의 울음소리와 비슷했다.

충분히 있을 수 있는 일.

더군다나 술을 마셨고 오해할 수 있도록 자극했기 때문에 그의 반응은 어쩌면 당연한 것이었다.

그랬기에 강산은 깊이 한숨을 내쉬고 잡힌 옷깃을 풀어낸 후 조용히 입을 열었다.

자신으로 인해 그와 은서의 관계가 잘못되길 강산은 원하지 않았다.

"어제 내가 은서를 화나게 한 일이 있어서 그런 것 같아

요. 오늘 술주정은 그것 때문인 것 같으니 이해해 주셨으면
합니다."

"정말… 그게 답니까?"

"내가 가끔가다 은서를 많이 화나게 만들곤 한답니다. 가
족처럼 지내다 보니 그런 것 같아요. 은서가 술이 많이 취해
서 정신을 차리지 못하니 그만 데려갈게요. 영식 씨도 늦었
으니 돌아가세요."

"은서 씨는 내가 데려다주겠습니다. 오늘 은서 씨와 데이
트한 건 나란 말입니다."

"오늘 술을 많이 마신 것 같군요. 차를 가져온 것 같은데
꼭 대리운전 불러 가세요. 만약 문제가 생기면 은서가 걱정
을 많이 할 겁니다. 내일 은서가 영식 씨를 보러 갈 테니 그
때 오늘 일에 대해 물어보세요. 그러면 오늘 일이 아무것도
아니란 걸 알게 될 테니까요."

"정말입니까?"

김영식의 물음에 강산은 대답 대신 쓴웃음을 흘렸다.

그런 후 자리에서 일어나 쓰러진 은서를 업고 포장마차를
나섰다.

그 뒤를 비틀거리며 김 대리가 따라 나섰고, 뒤이어 얼떨
결에 계산을 마친 석만이 따라왔다.

집까지 따라오겠다는 김 대리를 달래고 얼러서 돌려보낸

강산은 은서를 업고 터덜터덜 집으로 걸어갔다.

은서는 술에 취해 정신이 없는 상태에서도 계속해서 강산의 귀를 잡아당기며 뭐라고 계속해서 중얼대고 있었다.

그 모습을 석만이 재미있다는 얼굴로 바라보며 따라왔다.

"강산아, 이 아가씨 정체가 뭐냐?"

"아까 들었잖아. 우리 하숙집 큰딸."

"이렇게 예쁜 처녀가 집에 있었으면 미리 말을 했었어야지. 오피스 레이디?"

"응, 광고 회사. 졸업 전에 스카우트됐단다. 능력이 뛰어나서 하는 행동도 똑똑 부려져."

"아까 그놈, 완전히 정신 나간 것 같던데 은서 씨는 아닌 것 같더라. 네가 보기에도 그랬지?"

"두 번 만났다잖아. 이제 시작하는 모양인데 원래 처음에는 그런 거 아냐?"

"하긴 남자가 좋아서 시작된 거라면 그렇긴 하지."

"그러니까 관심 꺼."

"두 번 정돈데 뭘 꺼. 스무 번이면 모를까. 그 정도면 충분히 역전할 수 있다."

"야, 인마. 엉뚱한 소리 하지 말고 집에나 가. 벌써 열두 시다."

"이 늦은 시간에 어딜 가라고 그래. 오늘은 네 하숙방에서 자고 가련다."

"좁아서 안 돼."

"그놈 되게 딱딱하게 구네."

"난 네가 이상하다. 좋은 집 놔두고 좁아터진 방에서 자려는 심보는 뭐냐?"

"재밌잖아. 이 기회에 네 거주지도 확인하고."

"환장하겠네."

"은서 씨 몇 살이냐?"

"스물여섯."

"우와, 나랑 딱이네. 세 살 차이는 궁합도 안 본다고 하던데."

"저리 가! 더워!"

"내가 대시해도 되냐? 자꾸 보니까 딱 내 이상형이란 말이지."

"너 안 갈 거야?"

어느샌가 바짝 붙은 석만을 밀어내며 강산이 신경질을 부렸다.

그럼에도 석만은 집요하게 따라오며 계속해서 질문 공세를 멈추지 않았다.

"강산아, 아무리 생각해도 오늘 은서 씨 행동은 정말 이상했어. 너 정말 은서 씨와 아무 관계 아니냐?"

"뭔 소릴 하고 싶어서 그래?"

"내 수많은 연애 경험으로 볼 때 은서 씨가 아까 술자리에서 한 건 술주정을 빙자한 일명 바가지란 거다. 최소 삼 개월

이상 사귄 연인들 사이에 나타나는 아주 당연하고도 자연스러운 현상이지."

"그만해."

"내가 은서 씨한테 대시한다고 떠든 건 네 마음을 떠보려고 그런 거다. 그런데 잘 안 넘어오네. 어이, 포커페이스, 나 궁금해서 미치겠거든. 이제 그만하고 말해봐. 둘이 도대체 무슨 관계냐?"

석만은 아직도 강산의 등 뒤에서 옹알이를 하고 있는 은서를 보며 물었다.

강산은 그녀가 불편하지 않도록 두 팔로 꼭 동여매서 업고 있었는데 얼굴은 봄바람을 맞은 것처럼 희미한 미소가 배어 있었다.

한동안 대답하지 않고 묵묵히 걷기만 하던 강산의 입이 열린 것은 석만이 앞을 가로막았기 때문이다.

석만은 양팔을 벌린 채 가로막았는데 대답하지 않으면 절대 비켜주지 않을 기세였다.

그랬기에 강산은 천천히 입을 열어 그가 원하는 대답을 해줬다.

"…같이 있으면 가슴이 따뜻해져."

❖

엘레강스 호텔 로비는 모두 대리석으로 깔려 있어 마치 거울을 보는 것처럼 윤이 났는데 그런 로비를 통과해서 좌측으로 방향을 틀어 걸어가면 중세 유럽의 궁전처럼 치장해 놓은 '비잔티움' 이란 고급 커피숍이 나온다.

국내에서 가장 잘나간다는 사람들의 맞선 명소로 유명해서 방송에까지 나온 곳이다.

또각또각.

태희가 대리석으로 깔린 로비를 지나 비잔티움으로 들어선 것은 오후 세 시에서 삼 분이 지났을 때다.

그녀는 검은색 정장 투피스를 입고 있었는데 어깨선과 허리선에 흰색 라인이 절묘하게 배치되어 완벽한 몸매를 더욱 돋보이게 만들었다.

서둘지 않는 걸음걸이.

목표물을 알고 있으니 촌스럽게 주위를 둘러보며 찾을 이유도 없었고 프런트에 알려 손님들 사이로 자신의 이름을 들고 다니게 만들 필요도 없었다.

오늘 만나기로 한 놈은 삼명그룹 회장의 셋째 아들이다.

큰아버지인 유 회장의 지시로 인해 어쩔 수 없이 나온 자리이다.

유 회장은 한 달에 한 번 있는 가족 식사 자리에서 미리 약속을 잡아놨다며 일방적으로 통보해 왔다.

가족 전체가 있는 자리였기에 태희는 웃는 낯으로 고맙다는 인사를 했다.

거부한다는 건 있을 수 없는 일이었고, 거부하게 되면 수 많은 불편함이 따른다는 걸 너무나 잘 알고 있기 때문이다.

삼명그룹은 재계 순위 17위로서 호텔과 백화점이 주력인 기업이다.

유 회장은 태희가 삼명그룹과 인연을 맺어 대원그룹의 위상을 더 높여주길 바라는 눈치였지만 그것은 유 회장의 생각일 뿐 태희의 생각은 전혀 달랐다.

삼명그룹 셋째인 황상후는 재계가 알아주는 망나니 중 개망나니이다.

알게 모르게 수많은 계집과 입에 담지 못할 관계를 맺으며 난잡한 생활을 즐겼고, 비슷한 놈들과 몰려다니며 온갖 못된 짓을 하는 놈으로 알려져 있었다.

그런 놈과 사느니 혼자 사는 게 낫다는 것이 태희의 생각이다.

태희는 창가로 다가가 전화를 하며 낄낄대고 있는 사내의 앞에 섰다.

놈은 태희가 다가왔는데도 한참을 통화한 후에야 전화기를 내려놨다.

"왔으면 앉지 왜 그러고 서 있어요?"

"예의가 없군요."

"우리가 예의 따질 관계는 아니지 않나? 어차피 그쪽도 어쩔 수 없이 나왔을 텐데."

"그래도 예의는 지켜줬으면 좋겠어요. 그래야 나중에 할 말이라도 있지 않겠어요?"

"원한다면 그렇게 해주지. 나도 잔소리는 싫으니까."

여전히 태희가 자리에 앉지 않고 똑바로 서서 말하자 어쩔 수 없다는 듯 어깨를 으쓱한 황상후가 자리에서 일어났다.

손님을 맞이하는 행동.

태희가 먼저 앉고 황상후가 뒤를 따라 앉았다.

황상후의 눈빛이 바뀐 것은 태희가 자리에 앉아 물 잔을 입으로 가져갔을 때다.

단순히 물 잔을 입으로 가져갔을 뿐인데 다른 여자에게서 느끼지 못한 우아함이 저절로 흘러나왔기 때문이다.

수없이 많은 여자와 섹스를 했다.

그중에는 잘나가는 탤런트도 있고 모델도 있었으며 대학 생과 OL도 많았지만 태희처럼 고아한 분위기를 가진 여자 는 없었다.

이 여자는 지금까지 만난 섹스 파트너뿐만 아니라 집안의 소개로 만났던 재벌가의 딸들과는 근본부터 분위기가 달랐다.

태희는 황상후의 태도가 변하는 걸 확인한 후 대화를 이끌 어 나가기 시작했다.

맞선을 볼 때마다 느끼는 것이지만 정중하던 놈들의 시선 은 일정한 시간이 지나면 탐욕에 젖어 번질거리는 눈으로 바꾀었다.

여자를 대하는 기본이 잘못된 놈들은 모든 것을 섹스와 연관시키기 때문이다.

근본이 잘못된 놈들은 결국 원래의 자리로 되돌아간다는 걸 그동안의 경험이 알려주었기에 기대감도 당황스러움도 잊어버린 지 오래였다.

이런 사내와의 대화는 구정물에 빠진 것처럼 불결해서 끔찍할 정도로 싫었다.

그럼에도 정해진 시간 동안은 이 고통을 참아내야 했다.

좌측 두 번째 좌석에 하나, 우측 셋째 자리에 둘.

오늘 그와 그녀의 맞선 정보를 입수하고 비밀리에 취재하고 있는 기자들이다.

아주 원만하고 부드럽게 자리를 마감하기 위해서는 정해진 시간을 채우는 것이 가장 현명한 방법이었다.

틀에 맞춰진 공식처럼 가족 관계와 지금 하는 일에 대해 물었다.

좋아하는 여성상에 대해서 물을 때는 진저리가 쳐졌지만 태연하게 웃음을 지으며 끝까지 질문을 하고 대답을 들었다.

놈이 자신에 대해서 묻지 못하도록 끊임없이 묻고 또 물었다.

그리고 한 시간이 지나자 마침내 그동안 시위를 잔뜩 당겨 놓았던 화살을 날렸다.

"오늘 고생했어요. 그럼 잘 가시고, 앞으로도 계속 숫자 채우기 열심히 하세요. 당신들 세계에서는 천 명을 채워야 천국에 간다면서요. 보약도 열심히 드시고요. 젊은 나이에 섹스하다가 죽으면 신문에 날 테니 운동도 열심히 하시고요. 난 이만 갈 테니 뒷말 안 나오게 처신 잘해주세요. 선수들끼리 그 정도는 기본이란 거 아시죠?"

은서가 강산의 등에 업힌 채 집으로 들어서자 김 여사는 이게 어쩐 일이냐며 발을 동동 굴렸고, 은영과 은수는 강산을 수상한 눈으로 보며 일의 경과를 따져 물었다.

다른 건 몰라도 상황에 대한 설명 하나는 기가 막혔다.

전후좌우 상황을 거품 물며 상세히 설명해 나가는 강산의 말재간에 식구들은 전부 입을 벌린 채 감탄에 감탄을 연발했다.

설명 중간중간에 자신의 무죄를 확실히 증명함으로써 자신 역시 피해자임을 주장했고, 술에 취한 은서를 집까지 업고 온 공로를 거듭 강조했다.

모든 정황상 증거가 강산에게 유리하게 돌아갔기 때문에 김 여사를 비롯한 식구들은 의심의 눈초리를 풀고 바닥에 널브러져 아직까지 뭔가를 중얼거리고 있는 은서를 한심하단 듯 쳐다봤다.

다 큰 처녀가 술에 취해 해롱대는 모습은 확실히 보기 좋은 것은 아니었다.

무사히 오해와 압박에서 풀려난 강산이 방에 들어가 퍼질러 자는 동안 은서는 밤새도록 신음하며 괴로워했다.

태어나서 지금까지 정신을 차리지 못하도록 술을 마신 건 처음이었기 때문에 숙취를 이겨내지 못한 은서는 온 방을 헤집고 돌아다녔다.

버티다 못한 은영이 결국 막내 방으로 피신한 것은 한 시가 넘을 때였고, 은서는 밤새도록 몽유병 환자처럼 온 방을 빙빙 돌았다.

은서는 강산에게 업혀 들어간 그다음 날 꼬박 앓아누운 채 일어나지 못했다.

결국 입사 후 한 번도 하지 않은 결근까지 하고 말았는데, 저녁 무렵이 되자 그녀는 언제 그랬냐는 듯 씩씩하게 돌아다니며 김 여사를 도와 저녁 준비를 하기 시작했다.

김 여사가 들어가 쉬라고 말렸으나 그녀는 두 손을 흔들며 부지런히 할 일을 했다.

밥 먹으러 나오던 강산이 그녀를 본 것은 은영이가 밖에서 돌아와 세수를 마치고 마루로 올라설 때였다.

강산은 그런 은서를 바라보며 은영에게 말을 붙였다.

"저분 괜찮으신 거 맞아?"

"뭐 확실하지는 않지만 많이 좋아진 것 같네요."

"거의 하루 동안 기절한 사람으로는 보이지 않는군요."

"제 생각에는 회사를 빼먹은 것에 대한 즐거움이 저 남자의 숙취를 완벽하게 해소한 것 같습니다. 도련님이 보기에는 어떠세요?"

강산이 생생한 은서를 바라보며 고개를 갸우뚱하자 은영이 목소리를 가다듬고 말을 늘어뜨렸다.

그녀의 말투와 행동은 텔레비전 사극에서 자주 보는 것이었고, 또 아주 그럴듯해서 전혀 어색하게 느껴지지 않았다.

그랬기에 강산이 활짝 웃으며 은영의 어깨를 두들겼다.

"은영아, 너 연기 잘한다. 사극 같은 데 나가서 별당 아가씨 같은 거 하면 딱 어울릴 것 같아."

"정말 괜찮았어?"

"어, 아주 멋졌다니까."

"놀고들 있네. 빨리 앉기나 해."

둘이 서로 마주 본 채 낄낄대는 걸 본 은서가 더 이상 참지 못하고 나서며 찬물을 끼얹었다.

계속 두고 봤다가는 사극 한 편을 모두 찍을지도 몰랐기 때문이다.

식탁에 앉은 것은 네 사람뿐이었다.

은수는 저녁을 밖에서 해결하고 도서관이 끝나는 열한 시나 되어야 집으로 돌아오기 때문에 평일 저녁은 거의 한 자리가 비었다.

가장의 역할을 하는 김 여사의 자리는 중앙이었지만 식사를 시작하는 건 언제나 마지막이었다. 식구들이 맛있게 식사할 수 있도록 모든 걸 준비한 후에야 자리에 앉기 때문이다.

그녀는 식사하면서 대화하는 걸 무척이나 즐겼기 때문에 돌아가면서 식구들에게 말을 붙이는 취미가 있었는데 그건 오늘도 마찬가지였다.

"은서야, 너 한 번만 더 그렇게 술 마시고 들어오면 가만 안 놔둔다."

"어제는 어쩔 수 없는 일이 있었어요."

"그게 무슨 일인데? 도대체 무슨 일이 있었기에 세상에서 가장 참한 우리 딸이 인사불성이 돼서 들어와?"

"…나중에 말할게요."

"좋아, 그건 그렇고, 같이 있었다는 김 대리는 누구니?"

"회사 사람이야."

"강산이 말로는 사귀는 사람이라던데?"

김 여사가 의심스러운 눈초리로 추궁하듯 질문하자 은서가 도끼눈으로 강산을 째려봤다.

강산의 고개가 휙 돌아간 것은 은서의 시선이 다가오기도 전이었다.

그야말로 전광석화와 같은 반응 속도였다.

은서는 한참 동안 고개를 돌린 강산을 노려봤는데 다시 고개를 이쪽으로 돌리거나 참견을 하면 가만두지 않겠다는 고양이 울음을 흘린 후에야 시선을 거두었다.

그러고는 김 여사를 향해 한숨을 흘린 후 입을 열었다.

"사귀는 거 아냐."

"거짓말하지 마. 오빠한테 집 앞에서 헤어지는 것도 들었다면서."

"아니라니까!"

"언니야, 쑥스러워하지 말고 말해봐라. 엄마도 나도 무척이나 궁금하다고."

"밥이나 먹어. 하도 좋다고 쫓아다녀서 두 번 밥 먹은 게 다니까."

"마음에 들었으니까 밥 먹었겠지, 실없이 그냥 먹었겠어?"

"넌 꼭 마음에 드는 남자하고만 밥 먹니?"

"대충."

"난 마음에 안 드는 사람하고도 밥은 먹는다. 김 대리하고는 아무 관계도 아니니까 신경 꺼라."

은서는 말을 마친 후 부지런히 수저를 놀렸다.

더 이상의 질문은 허용하지 않겠다는 무언의 의지가 담긴 행동이었다.

여기서 자칫 더 눈치 없이 입을 열게 된다면 그녀의 무서운 보복을 피하기 어려울 것으로 보였다.

하지만 강산은 은서의 보복이 전혀 무섭지 않은 모양이었다.

"은서야, 너 술 취했을 때 내가 김 대리한테 말한 게 있어."

"오빠가 그 사람한테 뭘 말해?"

"네가 술 취해서 오빠한테 화를 많이 냈는데 그걸 보고 그 사람이 오해하더라. 내가 우린 그런 사이 아니라고 말했지만 믿지 않는 눈치였어. 월요일에 출근하면 오해를 풀어줘야 할 것 같아."

"됐어. 그 사람 얘기 더 이상 꺼내지 마."

"그래도……."

"더 얘기하면 정말 나 화낼 거야."

작은 음성이었지만 똑똑하게 들릴 정도로 가라앉은 목소리였다.

오히려 크게 소리친 것보다 훨씬 효과적으로 감정 상태를 나타낸 그녀의 말은 조금의 장난도 허용하지 않을 만큼 강렬했다.

강산은 밥을 먹고 커피까지 마신 후 자신의 방으로 돌아왔다.

오늘은 불타는 금요일 저녁.

정상적인 사회 활동을 하는 사람들은 사회가 주는 압박과 설움에서 빠져나와 자유를 만끽하며 친구들과 또는 연인끼리 즐거움을 만끽할 시간이었지만 백수인 강산에게는 특별한 의미가 없었다.

언제나 똑같은 하루일 뿐.

은서가 방문을 연 것은 침대에 누워 만화책을 반쯤 봤을 때였다.

언제나 노크는 세 번뿐이고 그 시간이 지나면 즉각 문이 열린다.

젊은 몸이었으니 언제 어떤 행동을 할지 모른다는 압박감을 가질 만한데도 이 집 여자들은 강산을 부처님 가운데 토막 대하듯 했다.

"오빠, 내일 토요일이다."

"그런데?"

"내일 약속 있어?"

"특별히 할 일은 없는데… 왜, 무슨 일 있니?"

"그럼 내일 나 에스코트해 줘."

"에스코트?"

"응. 꼭 가야 할 데가 있는데 혼자 가기 뭐해서."

"어디 가는 건데?"

"그건 내일 말해줄게."

"알았어. 뭐 따로 준비할 거 있어?"

"아니, 그냥 가기만 하면 돼. 아홉 시 출발이니까 그때까지 준비해."

"뭐 입고 가?"

"그냥 편한 옷 입으면 돼."

"난 토요일은 열 시까지 자야 피곤이 풀리는데. 하지만 은서 부탁이니까 들어줘야겠지? 걱정하지 마라. 일찍 일어나서 완벽하게 준비할 테니까."

강산이 익살을 떨었으나 은서는 가차 없이 돌아섰다.

그녀의 얼굴에는 백수가 별소릴 다 한다는 표정이 들어 있었다.

강산은 약속대로 아침 일찍 일어나 외출 준비에 만전을 기했다.

가볍게 토스트로 아침을 때운 은서와 강산이 집을 나선 것은 은서가 원한 대로 정각 아홉 시였다.

점점 싸늘해지는 날씨였기 때문에 두 사람은 청바지에 티를 입고 외투까지 걸친 옷차림이었다.

한 가지 특이한 점이 있다면 은서의 어깨에 카메라가 매달려 있다는 것이다.

그녀가 일할 때 쓰는 전문가용 카메라.

어딜 가냐고 몇 번이나 물어도 대답해 주지 않더니 사진 찍는 곳에 데려갈 모양이다.

흑석동에서 나와 버스와 지하철을 갈아타고 상봉역에 도착해 경춘선을 탄 것은 열한 시가 훨씬 넘어서였다.

창밖으로 보이는 정경이 계절처럼 서늘하게 느껴졌다.

그토록 아름답던 초록색은 모두 어디론가 사라지고 옷깃을 여민 사람들의 모습처럼 나무도, 강도, 산도 자신들의 모습을 꽁꽁 싸매고 있었다.

하지만 오늘 은서의 기분은 무척 좋은 모양이었다.

창밖으로 지나치는 계절의 흔들림을 카메라에 담으며 은서는 감탄을 연발했는데 그 목소리 톤이 꽤 높았다.

"은서야."

"응."

"이제 말해봐. 우리 어디 가는 거니?"

"나미나라공화국."

"그게 뭔데?"

"있어. 아름답고 예쁜 동화 나라."

"너 지금 장난 치냐? 죽을래?"

"바보. 장난 아냐. 우리나라에 그런 나라가 있어. 너무 예뻐서 한번 다녀오면 잊지 못하는 곳이야. 조금 있으면 도착하니까 기다려 봐."

"애 정말인가 보네. 그럼 거기 사진 찍으러 가는 거야?"

"맞아. 다음 주에 있을 PT 자료 준비해야 되거든."

"그런데 난 왜 끌고 왔어?"

"혼자 가면 심심하잖아."

"흐흥, 결국 나는 오징어 옆의 땅콩이란 얘기네?"

"어차피 집에 있어도 할 일 없을 거면서 뭘 그래? 오빠, 저거 보이지? 조금 있으면 도착이야. 준비해."

은서가 차창 밖으로 지나가는 이정표를 보며 짐을 정리하기 시작했다. 이정표엔 조금 후 가평역이 나온다고 적혀 있었다. 열차가 서서히 속도를 줄이자 많은 사람이 자리에서 일어났다.

가평역은 고향에 온 것처럼 아련하던 옛 모습을 완전히 지우고 새롭게 단장되어 있었다.

역을 나와 택시를 타자 오 분 만에 도착한 곳에서 강산은 은서가 말한 나미나라공화국의 정체를 알아낼 수 있었다.

남이섬.

육지와 홀로 외로이 떨어진 아름다운 섬이었고, 사방이 강으로 둘러싸여 배를 이용해야만 들어갈 수 있었다.

와보지는 못했으나 사람들을 통해 언젠가 들어본 기억이 있기 때문에 강산은 은서가 입장권을 끊기 위해 선착장으로 가는 것을 졸래졸래 따라갔다.

늦은 가을이라 날씨는 제법 쌀쌀했다.

더군다나 강변이니 바람이 매서웠으나 배를 타기 위해 움직이는 사람들의 얼굴에는 웃음이 가득 매달려 있었다.

예쁘게 생긴 배를 타고 남이섬에 도착해서 그들이 가장 먼저 한 것은 고픈 배를 채우는 것이었다.

아침도 대충 때웠기 때문에 한 시가 다 되어가자 배에서 연신 밥 달라고 아우성을 쳐 댔다.

은서는 남이섬에 대해서 잘 아는 모양이었다.

망설이는 기색도 없이 그녀는 강산을 이끌고 곧장 연가지가(戀家之家)란 음식점으로 향했다.

예전 유명한 드라마 겨울연가의 베이스캠프로 사용되었던 곳이라며 은서는 강산의 의견도 묻지 않고 김치도시락을 시켰다.

워낙 유명해서 여기 온 사람들은 대부분 도시락을 먹는다는 게 그녀의 설명이었다.

배가 고프기 때문이기도 했겠지만 그녀의 말처럼 도시락은 정말 맛있었다.

얼마나 맛있던지 은서가 옆에서 쫑알거리며 뭔가를 물어왔는데도 대답하지 못할 정도였다.

은서의 열렬한 직업 정신은 밥을 먹고 나서 본격적으로 시작되었다.

남이섬 곳곳을 돌아다니며 사진을 찍었는데 대충 세어본 것만 해도 오백 장이 넘었다.

그들이 연인들의 거리에 도착한 것은 그로부터 세 시간이 지난 후였다.

메타세쿼이아 나무가 양쪽에 서서 내려다보는 연인의 거리에는 이십여 쌍의 남녀가 손을 잡고 걷고 있었다.

저녁이 가까워지자 어둠이 피어나기 시작했고, 사람들은 한 방향으로 움직여 나갔다.

이제는 가야 할 시간이란 걸 그들은 본능적으로 알고 있는 모양이다.

아마 그들은 오늘 여기에서 있던 추억을 오랫동안 가슴에 간직하게 될 것이다.

사람들을 따라 걷던 은서가 강산의 손을 살며시 잡아온 것은 연인들의 길이 거의 끝나갈 무렵이었다.

그녀의 손은 차가운 날씨와 다르게 땀에 젖어 있고 매우 따뜻했는데 가볍게 떨리고 있었다.

두 사람은 아무 말도 하지 않고 선착장까지 걸었다.

먼저 손을 잡은 은서도, 손을 잡힌 강산도 빨리 걷지 못했다.

잡은 손이 땀에 의해 놓쳐질까 봐.

은서는 강산의 얼굴을 흘끔흘끔 쳐다봤으나 강산은 앞만 바라본 채 걸었다.

선착장에 도착해서 은서가 표를 끊고 돌아왔을 때도 강산은 아무 말이 없었고 배를 타고 강을 건널 때도 침묵을 지켰다.

그의 침묵은 길고 길어 집으로 돌아오는 전철을 탔을 때까지 이어졌는데 전철에서는 아예 눈까지 감아버려 은서는 입술을 깨물며 힘들게 감정을 추슬러야 했다.

속에서 흐르는 한숨이 가슴의 기복을 가파르게 만들었다.

눈을 감고 있어도 그녀가 자신을 보고 있다는 게 느껴져 눈을 뜨지 못했다.

지금까지 한 번도 자신의 감정을 내보인 적이 없고 앞으로도 그럴 생각이다.

은서가 자신을 좋아한다는 걸 느낀 것은 꽤 오래전의 일이다.

하지만 강산은 언제나 그녀의 눈을 똑바로 바라보지 않았다.

사랑이란 너무나 무서운 것이었기 때문에 자칫 발을 잘못 내밀면 그 깊은 구렁텅이에서 빠져나올 수 없다는 걸 너무나 잘 알기 때문이다.

은서의 눈이 떨리며 자신을 볼 때면 종갓집으로 들어오던 이 년 전을 떠올렸다.

김 여사는 수박과 물건을 들고 낑낑거리며 따라온 자신을 집으로 들어오게 만든 후 시원한 냉커피를 만들어주었다.

그러면서 이 집에서 살라고 말했다.

한 가지 부탁과 함께.

여자아이만 셋이 있어 불안하니 든든한 오빠가 되어달라는 것이었다.

그저 든든한 오빠로만 있어달라는.

그 말의 의미가 무엇인지 너무나 잘 알기에 강산은 은서를 비롯해서 세 명의 여자에게 친근하고 자상한 오빠가 되기 위해 무던히 노력했다.

그리고 그러한 노력은 삼 개월이 지나면서부터 빛을 발하기 시작했고, 오 개월이 지난 후에는 허물없는 오빠로 자리 잡을 수 있었다.

하지만 문제가 생기기 시작한 것은 일 년이 넘어가면서부터였다.

자신이 사는 모습을 안타까워하던 은서가 잔소리를 하기 시작한 것이다.

처음에는 그것이 그저 오빠의 장래에 대한 염려인 줄 알았다.

워낙 하는 일 없이 빈둥거리며 살았기 때문에 열심히 일하던 그녀의 눈에는 미래가 보이지 않는 백수로 보였을 것이다. 그래서 잔소리를 해도 그저 바보처럼 웃기만 했다.

착한 동생의 잔소리는 마음을 편안하게 만드는 노랫소리로 들렸다.

뭔가 잘못되어 가고 있다는 걸 알게 된 것은 어느 날 잔소리를 하던 그녀의 눈에서 눈물을 보았을 때다.

그녀의 눈물에 가슴이 먹먹하게 아파오는 것을 느끼며 소스라치도록 놀랐다.

이전처럼 똑같이 웃으려 노력했으나 가슴이 아파 말이 쉽게 나오지 않았다.

은서는 점점 우는 날이 많아져 강산을 자꾸 아프게 만들었다.

그럼에도 수없이 안 된다고 되뇌었다.

그녀의 얼굴이 가슴을 비집고 들어왔지만 자신을 아들로 대해준 김 여사와의 약속을 어긴다는 건 절대 있을 수 없는 일이었다.

은서는 두 눈을 감고 있는 강산에게서 눈을 돌려 창밖에 시선을 고정시켰다.

강산을 데리고 남이섬에 가면서 이런 결과가 있을 거라고는 꿈에도 생각지 못했다.

그저 둘만의 시간을 가지고 싶었다.

마음을 숨기고 일을 핑계 삼아 연인들에게 최상의 데이트 코스인 남이섬에서 즐거운 시간을 보내고 싶은 게 그녀의 마음이었다.

처음에는 애초의 마음처럼 가벼웠고 즐거웠다.

같이 버스와 전철을 타고 정경이 아름답다는 경춘선에 몸을 실은 채 많은 이야기를 나누었다.

남이섬에 와서는 더욱 즐거웠다.

맛있는 도시락을 나눠 먹고 아름다운 경치를 보면서 웃고 또 웃었다.

하지만 연인들의 거리에 들어서서 수많은 연인이 손을 잡고 걷는 것을 보며 결국 마음을 숨기지 못했다.

정신을 차렸을 때는 이미 그의 손을 잡고 있었다.

손은 자신도 모르게 떨렸고 가슴은 무섭게 고동쳐서 머리를 하얗게 만들었다.

손에서 땀이 나 자꾸 미끄러졌다.

그럴 때마다 강산은 더욱 꼭 그녀의 손을 잡아주었다.

처음에는 그 손길이 그녀의 마음과 같은 줄 알았다.

그러나 시간이 지나도 그가 아무 말이 없자 뭔가 잘못되었다는 것을 깨달았다.

그의 침묵은 예상보다 훨씬 길고 잔인했다.

스르르 눈물이 흘러내렸다.

마음을 숨기지 못하고 보여주고야 말았지만 강산은 침묵으로 그녀의 마음을 받아줄 수 없다고 말했다.

차창 밖으로 보이는 어둠이 눈물을 숨겨주길 바랐지만 눈물은 속절없이 뺨을 타고 흘러내렸다.

이럴 수는 없는 일이었다.

많은 용기와 희생을 감수하며 결정한 마음이었는데 이런 결과라니…….

강산이 눈을 뜬 것은 상봉역에 도착한 후였다.

그는 전철을 타고 버스로 집에 돌아올 때부터 점점 말이 많아지더니 집이 가까워지자 언제 그랬냐는 듯 얼굴에 익살스러운 웃음을 띤 채 은서의 손을 잡아왔다.

"예쁜 동생아, 나 배고프다. 우리 포장마차에 가서 국수 먹고 가자."

"집에 가서 밥 먹어. 저녁에 국수는 몸에 안 좋아."

"늦었잖아. 엄마가 또 밥상 차리게 만들지 말고 간단하게 먹고 가자. 오래 돌아다녔더니 소주도 당기네. 내가 오늘 하루 종일 에스코트해 줬으니까 그 정도는 쏴야 되는 거 아냐?"

"참내, 알았어."

은서가 어색한 웃음을 띠며 고개를 끄덕이자 강산이 은서의 손을 잡고 단골 포장마차를 향해 씩씩하게 걸어갔다.

남이섬에서 한 것과 똑같이 손을 잡았으나 손에서 느껴지는 따뜻함이 달랐고 감정 또한 달랐다.

강산이 잡은 손에는 그저 예쁜 동생을 대할 때의 장난과 익살만이 담겨 있었다.

그랬기에 은서는 강산 몰래 긴 한숨을 내쉬었다.

강산이 왜 그러는지 알 것 같았기 때문이다.

빨리 오늘이 지나가길 바랐다.

이 안타까움과 당황스러움이 사라질 수만 있다면 며칠간 긴 잠에 빠져들어도 괜찮겠다는 생각이 들었다.

제6장

주는 것, 그리고 받는 것

휴일이 끝난 월요일의 사무실은 언제나 활기로 가득 찼다.

한 주의 일과를 계획하는 회의가 아침부터 시작되고 새로운 일에 대한 기대감과 흥분으로 주고받는 대화에서 생동감이 흘렀기 때문이다.

계속된 세 번의 오전 회의를 마치고 태희가 자신의 자리에 앉은 것은 열한 시가 넘어서였다.

여전히 그녀의 책상 한편에는 강산의 서류가 가지런히 놓여 있었다.

많은 고민을 했다.

막상 뺏고자 한 것을 뺏게 되었는데 다시 돌려주자니 명분이 서지 않았다.

자칫하면 본부장의 배려를 욕보이는 짓이 될 수도 있었고 아무런 생각 없이 떠드는 철부지로 보일 수도 있었다.

그렇다고 강산을 놓치기도 싫었다.

그랬기에 태희는 인사담당이사를 통해 며칠 말미를 요청한 후 지금까지 고민에 고민을 거듭해 왔다.

하지만 그녀는 스스로 어떤 결정을 내릴지 너무나 잘 알고 있었다.

어떤 명분을 내세워서라도 강산을 택한다는 사실에는 변함이 없었다.

문제는 본부장과 인사담당이사에게 어떤 명분과 절차를 내세워 이 상황을 타개하느냐는 것이었다.

손을 입에 물고 눈을 감은 채 한참을 고민하던 태희가 전화기를 든 것은 그로부터 오 분이 지난 후였다.

일식집 미가미.

대원그룹 본사 건물에서 불과 백 미터밖에 떨어지지 않은 고급 음식점이다.

일인당 기본이 8만 원이고 레벨이 올라가면 10만 원이 훌쩍 넘어가는 비싼 집이었다.

그럼에도 중요한 일이 있을 때마다 이곳을 이용하는 것은 대화하는 데 더없이 쾌적한 환경을 제공하기 때문이다.

방마다 격벽이 쳐져 있어 방음이 탁월했고 서빙하는 사람들도 음식을 들여놓은 후에는 부를 때까지 절대 오지 않았다.

태희는 먼저 예약된 방에서 기다리다가 해외사업본부장이 들어서자 벌떡 일어서며 화사한 웃음을 지었다.

"본부장님, 어서 오세요. 갑자기 식사하자고 해서 죄송해요."

"죄송은 무슨. 나야 예쁘고 똑똑한 유 실장이 초대하면 언제라도 콜이지."

본부장은 상석인 안쪽 좌석에 앉으며 태희를 향해 넉넉한 웃음을 지어 보였다.

그의 트레이드마크이다.

상대의 경계심을 무너뜨리게 하는 그의 웃음은 사회생활을 해나가는 데 있어 강력한 무기 중 하나였다.

물론 그것만 가지고 본부장까지 올라선 것은 아니었으나 그의 웃음은 언제나 마음을 편하게 해주는 마력이 있었다.

"점심이지만 가볍게 한잔하세요."

"좋지."

미리 예약하면서 시간에 맞추어 음식을 준비해 달라고 부탁해 놨기 때문에 본부장이 방으로 들어서자 요리가 들어왔는데 언제 준비해 놨는지 상에는 산사춘이 한 병 놓여 있었다.

태희가 술병을 들자 본부장은 여전히 얼굴에 웃음을 문 채 잔을 내밀었고, 술을 따르자 술병을 건네받아 태희의 잔에도 술을 채웠다.

그때부터 그들은 음식을 먹으며 회사의 소소한 일을 주제로 이야기를 시작했다.

본부장은 타고난 유머로 이야기를 이끌고 있었는데 이야기하는 와중에 틈틈이 맥을 끊으며 대화를 멈추길 반복했다.

회사생활 삼십 년이고 본부장까지 올랐으며 차기 사장을 노릴 만큼 뛰어난 두뇌의 소유자였으니 태희가 단순하게 밥이나 먹자고 불러낼 리 없다는 걸 너무나 잘 알고 있었다.

그랬기에 대화 도중 틈을 두었던 것이다.

자연스러운 대화의 유도술.

할 말이 있으면 치고 들어오라는 신호였으나 태희는 식사가 마무리될 때까지 본론을 꺼내지 않았다.

여우 중의 상여우다.

로열패밀리로 최고의 두뇌를 인정받아 직계가 아님에도 기획실장 자리까지 꿰찼으니 이전에 있던 회장의 직계 유준성과는 근본부터 다른 여자였다.

유태희가 기획실장을 맡으면서 전반적인 그룹 분위기가 바뀔 정도로 대단한 성과를 내고 있었기 때문에 회장의 신뢰는 최고조에 달해 있다.

어리다고 쉽게 상대할 여자가 아니었고, 차기 사장을 노리는 자신의 입장에서 봤을 때 어떻게든 우군으로 만들 필요가 있었다.

그랬기에 결국 먼저 입을 열었다.

지금까지 본론을 꺼내지 않는다는 건 자신이 먼저 멍석을 깔아주길 바란다는 뜻이다.

여기서 더 버티면 태희는 마지막까지 입을 열지 않을 수도 있었다.

그것은 자신이 바라는 바가 아니었고 태희 역시 바라는 게 아닐 것이다.

"자, 유 실장, 점심시간 다 돼가고 식사도 끝나가는군. 이젠 얘기해 보지그래?"

"얘기해도 될지 모르겠네요. 죄송한 말씀이라."

"뭔데 천하의 유 실장이 이렇게 뜸을 들이시나?"

"이번에 입사 수석 양보해 주신 거 정말 고마웠어요. 그런데 그 고졸 전형으로 들어온 사람 말입니다."

"그 친구가 왜? 내가 쓰기로 했잖아?"

"…죄송하지만 그 사람도 기획실에서 썼으면 해서요."

"허어!"

전혀 엉뚱한 말이 유태희의 입에서 흘러나오자 본부장의 머리가 팽팽 돌아갔다.

그는 여기로 오면서 유태희가 꺼낼 카드에 대해 여러 가지를 생각했다.

그룹의 해외마케팅 리베이트 현황이라든가 해외사업 조직의 기획실 일정 부분 할당 등 본부장이라는 자신의 위치에서도 처리하기 힘든 일들을 요청할 줄 알았는데 전혀 예상치 못한 이야기를 하자 저절로 헛기침이 나왔다.

그럼에도 그는 즉시 머리를 회전시켰다.

어느 정도 선에서 생색을 내야 되는가를 본능적으로 유추한 건 그가 가지고 있는 경륜이 작동되었기 때문이다.

헛기침을 하면서 유태희의 얼굴을 살폈다.

애써 태연한 척 표정에 변화를 보이지 않았으나 눈이 흔들리고 있다는 걸 잡아낼 수 있었다.

그렇다면 이건 당겨도 된다는 얘기다.

"유 실장, 내가 아끼는 후배도 양보했는데 그 친구까지 데려간다는 건 너무하잖아. 우리도 영어 잘하는 친구들이 필요해. 요새 일손이 달려서 환장할 지경이라니까."

"그래서 죄송하다고 했잖아요."

"맨입으로?"

"설마 그럴 리가 있겠어요. 내년에 본부장님 사장으로 승진하셔야 되잖아요. 그때 옆에서 서포트 잘해 드릴게요."

"허허, 장난으로 해본 소린데 뭘 그렇게까지……."

말꼬리를 흘리며 본부장이 물 잔을 들어 입으로 가져갔다.

얼굴에 피어나는 미소.

분위기가 이상해서 슬쩍 미끼를 던졌는데 유태희는 생각조차 하지 않고 미끼를 덥석 물었다.

이것 또한 전혀 예상하지 않은 반응이다.

말도 안 되는 건수로 로열패밀리의 지원을 얻어냈으니 운이 좋아도 너무 좋은 날이지만 왠지 손해를 보는 느낌이 들었다.

호쾌한 웃음 대신 얼굴에 어정쩡하게 피어난 미소는 그런 이유 때문이었다.

태희가 점심을 마치고 화사한 웃음을 지으며 방으로 들어서자 그 뒤를 기획부장이 따라 들어왔다.

그는 오랜만에 보는 태희의 웃음이 반가운 모양이었다.

요즘 태희는 무척 신경이 예민해져 있었는데 회장의 기대가 점점 더 커졌기 때문으로 보였다.

오늘처럼 직장 상사가 즐겁다는 건 사무실 분위기가 좋아진다는 걸 의미하기 때문에 기획부장도 덩달아 웃음을 흘렸다.

"실장님, 뭐 좋은 일이라도 있습니까?"

"예, 있어요. 오늘 늙은 여우를 때려잡아서 기분이 최고거든요."

"무슨 말씀이죠?"

"호호, 그런 게 있어요."

유태희는 소리까지 내며 웃은 후 책상에 있는 서류를 들어 기획부장에게 내밀었다.

경쾌한 몸짓이다.

"이번에 우리 기획실로 올 사람들입니다."

"두 명입니까?"

"한 명은 금년 입사 수석이에요. 또 한 사람은 고졸 전형으로 지원했는데 정식 직원으로 채용된 사람이고요."

"고졸 전형이라뇨. 그런 것도 있습니까?"

"왜 뉴스에서 계속 보도했잖아요. 정부에서 고졸자 취직을 지원한다면서 홍보하는 거. 대원그룹도 거기에 발맞춘 거죠."

"그런데 왜 정식 직원으로 채용합니까? 낙하산인가요?"

"아니에요. 무척 유능한 인재랍니다. 그래서 제가 특별히 스카우트했어요."

"아, 예."

"서류에 그 사람 스펙 들어 있으니까 검토해 보시고 두 사람을 어디에 배치할 것인지 생각해 보세요. 신입 사원 연수를 거쳐야 하니까 십 일 후에나 오겠네요."

"그러겠습니다. 그리고 실장님, 회장님께서 두 시까지 올라오시랍니다."

"왜요?"

"용무는 전달되지 않았습니다. 비서실장 직통이었습니다."

"알았어요."

"그럼 전 나가보겠습니다."

기획부장이 인사를 하고 나가자 태희의 고개가 흔들렸다.

월요일부터 회장이 찾을 이유가 전혀 없었기 때문이다.

회장 비서실의 패턴은 언제나 똑같았다.

바늘이 떨어져도 들릴 것 같은 조용함. 소음이라고는 비서들의 컴퓨터 자판 두들기는 소리가 전부였고, 비서실장마저 자리를 비운 지금은 태희가 들어섰어도 말을 붙이는 사람조차 없었다.

회장실로 들어서자 일정 비서인 황민영이 기겁을 하고 자리에서 일어났다.

예전의 태희를 눈 아래로 내려다보던 모습은 어디에서도 찾아볼 수 없었다.

웬만한 직원들은 우습게 여기던 그녀였으나 유태희가 기획실장으로 임명되며 로열패밀리의 일원이란 사실이 알려지자 겁먹은 강아지처럼 꼬랑지를 말았다.

더군다나 유태희는 기획실장이 된 후 그녀를 향해 작고 낮은 목소리로 치명적인 경고를 했다.

회사에 도는 그녀의 소문.

도도하고 교만하며 심지어는 회장 정부일지도 모른다는 그녀의 소문을 이야기하며 태희는 한 번만 더 직원들의 입에서 그런 말이 나오면 단칼에 죽여 버리겠다고 엄포를 놓았다.

아무리 회장을 등에 업고 그동안 세상 무서운 줄 모르고 날뛰던 황민영이었으나 태희의 협박에는 공포를 느낄 수밖에 없었다.

기획실장으로 등극한 유태희의 파워는 사장을 능가할 정

도로 막강했기 때문이다.

문을 열고 들어서자 회장인 유호성이 책상에 앉아 있다가 손을 들어 소파에 앉으라고 했다.

공과 사는 명확히 해야 한다는 건 철칙 중의 철칙이다.

조카라고 회사에서 회장을 허물없이 대했다가는 어느 칼에 맞아 죽을지 모르는 게 조직의 무서움이었다.

그 칼은 회장이 직접 휘두를 수도 있고 직계의 친척, 또는 회사의 중역이 될 수도 있었다.

늘 경계하고 조심할 일이었다.

그랬기에 태희는 정중하게 고개를 숙여 인사한 후 소파의 오른쪽 첫 번째 자리에 앉았다.

유호성은 육십이 훌쩍 넘었어도 오십 대로 보일 만큼 건강했는데 그에 걸맞게 목소리도 컸다.

상석에 앉으며 유호성이 첫마디로 꺼낸 것은 업무 이야기가 아니었다.

"주말 잘 쉬었냐?"

"네, 친구들 만나서 뮤지컬 봤습니다."

시작을 업무 이야기로 하지 않았다는 것은 기획실장의 직책을 떠나 조카에게 뭔가 할 말이 있다는 뜻이다.

그랬기에 태희의 표정이 굳어졌다.

차라리 업무 이야기라면 훨씬 편할 텐데 개인적인 대화라면 결혼에 관련된 이야기일 가능성이 크기 때문이었다.

그리고 그 예상은 맞았다.

"태희야, 우리 대원화학이 싱가포르에 72층 호텔을 짓기로 했다. 삼명그룹과 손잡고 말이다."

"네."

"그런데 삼명 측에서 조건을 자꾸 까다롭게 내밀고 있어. 하나를 해결하면 또 다른 걸 내밀면서 말이야."

"네."

"저번에 삼명회장 아들과 선본 거 잘 안 됐다면서?"

"네."

"아무래도 그놈들이 자꾸 파투 내는 것이 그 아들놈 때문인 것 같아. 내가 듣기로는 그놈이 널 아주 마음에 들어 한다는구나."

"네."

"이번 프로젝트는 대원화학의 생명줄이나 다름없다. 그놈을 다시 만나면 안 되겠느냐?"

"큰아버지."

"응?"

"저는 그자를 다시 만나지 않겠습니다. 수많은 계집과 놀아나며 개 같은 짓거리를 일삼는 놈입니다. 큰아버지의 체면을 생각해서 선을 보는 자리에 나간 것이 제가 할 수 있는 최선이었습니다. 저를 프로젝트에 관여시켜 그자와 엮는다면 전 회사를 그만두겠습니다."

"그 정도냐?"

"네, 전 그런 놈은 인간으로 안 봅니다."

"생각보다 훨씬 세게 나오는구나. 회사를 위해서도 안 된다는 말이지?"

"그렇습니다."

"알았다. 네 뜻 충분히 알아들었다. 그만 나가봐라."

"죄송합니다."

태희는 자리에서 일어나 정중하게 고개를 숙였다.

그런 후 천천히 걸어 회장실을 나섰다.

빙그레 웃는 유호성.

웃고 있으나 눈은 웃고 있지 않았다.

많은 것이 담겨 있는 회장의 눈은 너무나 깊어서 무슨 생각을 하고 있는지 알 수 없게 만들었다.

한석만이 종갓집으로 들어선 것은 김 여사가 점심을 차리고 있을 때였다.

집에는 은영과 친구인 미선이 와 있었는데 석만은 강산을 찾는 대신 대뜸 김 여사에게 인사한 후 그녀들 옆에 털썩 주저앉았다.

석만이 종갓집에 온 것은 이번이 세 번째였기 때문에 김

여사와는 구면이었고 은영과는 이전에 강산과 함께 식사를
한 적이 있기 때문에 스스럼없이 대했다.

"예쁜 은영 동생, 이분은 누구야?"

"같은 과 친구."

"안녕하세요. 황미선이라고 해요."

"아, 반갑습니다. 전 이 집 하숙생 친굽니다. 소개하다 보
니 조금 이상하네요."

"강산 오빠 말씀이군요?"

"아세요?"

"그럼요."

당연하다는 듯 대답하는 미선을 보며 석만이 얼굴을 찡그
렸다.

하여간 잘생긴 강산이는 여자들에겐 어딜 가든 인기가 많
았다.

어쨌든 오늘은 일진이 괜찮은 날이었다.

종갓집 딸들은 어디 내놔도 꿀리지 않을 만큼 모두 예뻤는
데 이제 보니 그 친구들도 장난이 아니었다.

앞으로 이 집엔 자주 올 필요성이 있었다.

식사가 모두 차려졌는지 김 여사가 밥 먹으라며 불렀기 때
문에 석만은 그때서야 강산을 찾았다.

아무리 그래도 강산이 있어야 빌붙는 데 모양새가 나기 때
문이었다.

그래서 부랴부랴 방으로 가 소리치자 문이 열리며 강산이 잠이 덜 깬 모습으로 일어났다.

"잤냐?"

"네가 우리 집에 왜 왔어?"

"너 보러 왔지. 아침 먹고 자고, 점심 먹고 자고, 참 팔자 좋다. 밥 먹으란다. 얼른 나와."

"왜 왔냐니까?"

"용수 형이 오늘 꼭 나와달래. 노래하던 애가 아파서 못 나온다고 대타 한 번 뛰어달란다."

"에이, 나 바쁜데."

"바쁘긴 네가 왜 바빠? 뭐, 자는 데 바빠?"

"시끄럽고, 몇 시라냐?"

"일곱 시, 아홉 시."

"전화로 하면 될 걸 뭐하러 왔어? 너 혹시 은영이 보러 온 거냐?"

"귀신같은 놈."

"엉뚱한 짓 하면 죽는다!"

석만이 입술을 삐죽이며 뒤돌아서자 그 뒤를 따라 나선 강산이 소릴 질렀다.

혹시라도 사랑하는 동생이 도둑놈에게 납치당할까 봐 노심초사하는 모습이다.

김 여사를 가운데 두고 남녀가 각기 나눠 앉은 식탁의 모습은 미팅할 때 나오는 좌석 배치와 비슷했다.

오늘은 점심으로 김 여사의 특기인 칼국수가 나왔기 때문에 국수라면 사족을 못 쓰는 강산의 얼굴에는 웃음꽃이 가득했다.

그 모습을 보며 김 여사가 푸근한 미소를 지었다.

"좀 씻고 오지 그랬어. 어휴, 눈곱 봐라."

"밥 먹고 씻을게요."

"오빠야, 미선이도 왔는데 좀 멋있게 나타날 수 없어?"

"남자는 원래 있는 그대로 보여줘야 진실성 있어 보여. 안 그러니, 미선아?"

"그럼요. 백번 지당하신 말씀입니다. 그리고 오빠는 될 수 있으면 그렇게 다니는 게 좋아요. 광내고 다니면 쓰러지는 여자들이 많아서 안 돼요."

"미친년, 네가 자꾸 치켜세워 주니까 우리 오빠가 정신을 못 차리잖아. 앞으로 그런 소리 하지 마."

"호호, 사실인 걸 어쩌겠니."

미선이 깔깔 웃으며 바라보자 강산이 머쓱한 눈으로 잽싸게 고개를 돌렸다.

세수를 하고 나올 걸 그랬나 하는 표정이다.

그런 강산의 식성은 최고 수준이었다.

특히 칼국수가 나오는 날에는 김 여사가 뭘 물어도 대답도 하지 않고 정말 열심히 잘 먹었다.

오늘도 그는 두 그릇을 뚝딱 해치웠는데 다른 사람들은 반도 먹지 못할 때였다.

젓가락을 내려놓은 강산은 사람들의 눈치를 보다 슬그머니 자리에서 일어섰다.

밥 먹기 전에 한 김 여사와 은영이의 통박이 마음에 걸린 모양이었다.

"미선아, 잠깐만 기다려. 내가 얼른 가서 때 빼고 광내서 올게. 왔을 때는 어쩔 수 없었지만 미선이 갈 때는 기억 속에 멋진 남자로 남아야 되지 않겠어?"

"얼씨구."

손을 흔들며 나가는 강산을 향해 은영이 젓가락을 치켜세웠다.

저런 썰렁한 농담을 할 때마다 은영은 소름 끼친다는 표정을 서슴지 않고 지어댔다.

방에 있는 핸드폰이 악을 쓰듯 울리기 시작한 것은 강산이 화장실에 간 지 오 분도 안 됐을 때다.

핸드폰 벨소리를 얼마나 크게 해놨는지 부엌에까지 생생하게 들려왔다.

처음에는 눈치를 보며 버티던 사람들은 서로를 바라보며 무언의 신호를 보내기 시작했다.

보통 전화는 이 정도 울렸으면 끊어졌을 텐데 이번 전화는 끈질기게 울리고 있었기 때문에 신호음이 울릴 때마다 사람들은 가슴이 점점 오그라들었다.

결국 참지 못하고 뛰어나간 것은 은영이었다.

후다닥 뛰어서 강산의 방에 들어선 은영은 잽싸게 핸드폰을 들었다.

"여보세요?"

—혹시 이강산 씨 핸드폰 아닙니까?

"네, 그런데요?"

정중한 남자의 목소리에 은영이 대답하며 강산의 방에서 빠져나왔다.

직감적으로 그냥 전화가 아니란 생각이 들었기 때문이다.

중요한 전화라면 바꿔줘야 하기 때문에 은영은 전화를 들고 사람들이 있는 부엌 쪽으로 걸어왔다.

전화를 건 사람은 여자의 목소리에 당황한 모양이었다.

—이강산 씨와 어떤 사이십니까?

뭐냐, 이거?

이 오빠, 어디 가서 결혼했다고 사기 치고 다니나?

"전 동생 되는 사람인데요."

—아, 그러시군요. 그럼 이강산 씨와 통화할 수 있을까요?

"지금 화장실에서 씻고 있는 중입니다. 바쁜 일이면 바꿔 드릴까요?"

—그럴 필요까지는 없고요, 이강산 씨 나오면 대원그룹 홈페이지에서 합격 확인하라고 해주세요. 이틀 후가 신입 사원

연수 시작인데 이강산 씨가 확인을 안 해서 전화드리는 겁니다. 반드시 확인하고 연수에 필요한 준비물을 꼭 챙기라고 전해주십시오. 동생분 목소리가 아주 예쁘네요. 오빠의 대원그룹 합격을 다시 한 번 축하드립니다.

"아, 예, 알겠습니다. 고맙습니다. 고맙습니다."

은영은 정신없이 인사를 한 후 전화를 끊었다.

식사를 하던 김 여사와 미선, 석만은 넋을 잃고 서 있는 은영을 향해 무슨 일이냐는 시선을 던졌지만 은영은 아무런 말도 하지 못하고 한동안 움직이지 못했다.

그녀는 망치로 머리를 두들겨 맞은 것처럼 완벽하게 정신 나간 모습이었다.

"왜 그러니?"

"엄마, 강산 오빠 합격했대."

"그게 뭔 소리야? 어딜 합격해?"

은영이의 갑작스러운 말에 제대로 접수 못 한 김 여사가 먼저 물었고, 그 뒤를 석만과 미선이 궁금한 눈으로 쳐다봤다.

그러자 이제 현실 세계로 완벽하게 돌아온 은영이 방방 뛰며 소리를 질러댔다.

"오빠가 대원그룹에 합격했대! 지금 거기 인사부에서 전화 온 거라니까!"

"강산이가 정말 합격했단 거니? 정말이야?"

"정말이라니까!"

"어머나, 어쩌면 좋아. 어머, 어머."

거짓이 아니란 걸 여러 차례 확인한 김 여사가 자리에서 벌떡 일어나 만세를 불렀고, 그 뒤를 아직도 어리벙벙한 표정의 석만이가 따라 일어났다.

그는 이게 무슨 자다가 봉창 두드리는 소리냐는 표정을 짓고 있었는데 강산이 취직 시험 봤다는 소리를 처음 들었기 때문이다.

그랬기에 정보가 부족한 석만은 은영에게 다시 한 번 확인했다.

"은영 동생, 우리 천천히 얘기해 보자. 그러니까 강산이가 최근에 대원그룹에 취직 시험을 봤고 방금 온 전화가 합격 통보 전화란 거지?"

"맞아요."

"걔가 거길 어떻게 합격해?"

"그걸 내가 어떻게 알아요. 어쨌든 합격 통보 전화가 왔잖아요."

"환장하겠네."

"나도 얼떨떨해요."

"잠깐 기다려 봐. 내가 이놈 끌고 올 테니까."

석만이 부리나케 화장실로 향했고, 곧이어 아직 머리를 말리지 못한 강산이 머리에 수건을 두른 채 그의 손에 끌려 나왔다.

강산은 뭔 일이냐는 듯 손을 뿌리치기 위해 바동거렸는데 석만은 막무가내로 그를 끌고 나왔다.

"야 인마, 팔 빠져. 왜 이래?"

"너 합격했단다."

"무슨 합격?"

"대원그룹 공채 합격."

"정말? 그런데 넌 그걸 어떻게 알았어?"

"방금 전화 와서 은영이가 받았다."

"이상하다. 그거 홈페이지 알림 게시판에 발표한다고 했는데. 가만있자, 오늘이 이십 일이잖아. 아이고, 어제가 발표 날이었는데."

"미친놈아, 네가 합격 확인을 안 해서 대원그룹 인사부에서 직접 전화한 거란다. 너 정말 정신이 어떻게 된 거 아니냐?"

"바빠서 깜박한 거야."

"이걸 확! 백수 놈이 뭐가 바빠!"

석만이가 눈을 부라리자 그때서야 강산은 합격 여부를 확인하지 못한 이유에 대해서 생각하게 되었다.

가만히 생각해 보니 그 모든 것이 다 은서 때문이었다.

남이섬에 갔다 온 후 정신이 다른 데 가 있다 보니 합격자 발표를 까맣게 잊고 있었던 것이다.

김 여사와 은영이 다가와서 강산을 안은 것은 석만이 답답하다는 듯이 주먹을 휘휘 저을 때였다.

그녀들은 석만의 질책이 아예 눈에 들어오지 않는 모양이었다.

기쁜 웃음, 그리고 찬사.

진정으로 그녀들은 강산의 합격을 축하해 주고 싶어 하는 얼굴이었다.

"강산아, 정말 잘했다. 수고했어."

"오빠, 축하해."

"고마워요. 은영아, 고맙다. 내가 돈 벌면 맛있는 거 많이 사줄게. 기다려."

"응, 기다릴게! 나중에 맛있는 거 많이 사줘!"

웃는 얼굴로 농담처럼 말하는 강산을 향해 은영이 장단을 맞추며 소리를 높였다.

하지만 그녀의 눈에는 어느새 눈물이 흐르고 있었다.

사람은 너무나 행복하면 눈물이 나온다.

강산을 친오빠처럼 따르고 좋아하던 그녀이다.

은영은 언제나 까칠한 목소리로 대했지만 속마음은 누구 못지않게 여려서 항상 강산을 챙겼다.

강산의 합격 소식에 종갓집 식구들은 온통 구름 위에 떠 있는 것 같은 기분으로 하루를 마감하고 있었다.

은영에게 전화를 받은 은서는 회사에서 퇴근하자마자 득달같이 달려왔고, 공부하다가 저녁 늦게 들어온 은수 역시 합격 소식에 식구들과 합류해서 이야기꽃을 피우느라 시간 가는 줄 몰랐다.

하지만 정작 주인공인 강산은 노래를 하기 위해 카페로 나갔기 때문에 그녀들은 은서가 사 온 케이크를 꺼내지 못하고 시간만 보내야 했다.

그녀들이 오랜 시간 동안 지키던 마루를 떠나 방으로 돌아간 것은 강산과 통화한 후였다.

기다리다 지쳐 전화했더니 카페 매니저에게 붙잡혀 술을 마시고 있다는 것이다.

오랜만에 만난 매니저가 석만을 통해 강산이 취직했다는 소리를 듣자 술을 산다며 못 가게 잡았다는 소리에 은서는 신경질도 못 내고 전화를 끊을 수밖에 없었다.

강산에게도 사정은 있을 수 있다.

더군다나 일하던 곳에서 잡았다는데 매정하게 뿌리치고 오라고는 할 수 없었다.

강산은 정말 오랜만에 술이 떡이 되어 집으로 돌아왔다.

매니저는 얼마나 술이 강하던지 두주불사였고 마시는 속도도 타의 추종을 불허해서 꺾어 마시며 버텼는데도 결국 석만의 등에 업혀 택시를 타고 돌아왔다.

술이 강한 사람과 약한 사람이 함께 비슷한 양을 비슷한 속도로 마신다는 건 헤비급 선수와 플라이급 선수가 권투 시합을 하는 것과 같았다. 아니, 오히려 그것보다 더 잔인할 수도 있었다.

하지만 대한민국 사회는 그런 불공정 게임을 전혀 불공정하지 않다고 생각하는 경향이 있었다.

아마 군부 독재정치가 가져온 대한민국만의 고질적인 사회 분위기 때문이라는 생각이 들었다.

강산이 침대에서 부스스 일어난 것은 거의 열두 시가 다 되어서였다.

침대에 앉아 머리를 쓰다듬자 온통 까치집이 지어져 있고, 어제 입은 그대로 옷을 입고 있었는데 팔꿈치 쪽에는 흙이 잔뜩 묻어 있었다.

어딘가에 넘어졌던 모양이다.

겨우겨우 정신을 차리고 옷을 갈아입은 후 방문을 열고 나서자 마루에서 빨래를 개키고 있던 김 여사가 방긋 웃으며 강산을 맞아주었다.

식구들은 모두 나가고 김 여사 혼자만 자리를 지키고 있었다.

"일어났니?"

"어제 술을 너무 많이 마셨나 봐요. 아무것도 생각이 안 나요. 저 어제 실수한 거 있어요?"

"무슨 술을 그렇게 많이 마셨어. 석만이가 한 시 넘어서 널 데리고 왔어. 그때부터 지금까지 잠만 잤고."

"다행이네요."

"얼른 씻고 와. 점심 먹어야지."

"네."

얼굴만 씻으려 했는데 엉망인 모습을 보자 머리를 감아야겠다는 사명감이 불끈 솟아났다.

거기에 술을 마셔서 그런지 오늘따라 수염도 덥수룩한 것 같아 면도까지 말끔하게 마쳤다.

말끔하게 정리된 모습에 스킨과 로션까지 발랐더니 언제 그랬냐는 듯 상쾌한 컨디션으로 돌아왔다.

부엌으로 왔을 때는 이미 김 여사가 밥상을 차려놓고 앉아 기다리고 있었다.

밥상에는 콩나물국이 놓여 있었는데 금방 끓여서 그런지 김이 모락모락 솟아나고 있다.

해장을 하라고 일부러 끓인 것이 분명했다.

"와우, 맛있는 콩나물국, 속이 확 풀리겠는데요?"

"응, 숙취에는 콩나물국이 제일이야. 얼른 먹어."

"잘 먹을게요."

"강산아."

"네?"

"밥 먹고 오늘 나랑 같이 어디 좀 가자."

"어딜요?"

"갈 데가 있어. 그러니까 그냥 따라와."

"오래 걸리나요? 내일 신입 사원 연수가 있어서 오늘 준비할 게 꽤 있거든요."

"오래 안 걸려."

"그럼 그렇게 할게요."

대답을 한 강산은 콩나물국에 밥 한 공기를 말더니 후후 불어가며 맛있게 먹기 시작했다.

김 여사는 그 모습을 대견한 듯 지켜보며 푸근한 미소를 지었다.

강산이 밥을 다 먹고 자리를 뜨자 김 여사는 주섬주섬 설거지를 끝내고 외출 준비를 했다.

오랜만에 예쁜 투피스 정장을 걸치고 거울을 보자 저절로 기분이 좋아져 웃음이 얼굴 가득 매달렸다.

마당으로 나오자 강산이 먼저 나와 그녀를 기다리고 있었다.

예전 강산을 처음 만나 같이 걸어온 길을 따라 그녀는 강산을 데리고 천천히 걸어 내려갔다.

신씨 문중 종갓집으로 시집온 것이 삼십 년 전이다.

지금이야 종갓집의 의미가 많이 퇴색되었지만 당시의 종갓집은 대단한 의미를 지니고 있었다.

시집온 지 삼 년 만에 은서를 낳았다.

시부모님은 그녀가 은서를 낳자 실망한 얼굴을 했지만 나무라지는 않았다.

아직 나이가 있으니 아들을 낳을 수 있다며 그녀를 다독거렸다.

서운했을 것이다.

부모님은 늦은 나이에 남편을 외동아들로 두었기 때문에 간절하게 손자를 바라고 계셨으니 그 서운한 마음이 무척 컸을 것이다.

그런 분들이 그저 고생했다는 말만 남기고 쓸쓸히 돌아서는 모습을 보면서 그녀는 많은 눈물을 흘렸다.

가혹하게도 그토록 손자를 기다리시던 시부모님은 은영을 낳기 전 차례대로 운명하시고 말았다.

죄송하고 또 죄송해서 죽고 싶은 심정이었으나 남편은 그녀의 손을 꼭 잡으며 괜찮다고 말해줬다.

그토록 바라던 아들은 그의 팔자에 없었던 모양이다.

그 뒤로 그녀는 은영과 은수를 낳았고, 그 후로 이 년 만에 그녀와 딸들만 남기고 남편이 먼저 저세상으로 떠났으니 말이다.

다행스럽게도 식구들이 편안하게 살 수 있는 집이 있었고, 넉넉하지는 않지만 상당한 유산을 물려받아 딸들을 힘들지 않게 키울 수 있었다.

그럼에도 그녀는 마음에 응어리진 한은 풀지 못했다.

아들에 대한 한없는 그리움.

그녀의 가슴에 대못처럼 박힌 것은 바로 아들을 가지고 싶다는 욕망이었다.

버스를 타고 한참을 걸려 김 여사가 내린 곳은 명동에 위치한 백화점이었다.

그녀는 마치 약속이라도 있는 사람처럼 강산을 데리고 백화점으로 들어섰는데 전혀 주저함이 없는 걸음걸이였다.

에스컬레이터를 나란히 타고 올라간 곳은 6층 신사복 정장 코너였다.

"엄마, 여긴 왜 왔어요?"

"따라와 봐. 보여줄 게 있어."

"뭔데요?"

"따라오라니까."

강산의 질문에 대답하지 않고 김 여사는 정해둔 곳이 있는지 부지런히 걸어갔다.

그리고 멈춘 곳은 갤럭시 매장이었다.

그녀가 들어서자 여직원이 반갑게 맞이하며 다가왔다.

"손님, 어서 오세요. 뭘 찾으시나요?"

"정장 보러 왔어요."

"아드님 입으실 건가요?"

"네. 우리 아들이 대원그룹에 취직했거든요. 그래서 양복 한 벌 해주려고요."

"어머, 좋으시겠어요. 요즘 취직하기 무척 어렵다던데. 정말 축하드려요."

"고마워요."

김 여사는 매장 여직원의 축하에 기분이 좋아졌는지 웃음을 멈추지 못했다.

그러고는 삐쭉거리는 강산을 이끌고 양복을 고르기 시작했다.

요즘 신사 정장이 예전과 많이 달라져 선뜻 고르지 못한 그녀는 결국 강산을 닦달했다.

"뭐해, 골라봐. 나는 못 고르겠다."

"여긴 너무 비싸요. 나중에 제가 살게요."

"안 돼. 여기서 사."

"하지만 돈이……."

"그런 거 신경 쓰지 마. 내가 사주고 싶어서 그래."

"알았어요."

워낙 강경한 그녀의 태도에 강산은 여기저기 돌아다니다가 한 벌을 꺼내 들었다.

강산은 눈치를 보다가 매장에서 가장 싼 걸로 빼 들었는데 대뜸 다가온 김 여사는 가격을 확인하곤 하얗게 눈을 치켜뜬 후 여직원을 불렀다.

"아가씨, 여기 우리 아들한테 어울리는 걸로 하나 골라주세요. 아무래도 아가씨가 골라주는 게 좋을 것 같네요. 가격 신경 쓰지 말고 어울릴 만한 것으로 골라줘요."

여직원이 고른 양복은 매장에서 가장 비싼 축에 드는 것이었다.

너무나 비싸 망설이자 김 여사가 여직원에게 양복을 넘겨받은 후 강산에게 안기며 입어보라고 눈짓했다.

어쩔 수 없이 탈의실에 들어가 옷을 갈아입었는데 여직원의 눈썰미가 좋았는지 기가 막히게 잘 어울렸다.

비록 와이셔츠에 넥타이는 매지 않았지만 정장만으로도 태가 확 살아났다.

강산이 옷을 입고 밖으로 나오자 김 여사와 여직원의 입에서 동시에 탄성이 새어 나왔다.

잘생긴 외모에 기가 막힌 몸매를 지닌 그에게 멋진 양복을 입혀놓자 모델이 따로 없었다.

"정말 아드님 멋있으세요."

"그렇죠?"

"제가 여기에서 삼 년을 일했는데 아드님처럼 멋진 분은 처음 봤어요."

"정말 그렇게 멋있어요?"

"제가 애인만 없으면 대시하고 싶을 정도예요."

여직원의 호들갑에 김 여사가 미소를 지으며 강산에게 다가왔다.

강산은 어색한지 자꾸만 옷을 어루만지고 있었는데 김 여사가 다가오자 어떠냐는 시선을 보냈다.

"강산아, 너 정말 멋있어. 진즉 사줄 걸 그랬다."

"원래 제가 잘생겼잖아요."

강산이 농담으로 어색함을 모면하려 하자 김 여사가 그의 등을 두들겼다.

김 여사는 강산의 양복을 입은 모습이 너무나 기쁜 모양이었다.

양복을 산 후 김 여사를 먼저 돌려보낸 강산은 신입 사원 연수에서 필요하다는 준비물을 사기 위해 돌아다니다가 저녁 식사 시간에 맞추어 집으로 돌아갔다.

그날 저녁은 정말 난리도 아니었다.

아주 작정했는지 고 3인 은수는 여섯 시에 맞춰 헐레벌떡 돌아왔고, 나머지도 때맞춰 들어와 함께 저녁을 먹으며 케이크를 자른 후 샴페인을 터뜨렸다.

강산의 앞날을 축복해 주는 그녀들의 얼굴에는 환한 미소가 지워지지 않고 있었다.

행복한 저녁.

강산의 취직 소식은 종갓집에 커다란 웃음과 즐거움을 선사해 식구들의 얼굴을 밝게 빛나도록 만들어주었다.

❖

전날 늦게까지 식구들과 맥주 파티를 연 강산은 여섯 시에 일어나 출발 준비를 서둘렀다.

대원그룹의 연수원은 파주에 있었고, 아홉 시까지 입소해야 하기 때문에 아침 일찍 서둘러야 했다.

홈페이지의 연수 일정에 따르면 신입 사원은 칠 일간 합숙 교육을 받는 것으로 계획되어 오늘 집을 나서면 다음 주 금요일에나 돌아올 수 있었다.

안채에서는 벌써 김 여사가 일어나 아침 준비를 하고 있었다.

그녀는 강산이 면접 보러 갈 때 빈속으로 보낸 것을 두고두고 후회한 전력이 있어 이번만은 반드시 밥을 먹여 보내야겠다는 의지를 불태우는 중이다.

재밌는 것은 세 자매도 잠에서 깨어 강산의 준비 과정을 하나도 빠짐없이 지켜보고 있다는 것이다.

그녀들은 이제 사회생활을 시작하는 강산의 일거수일투족이 모두 신기한 모양이었다.

평소보다 이른 아침 식사였으나 식구들은 하나도 빠짐없이 강산과 함께 식사를 했다.

당분간의 헤어짐이 불안했던지 그녀들은 밥을 먹는 내내 말도 안 되는 주의 사항을 끊임없이 늘어놓아 강산을 당황하게 만들었다.

식사를 마치고 양치질까지 끝낸 강산은 어제 산 양복과 와이셔츠를 입고 넥타이를 맸다.

김 여사가 정장에 받쳐 입을 와이셔츠와 넥타이, 구두까지 마련해 줬기 때문에 강산은 오늘 머리에서 발끝까지 완벽하게 새 옷으로 치장할 수 있었다.

방문을 열고 가방을 든 채 강산이 나서자 옹기종기 모여 있던 식구들 입에서 동시에 감탄사가 터져 나왔다.

처음으로 보는 정장 차림의 강산은 텔레비전에서나 보는 연예인보다 훨씬 멋있어 보였다.

"우와, 오빠 짱이다!"

"옷이 날개네, 옷이 날개야."

은수가 먼저 감탄사를 터뜨렸고 그 뒤를 이어 은영이 거품을 물었다.

은서는 별다른 말 없이 그저 보고만 있었는데 그녀의 눈에 들어 있는 것은 동생들과 다른 감정이었다.

"아씨, 엄청 불안하네. 거기 가면 여자도 많을 텐데 잘생긴 우리 오빠한테 달라붙으면 어쩌지? 오빠야, 한눈팔면 죽는다. 알았지?"

"걱정 마, 꼬마 아가씨. 누가 말 붙이면 바로 전화할게."

주먹을 흔드는 은수를 향해 강산이 손을 올려 머리를 쓰다듬어 주었다.

그러자 이번에는 은영이가 나섰다.

"오빠, 반찬 잘 나온다고 마구 먹어대지 마. 살 금방 찐단 말이야. 그리고 자주 전화해라. 궁금하게 만들면 가만 안 둔다."

"알았다, 알았어. 그런데 우리 은서는 오빠한테 할 말 없어?"

"일주일인데 뭐. 잘 갔다 와, 오빠."

"싱거운 놈. 엄마, 이제 가야겠어요. 다녀올게요."

은서의 눈이 흔들리는 걸 확인한 강산은 빠르게 시선을 피하며 김 여사 쪽으로 고개를 돌렸다.

하지만 그쪽은 은서보다 더했다.

강산이 딸들과 이별하는 장면을 지켜보던 김 여사는 눈물을 글썽이고 있었는데 마치 아들 군대 보내는 엄마의 모습을 보는 것 같았다.

그랬기에 강산은 슬며시 다가가 김 여사를 끌어안았다.

"걱정 마세요. 금방 다녀올게요."

"몸조심하고 잘 갔다 와. 기다리고 있을게."

"네."

식구들 표정이 이상했기 때문에 강산은 평소보다 더 활기차게 대답하고 대문을 나섰다.

이 년 동안 한 번도 종갓집을 떠나 있던 적이 없었기 때문에 식구들은 대문을 나서 걸어가는 강산의 뒷모습을 오랫동안 지켜보며 움직이지 못했다.

그녀들의 가슴속에 들어오는 찬바람은 이별에 대한 두려움이 분명했다.

늘 그 자리에 있던 강산이다.

그녀들이 아는 강산은 언제나 백수였고, 늦게 돌아올 때면 큰길까지 마중 나와 잔소리를 해대던 푼수 같은 오빠였다.

그런 오빠가 화이트칼라들이나 입는 정장을 입고 서류 가

방을 든 채 집을 나서자 그녀들은 알 수 없는 불안감에 젖어 들었다.

다시는 돌아오지 않을 수도 있다는 두려움.

맞았다. 그녀들이 공통적으로 느낀 감정은 강산이 날개를 달고 종갓집을 벗어나 훨훨 날아갈지도 모른다는 두려움이었다.

제7장

신입 사원 연수

전철과 버스를 이용해 도착한 대원그룹 연수원은 파주 외곽에 위치해 있었는데 국도와 이어진 전용 도로를 따라 한참을 들어가야 했다.

버스에서 내린 강산은 연수원의 표지판을 확인한 후 대원그룹에서 직접 만든 전용 도로를 따라 걸어갔다.

아침 일찍 서둘렀기 때문에 시간적인 여유가 있어 강산은 상쾌한 아침 공기를 맞으며 산보하듯 천천히 걸었다.

그런데 금방 보일 것이라 생각한 연수원은 거의 오백 미터를 걸어가도 보이지 않았다.

생각보다 훨씬 깊은 곳에 위치하고 있는 것이 분명했다.

전용 도로를 따라 많은 자가용이 강산의 곁을 스치며 지나 갔다. 연수원에 오는 사람들을 태운 차량 같았는데 아직 시간 여유가 있음에도 차량의 속도는 꽤나 빨랐다.

빨간색 아반떼가 강산의 옆에 선 것은 새로 산 구두에 발이 끼여 잠시 섰을 때였다.

새 구두에 물린 뒤꿈치가 서서히 고통을 호소하는 중이다.

차에는 두 명의 여자가 타고 있었는데 창문을 열고 말을 붙여온 것은 운전석에 앉은 단발머리 여자였다.

"연수 가세요?"

"그렇습니다."

"그럼 타세요. 여기서 삼백 미터는 더 가야 해요."

"아, 그렇군요. 고맙습니다."

가뜩이나 발이 아파 고생하던 강산에게는 천사나 다름없었다.

그랬기에 염치 불고하고 냉큼 뒷좌석에 올라탔다.

정장을 입은 모습에서 그녀들 역시 연수에 참가하기 위해 온 신입 사원들이란 걸 알 수 있었는데 상기된 표정이 막 대학에 입학한 여대생 같았다.

강산이 차에 타자 말을 붙여온 것은 조수석에 앉아 있는 생머리 아가씨였다.

"왜 걸어오고 있었어요?"

"버스 타고 왔거든요."

"호호, 제 말은 그게 아니라 셔틀버스를 말한 거예요. 국도에서 연수원까지 셔틀버스 운행한다고 적혀 있었잖아요. 못 보셨어요?"

"봤습니다. 이곳 연수원 진입로 경치가 하도 좋다고 해서 천천히 걸어오는 중이었어요."

도대체 셔틀버스를 운행한다는 건 어디에 적혀 있었던 걸까.

처음부터 끝까지 자세히 읽어봤지만 셔틀버스를 운행한다는 건 금시초문이다.

아마 한쪽 구석이나 별도로 게시되어 있는 걸 발견하지 못한 모양이다.

처음 본 여자들에게 덜떨어진 모습을 보일 순 없기에 아는체했지만 얼굴이 붉어지는 건 숨길 수가 없었다.

다행히 더 이상은 추궁하지 않아 무사히 연수원에 도착했으나 일진이 좋지 않다는 생각을 지우진 못했다.

연수원 건물은 주차장과 한참이나 떨어져 있는데 산 중턱에 강을 바라보며 지어져 환상적인 경치가 조망되는 위치였다.

강산과 여자들은 주차장에서 연수원까지 같이 걸으며 간단히 자기소개를 했다.

그녀들은 K대 경영학과 출신으로 사 년 내내 가장 친하게 지낸 친구 사이였고, 사회에서도 같이 있고 싶어 대원그룹에 함께 지원했단다.

똑똑한 여자들이 분명했다. 생긴 것도 예쁘고 몸매도 늘씬했으니 클럽 같은 곳에 가면 인기가 하늘을 찔렀을 텐데도 대원그룹에 당당히 입사했다는 것은 자기 관리를 철저히 잘했다는 뜻이다.

강산은 그런 그녀들의 소개에 맞장구를 쳤지만 자신에 대해서는 별다른 소개 없이 이름만 밝혔다.

소개해 줄 내용도 없고 소개해 봤자 웃음거리만 될 것이기 때문이다.

그렇다고 사실대로 말해줄 수도 없으니 그저 대충 얼버무리는 게 최상의 방법이었다.

수속을 밟고 대강당으로 들어서자 이백여 명의 신입 사원이 자리를 꽉 채우고 있었다.

시간은 여덟 시 사십 분밖에 되지 않았지만 강당은 거의 빈자리가 보이지 않았다.

아홉 시가 다 되어가자 사람들로 시끄럽던 강당이 점점 조용해지기 시작했다.

친구끼리, 혹은 학교 동문끼리 삼삼오오 대화를 나누던 사람들은 회사에서 정해놓은 시간이 다가오자 점점 긴장감에 젖어갔다.

경쟁을 시작하는 순간이 다가온다는 것은 사회 초년병에게 생각보다 훨씬 커다란 긴장을 불러일으켰다.

아홉 시 정각.

이백여 명의 사람이 들어 있는 강당이 완벽한 적막에 빠져들었을 때 일단의 사람들이 문을 열고 들어섰다.

정장을 차려입은 그들의 왼쪽 상의에는 신분증이 패용되어 있었는데 대부분 삼십 대 초반으로 보였다.

단상에 올라선 것은 그중 나이가 많아 보이는 삼십 대 중후반의 사내였다.

"안녕하십니까. 저는 여러분의 연수를 일주일간 책임지고 관리할 연수센터 천호진 과장입니다. 여러분의 대원그룹 입사를 환영하며 지금부터 연수에 관한 사항에 대해서 설명드리겠습니다."

천 과장의 설명은 그로부터 약 삼십 분간 이어졌다.

주요 내용은 연수원 생활이 모두 경쟁의 연속이라는 것이었다.

열 명이 한 조로 스물한 개 조이며 조별 경쟁을 통해 우승 조를 뽑고 우승 조에겐 부서 선택의 우선권이 주어진다는 게 주요 골자였다.

엄청난 유혹이었다.

회사에서 신입 사원이 마음에 드는 부서를 선택할 수 있다는 것은 커다란 행운임이 분명했다.

연수는 그야말로 살인적인 일정으로 가득 채워져 있었다.

신입 사원이 지녀야 할 기본 소양 강의가 매일 두 시간씩 잡혀 있고 대원그룹 업무 영역에 대한 중역들의 강의가 별도로 오후에 배정되어 있었다.

문제는 매일 한 가지씩 주어진 과제에 대하여 프레젠테이션 자료를 만들고 발표해야 된다는 것이었다.

실무를 전혀 경험해 보지 않은 신입 사원에게는 엄청난 스트레스로 다가올 게 뻔했다.

더군다나 경쟁을 통해 우승자를 가려내기 때문에 연수 기간을 내내 긴장 속에 보내야 할 것이다.

천 과장의 설명이 끝나고 책상에 놓인 유인물을 통해 강산은 자신이 4반 3조에 배정되었다는 것을 알 수 있었다.

신입 사원은 일주일 동안 다섯 개 반으로 나뉘어 강의를 듣고 경쟁을 하는데, 반별 일등 조가 마지막 날 최종 경연을 벌여 우승 조를 가리게 되어 있었다.

지정된 반으로 이동하라는 지시에 따라 자리에서 일어나 왼쪽 복도 끝에 있는 강의실로 들어서자 먼저 들어온 사람들의 긴장한 모습이 보였다.

3조로 표시된 곳으로 다가가자 아까 차를 태워주었던 단발머리 아가씨가 손을 번쩍 들었다.

사람의 인연은 이렇게 묘했다.

그녀는 강산이 같은 조에 배정되었다는 사실이 무척이나 기쁜 듯 홍조를 띠며 웃음 지었다.

기억하려 애쓰지 않던 그녀의 이름을 되새겨야 했다.

엄정화라고 했던가.

"강산 씨, 이쪽으로 오세요."

그녀가 자신의 옆자리를 가리키며 같이 앉자는 시늉을 했기 때문에 강산은 어쩔 수 없이 그녀에게 다가갈 수밖에 없었다.

"우리 꽤 괜찮은 인연인 것 같죠?"

역시 그녀도 자신과 비슷한 생각을 하고 있었나 보다.

그녀는 호기심이 가득 찬 눈으로 강산을 바라보았다.

"그러네요."

"우리 함께 잘해봐요."

"저야 뭐 정화 씨만 따라다니면 좋은 점수를 받을 것 같은데요. 잘 부탁해요."

강산은 고개를 가볍게 숙인 후 말을 끊고 정면을 바라봤다.

그곳에는 벌써 4반 담당자로 보이는 직원이 들어와 자리를 정리해 주고 있었다.

잠시 후 자리 배치를 끝낸 직원은 앞으로 한 시간 동안 조원들끼리 인사하는 시간을 주겠다며 자리를 떴는데 강산이 속한 3조는 남자가 일곱에 여자가 셋이었다.

누구나 소개를 하게 되면 알게 되겠지만 대한민국 사회에서는 기본 양식이 존재하는데 그 첫 번째가 출신 성분이었다.

지긋지긋한 학연과 지연이 바로 그것이다.

쉽게 말하면 고향과 출신 학교를 말하는데 처음 자신을 소개한 놈부터 역시나 그 패턴이었다.

수많은 경쟁을 뚫고 대원그룹에 입사한 놈들답게 출신 성분이 모두 빵빵했다.

여덟은 국내 최고 대학이라는 SKY 출신이었고 나머지 하나는 영국의 케임브리지 출신이었다.

하나씩 돌아가며 소개하는 가운데 마침내 강산의 차례가 왔다.

"제 고향은 서울입니다. 학교는 강남의 청명고를 나왔고 고졸 전형으로 입사하게 되었습니다. 잘 부탁합니다."

강산이 인사를 하고 뒤로 물러서자 같은 조에 속한 사람들이 입을 떡 벌린 채 다물지 못했다.

이해가 되지 않는 소개였기 때문이다.

연수원에 들어온 사람들은 막강한 경쟁을 통해 입사한 대원그룹의 최정예 정식 직원뿐이다.

고졸 전형으로 들어온 사람이 낄 자리가 아니란 뜻이다.

그랬기에 그들은 뒤늦게 정신을 차리고 질문을 퍼붓기 시작했다.

"고졸 전형으로 들어온 사람은 따로 연수를 받는 것으로 알고 있는데 혹시 잘못 들어온 거 아닌가요?"

"그건 아닌 것 같군요. 이번 연수 대상에 제 이름이 분명 들어 있었으니까요."

"정말 이상한 일이군요. 분명 고졸 출신입니까?"

"그렇습니다."

그 이후로도 많은 질문이 있었으나 강산은 짧게 대답할 뿐 특별한 변명이나 이유는 대지 않았다.

그들을 설득시킬 자신이 없으니 길게 말해봤자 입만 아플 뿐이라는 생각이다.

그들도 강산에 대한 의문을 금방 접었다.

정해진 시간 동안 할 일이 많기 때문이었는데, 그 짧은 시간에 그들은 조장을 뽑고 조별 발표를 위한 담당자들을 지정했다.

그 토의 과정에 그들은 은연중 강산을 배제하기 시작했다.

아마 고졸이란 출신 성분이 그들을 그렇게 만들고 있는 것 같았다.

그럼에도 강산은 아무 말 하지 않고 그저 그들이 하는 행동을 지켜보기만 했다.

지금은 그들의 행동에 대해서 따질 이유도 없었고 따질 필요도 없었다.

조별 소개 시간이 끝나고 그룹에 대해 소개하는 강의가 시작되었다.

성우의 목소리로 더빙된 화려한 홍보 영상은 신입 사원들의 가슴을 뛰게 만들었고, 뒤이어 나온 홍보담당이사의 세부적인 강의는 그들에게 무한한 자부심을 심어주었다.

어느 기업이든 신입 사원 연수에서 제일 먼저 하는 강의

패턴이다.

회사에 대한 자부심을 갖도록 만들어 충성심을 유발하는 것은 연수의 가장 큰 목적이기도 했다.

오전 강의가 끝나고 점심시간이 다가왔다.

연수를 담당하는 직원들이 조별로 이동해서 식사하도록 유도했기 때문에 같은 조 사람들은 삼삼오오 모여 식사했는데 강산은 혼자 떨어지고 말았다.

다른 사람들은 물론이고 처음에 호의를 보이던 엄정화마저 같은 학교 출신인 남자 선배에게 가버렸기 때문이다.

세상인심은 없는 사람에겐 이처럼 야박했다.

유태희가 거짓말처럼 나타난 것은 강산이 구석에서 혼자 앉아 밥을 먹고 있을 때였다.

그녀는 흰색 블라우스에 검은 정장 바지를 입고 있었는데 너무나 깔끔하고 단정해서 학생을 가르치는 선생님으로 보일 지경이었다.

하지만 그런 단정한 복장도 그녀의 숨 막히는 아름다움을 숨기지는 못했다.

그녀는 주저 없이 똑바로 다가와 강산의 앞에 선 후 반갑게 입을 열었다.

"강산아, 오랜만이야. 잘 지냈니?"

유태희의 출현에 식사를 하던 신입 사원들의 시선이 일시에 강산에게 쏠렸다.

압도적인 미모의 여인.

자연스럽게 풍겨 나오는 포스는 절대 신입 사원의 것이 아니었기 때문에 사람들은 의아한 눈으로 강산과 태희를 흘끔흘끔 쳐다봤다.

남자들은 동경의 표정이고 여자들은 질시와 부러움의 시선이었다.

그러나 태희는 그런 사람들의 시선을 무시하고 강산에게서 눈을 떼지 않았다.

강산의 대답이 나온 것은 태희의 미모에 충격받은 남자들의 억눌린 신음 소리를 확인한 후였다.

"난 잘 있었지. 그런데 여긴 웬일이야?"

"일 때문에 왔어."

"앉을래? 밥은 먹었어?"

"아니, 괜찮아. 네가 여기 있다는 소릴 듣고 인사나 하려고 왔어. 난 이제 가봐야 해. 밥 맛있게 먹고 나중에 봐."

"응, 그래."

왔을 때처럼 그녀는 바람처럼 사라졌다.

식당에 들어왔던 한 줄기 강렬했던 빛이 사내들의 시선을 받으며 허망하게 사라지자 식당에는 다시 평온이 찾아왔다.

잠깐 동안 사람들에게 주목을 받던 강산은 태희가 사라지면서 또다시 외톨이가 되었다.

고졸이라는 강산의 스펙은 그 짧은 시간에 무섭게 퍼져

나가 연수에 들어온 사람치고 모르는 사람이 없을 정도가
되었다.

점심시간이 끝나고 오후 교육이 시작되면서 강사로 들어
온 사람은 바로 유태희였다.

태희는 강의실로 들어와 강단에 섰는데 식당에서와는 또
다른 아우라를 뿜어내고 있었다.

"안녕하세요. 저는 대원그룹 기획실장을 맡고 있는 유태
희라고 합니다. 제가 오늘 강의할 내용은 그룹의 조직과 기
획, 전략, 그리고 예산에 관한 것입니다. 아무쪼록 여러분에
게 유용한 강의가 되기를 바랍니다. 그럼 먼저……."

태희는 그룹 전반의 중요 사안에 대하여 하나씩 짚어가며
설명했다.

가장 핵심적인 일을 수행하는 기획실.

그리고 그 수장인 유태희.

신입 사원들은 유태희가 뿜어내는 마력과 포스에 빨려들
어 잠시도 눈을 돌리지 못했다.

그들 머릿속을 차지하고 있는 의문은 어린 나이의 태희가
어떻게 그룹의 핵심 요직인 기획실장을 맡고 있느냐는 것이
었다.

그러면서 그들은 태희의 강의에서 눈을 떼지 못했다. 워낙
중요한 내용이 태희의 강의에 담겨 있었기 때문이다.

대원그룹 전반에 대하여 설명해 나가는 태희의 강의는 신입 사원들에게 있어 거의 바이블을 대하는 것과 다름없는 것이었다.

　태희의 강의는 두 시간을 꽉 채웠으나 어느 한 사람 조는 사람이 없었고, 삼십 분을 남겨놓고 시작된 질의응답 시간에는 서로 먼저 손을 드는 바람에 누구를 선택해야 할지 고민할 만큼 열정적인 반응을 이끌어냈다.

　강의를 마친 태희는 마무리를 지으며 신입 사원들을 향해 밝은 미소를 지었다.

　"여러분은 이제 대원그룹의 미래가 되어 세계라는 이름의 바다를 항해하게 될 것입니다. 스스로의 자리에서 최선을 다할 때 그룹은 여러분의 손에 의해 바다를 떠나 창공으로 찬란하게 비상할 수 있을 것입니다. 대원그룹의 역사는 여러분 스스로 쓰셔야 합니다. 이제 여러분은 연수가 끝나면 각 부서에 배치되어 현업을 시작하게 됩니다. 여러분 중 두 분은 기획실로 와서 저와 함께 같이 근무하게 될 테니 곧 다시 보겠지만 다른 분들은 그러지 못할 것 같습니다. 하지만 언젠가 다시 보게 된다면 그땐 활짝 웃으며 반갑게 인사해 주십시오. 저 역시 여러분을 만나면 그렇게 할 테니까요. 그럼 여기서 그만 지루했던 저의 강의를 끝내도록 하겠습니다. 그동안 졸지 않고 들어주셔서 고맙습니다."

　태희가 말을 마치고 고개를 숙이자 강당을 가득 메운 이백여 명의 신입 사원이 우레와 같은 박수갈채를 보냈다.

그들은 진정으로 감명받은 표정을 짓고 있었는데 그 와중에도 기획실로 가게 될 두 사람을 찾아 고개를 두리번거리는 해프닝을 만들어냈다.

강산은 강의실을 나가는 그녀의 뒷모습을 묵묵히 쳐다봤다.

예전 동창 모임에 나갔을 때 카페에서 들었던 것처럼 그녀는 현격하게 우월한 지위로 나타나 좌중을 압도하는 모습을 보여줬다.

쿨한 행동.

그녀는 언제나처럼 미련을 두지 않았고 자신에 대한 특별함도 남기지 않았다.

정말 잡히지 않는 바람과 같은 여인이다.

엄정화가 다가온 것은 유태희의 모습이 완전히 시야에서 사라졌을 때다.

그녀는 무척 궁금한 얼굴을 하고 있었는데 강산과 태희의 관계가 이해되지 않았던 모양이다.

"강산 씨, 저분 잘 아세요?"

"네, 친굽니다."

"친구라고요? 정말이요?"

"고등학교 때 같은 반이었어요."

"아하!"

엄정화의 얼굴이 활짝 펴졌다.

풀리지 않던 궁금증이 일시에 해결되었을 때 나타나는 표정이다.

정체를 알 수 없는 물건이 주는 호기심과 두려움이 그녀의 얼굴에는 한가득 담겨 있었다.

처음 봤을 때의 그 호의와 호감은 고졸 전형이라는 사실을 접했을 때 잔뜩 움츠러들었는데 막상 다가와 대화를 하게 되자 그 호의와 호감이 다시 살아났기 때문에 그녀는 어색함을 감추느라 애를 썼다.

사람의 감정은 이토록 간사하고 변화무쌍했다.

특히 여자는 그 변화의 폭이 더 심한데 엄정화는 언제 그랬냐는 듯 질문을 계속했다.

"그럼 기획실로 가는 거예요?"

"기획실이라니요?"

"실장님 말이 신입 사원 중 두 명이 기획실로 간다잖아요. 강산 씨가 그 두 사람 중 한 명 아니냐고요."

"아닐 겁니다. 고등학교 동창이라는 이유로 기획실로 발령 낼 만큼 대원그룹이 허술하겠어요?"

"그렇긴… 하네요. 그럼 강산 씨는 아니라는 건데, 혹시 누군지 이야기 않던가요?"

"아뇨, 전혀."

"학교 선배들 얘기로는 이번 입사 수석이 Y대 출신의 서인석이라는 사람이래요. 그 사람이 기획실로 배정되었다는 건 정확한 소식통으로 들었는데 다른 한 사람이 누군지는 알수 없다고 하네요."

"그럼 차석이겠지요."

"차석은 다른 부서로 스카우트됐다니까 그 사람은 아니에요."

"정화 씨는 그게 그렇게 궁금해요?"

"그럼요. 기획실은 대원그룹의 핵심 부서잖아요. 모든 사람이 가고 싶어 하는 부선데 왜 궁금하지 않겠어요?"

"그럴 수도 있겠군요. 하지만 시간이 지나면 자연히 알게 되지 않겠어요? 그러니 너무 궁금해하지 말아요."

"알았어요. 이번 시간은 과제 토의 시간이에요. 이제 진짜 괴로운 시간이 왔네요. 우리 잘해봐요."

"그러죠."

엄정화가 활짝 웃었으나 강산은 활짝 웃지 않았다.

그녀의 눈에 담긴 것은 애매한 호의였다.

모든 사람이 그를 고졸 전형으로 알고 있는 이상 그녀의 접근은 곧 한계에 부딪칠 게 뻔했다.

그리고 그 예감은 정확하게 들어맞았다.

첫째 날 주제로 회사 측에서 내준 과제는 '차세대 제품에 대한 관찰과 발견'이었다.

현재가 아닌 미래에 사람들이 원하는 제품이 어떤 것일지를 묻는 과제였다.

조장으로 뽑힌 안철수는 3조를 모아놓고 브레인스토밍 기법을 통한 과제 해결 방안을 모색했다.

브레인스토밍 기법은 단시간에 집단의 창조적인 의견을 끌어내기에 무척 유용한 토의 기법이었다.

하지만 강산은 여전히 아웃사이드에서 맴돌았다.

그가 낸 의견은 교묘하게 묵살되었고, 아이디어 뱅크에서 빠지는 것이 반복되었다.

결국 그날 3조의 성적은 네 개 조 중 3등에 머물고 말았다.

채점을 담당한 직원은 3조의 아이디어가 너무 루즈하고 참신하지 않다는 판정을 내렸다.

그다음 과제인 '그룹의 발전 전략'에서도 3조는 4등을 했다.

여전히 강산의 의견은 묵살되었고, 채택된 의견은 허술하고 발표자의 발표 능력은 바닥을 기었다.

재밌는 것은 조원들의 행동이었다.

강산의 모든 의견을 묵살한 그들은 결과에 대한 책임을 강산에게 떠넘기는 이상한 행동을 했다.

3조는 고졸 전형이 있어 다른 조보다 한 명이 적다는 등 말도 안 되는 이야기를 삼삼오오 모여서 수군댔다.

그들에게는 희생양이 필요했고, 그 희생양으로 강산을 선택한 것이다.

연수 삼 일째 팀워크 과제는 협동심 테스트였다.

오후 한 시에 출발해서 파평산 동봉을 가장 먼저 다녀온

팀이 우승한다는 아주 간단하고도 힘든 과제였다.

파평산은 해발 사백오십칠 미터로서 아주 험악한 산은 아니지만 나름대로 난코스들이 곳곳에 숨어 있어 등산을 계속해 온 사람이 아니면 쉽게 오를 수 있는 산이 아니었다.

그럼에도 3조는 처음부터 오버 페이스를 하고 말았다.

경쟁에서 계속 좋은 성적이 나오지 않자 조원들의 마음은 조급해졌고, 자신들의 능력을 스스로 깨닫지 못한 채 다른 조를 앞서 나가기 시작했다.

문제가 발생한 것은 정상을 오십 미터 앞둔 계곡에서 발생했다.

남자들도 지쳤지만 여자들은 거의 초주검 상태가 되었는데 엄정화가 계곡을 건너다 그만 다리를 삐끗하며 쓰러진 것이다.

조장인 안철수의 안색이 우그러질 대로 우그러졌다.

엄정화는 그의 삼 년 후배였고 3조에 K대 출신은 그들 둘뿐이었다.

오버 페이스로 얼굴이 하얗게 변한 안철수가 숨을 헐떡이며 조원들을 쳐다봤다.

자신이 앞장서서 무리하게 조원들을 이끌었기 때문에 사람들의 안색은 자신보다 훨씬 안 좋았다.

여기서 포기할 수는 없는 일이었으나 엄정화가 걷지 못한다면 1등은 요원한 일이다.

아직 2등과의 격차는 꽤 있었지만 따라잡히는 건 금방이기 때문이다.

누군가가 업고 간다는 것도 말이 되지 않았다.

전부 탈진에 가까운 상태였고 경쟁을 하는 상태였기 때문에 누군가가 엄정화를 업어도 이번 과제에서 우승하기는 불가능하다는 게 그의 판단이었다.

아쉬운 생각에 안철수의 입에서 한숨이 흘러나왔다.

이번만은 우승할 수 있을 거라 생각했는데 엄정화로 인해 그 꿈이 사라지자 안철수는 그녀를 사납게 노려볼 수밖에 없었다.

강산이 앞으로 나선 것은 그가 어쩔 수 없이 포기하자는 말을 하려 할 때였다.

"내가 업고 갈 테니 얼른 출발해요."

"이 형이 업는다고요?"

"그래요. 내가 아직 힘이 남았으니 해볼게요. 되든 안 되든 우리 끝까지 한번 해봅시다."

강산이 앞으로 나가 엄정화를 들쳐 업자 안철수를 비롯해서 남자들의 표정이 급하게 변했다.

지쳐서 해볼 엄두도 내지 못했는데 강산이 움직이자 힘이 불끈 솟았기 때문이다.

어차피 안 될 일이라고 판단하고 있었지만 아직 그들은 2등과 꽤 격차를 벌려놓은 상태였기 때문에 포기한다는 것은 무척이나 아쉬운 일이었다.

강산의 손짓에 안철수가 먼저 출발했고, 그 뒤를 두 명의 여자와 남자들이 차례대로 움직였다.

정상에 가까운 등산길은 외길이라서 누가 도와줄 수도 없었기에 강산은 혼자 힘으로 엄정화를 업고 걸었다.

그나마 다행스러운 것은 정상과 가까운 곳에서 엄정화가 쓰러졌다는 것이다.

먼 곳에서 쓰러졌다면 엄두도 내지 못할 일을 강산은 이를 악물고 움직여 결국 해내고 말았다.

정상에서 기다리던 심판관은 강산이 엄정화를 업고 올라오는 걸 보며 기가 막힌다는 표정을 지었는데 도저히 믿기지 않는다는 얼굴이다.

3조가 정상에 도착해서 왼손 팔목에 도장을 찍고 돌아설 때 심판관의 목소리가 뒤에서 들렸다.

"정말 끝까지 그분 업고 내려가서 일등하면 데이트해 달라고 해요. 아니면 뽀뽀해 달라고 하든가. 하여간 파이팅입니다!"

올라갈 때도 힘들었지만 내려가는 것도 보통 고역이 아니었다.

앞뒤에서 조원들이 강산을 엄호하고 부축하며 움직였지만 여자를 업고 산을 내려온다는 것은 상상한 것보다 훨씬 힘든 일이었다.

"헉헉헉!"

강산의 입에서 단내가 새어 나왔다.

다른 남자 조원들이 틈틈이 엄정화를 번갈아가며 업었으나 오버 페이스 때문인지 금방 지쳐 버렸기 때문에 주로 그녀를 업고 움직인 것은 강산이었다.

그렇다고 속도를 줄일 수도 없었다.

아직 보이지 않았을 뿐 2등 조와의 간격이 올라올 때보다 훨씬 줄었기 때문이다.

등에 업힌 엄정화는 고개를 푹 숙인 채 아무 말도 하지 못했다.

땀으로 범벅이 된 등에서 그녀는 오들오들 떨며 강산이 힘들지 않도록 꼭 끌어안고 있을 뿐이었다.

처음에는 미안하다는 말로 힘들어하는 강산을 위로하고 힘내달라고 응원도 했다.

그러나 시간이 지날수록 말이 없어진 그녀는 결국 소리 죽여 울기 시작했다.

힘에 겨워 걸음이 자꾸 처지는 강산의 등에서 그녀는 억눌린 울음으로 자신의 답답한 마음을 나타냈다.

"미안해요, 강산 씨."

강산은 그녀의 울음소리를 들으며 마지막 힘을 짜냈다.

체력이 고갈되어 제대로 걸음을 옮기기 어려웠으나 그는 어떠한 말도 하지 않고 그저 묵묵히 걸을 뿐이었다.

오버 페이스로 체력이 소진된 남자 조원들은 번갈아 엄정화를 업으면서 강산 못지않게 탈진했기 때문에 더 이상 그녀를 돌볼 여력이 없었다.

이제 남은 것은 강산뿐.

강산의 체력 여하에 따라 3조의 운명이 결정될 상황이었다.

하지만 그 희망은 그리 밝지 않았다.

시간이 갈수록 강산의 걸음은 느리고 무거워졌다.

겨우겨우 버티며 걷는 강산의 걸음걸이는 온종일 논에서 일하고 집으로 돌아가는 황소의 걸음보다 훨씬 느렸다.

엄정화의 울음은 그런 상황에서도 끝내 포기하지 않고 자신을 내려놓지 않는 강산에 대한 미안함과 고마움 때문이었다.

우는 와중에도 정상에서 소리친 심판관의 목소리를 생각했다.

무사히 내려가 일등을 한다면 뽀뽀해 주라던 그의 말은 산에서 내려오는 내내 가시가 되어 가슴에 박혀들어 왔다.

해줄 생각이다.

일등을 하지 못한다 해도 그녀를 위해 죽을힘을 다한 그에게 부드럽고 아름다운 키스를 해주고 싶었다.

안철수는 엄정화를 업고 끈질기게 따라오는 강산을 보며 이를 악물었다.

엄청난 의지를 가진 사내다.

처음에는 고졸 출신이란 한계를 뛰어넘기 위해 조원들에게 뭔가를 보여주려는 과장 정도로 생각했는데 강산은 불가사의한 체력으로 기어코 엄정화를 산 아래까지 업고 왔다.

이제 결승점까지의 거리는 불과 삼백 미터 남았을 뿐이다.

마음이 급해져 저절로 고함을 질렀다.

뒤쪽에서 추적해 오는 1조와의 거리가 백오십 미터로 좁혀졌기 때문이다.

"힘들 냅시다! 김 형, 장 형, 여자분들 데리고 먼저 가세요! 나머지는 강산 씨를 돕는 걸로 하죠! 자, 우리 마지막까지 최선을 다합시다!"

안철수의 고함에 그나마 체력이 남은 두 남자가 여자들을 부축해서 내려갔다.

누가 시킨 것이 아니었는데도 나머지는 자연스럽게 강산에게 다가왔다.

그들 역시 지칠 대로 지쳐 있었지만 그들은 강산에게 다가와 최대한 힘들지 않도록 엄정화를 떠받치고 처진 어깨를 부축해서 걷는 것을 도와주었다.

삼백 미터가 삼천 리처럼 느껴졌다.

뒤쪽에서는 1조가 계속 거리를 좁혀 팔십 미터까지 쫓아온 상태였다.

이대로라면 질 가능성이 농후했다.

강산의 입에서 단내 나는 목소리가 흘러나온 것은 바로 그

때였다.

"철수 씨, 조원들 데리고 먼저 가세요. 한꺼번에 움직이니까 속도가 너무 줄었습니다. 이제 이백 미터도 안 남았으니내가 마무리 지을게요."

"괜찮겠습니까?"

"괜찮아요. 빨리 가세요."

"좋습니다. 그럼 나머지 사람은 먼저 보내죠. 제가 남아서강산 씨를 돕겠습니다. 여러분, 방금 얘기 들으셨죠? 나머지는 빨리 가세요. 급합니다."

안철수가 급하게 손짓하자 나머지 남자 조원들이 결심을군히고 뛰기 시작했다.

뛴다고는 하지만 워낙 지쳐서 빠르게 걷는 것보다도 못했다.

그럼에도 그들은 강산을 후미에 남긴 채 최선을 다해 뛰어결승점으로 향했다.

안철수는 그들이 먼저 출발하자 강산의 뒤로 돌아갔다.

엄정화를 받쳐 올려주기 위해서였다.

평상시라면 여자 후배의 엉덩이를 두 손으로 받치는 행위자체는 지탄받아 마땅한 것이었으나 지금은 그 누구도 말할계제가 아니었다.

아니, 오히려 엄정화는 그가 받치기 좋게 엉덩이를 들어올리고 있었다.

남은 세 사람은 한 몸이 되어 뛰었다.

이젠 몸에서 더 이상 땀도 흐르지 않았다.

너무나 많은 땀을 흘려 더 이상 흐를 땀조차 없다는 뜻이다.

엄정화를 받친 양팔이 떨어질 것처럼 아팠으나 강산은 마지막 힘을 짜내 뛰기 시작했다.

비록 걷는 것보다 느린 속도였으나 강산은 절대 걸음을 멈추지 않았다.

대단한 의지고 투지였다.

그런 강산을 향해 안철수가 뒤에서 소리를 질렀다.

"강산 씨, 저는 강산 씨를 앞으로 좋아하게 될 것 같습니다! 지든 이기든 우리는 강산 씨에게 고마워할 겁니다!"

먼저 들어와 널브러졌던 3조 조원들은 강산과 안철수가 오십 미터 앞까지 다가오자 벌떡 일어나 소리를 지르기 시작했다.

그들 뒤 십여 미터 후방에서 1조의 선두가 무섭게 따라오고 있었기 때문이다.

"강산 씨, 파이팅! 얼마 안 남았어요! 힘내요!"

남자들은 발을 구르며 소리쳤고, 여자들은 자지러지듯 비명을 질러댔다.

조금만 더 버티면 불가능하다고 생각한 일이 현실로 벌어질 순간이다.

하지만 그들의 비명 소리는 점점 커지고 날카로워졌다.

이제 남은 거리는 이십 미터.

1조의 선두는 강산을 추월해서 결승점으로 들어오는 중이고 나머지 사람들도 하나둘 그들을 추월하기 시작했던 것이다.

　강산의 얼굴은 하얗게 변해 있었다.

　체력이 완전 탈진된 상태에서 정신력으로 버티다 보니 몸이 말을 듣지 않았다.

　그럼에도 그는 계속 걸었다.

　1조 조원들이 그를 추월해서 속속 결승점을 통과하고 있었지만 강산은 피가 나도록 입술을 깨물며 걷는 것을 멈추지 않았다.

　결승점으로 다가갈수록 3조 조원들의 함성과 비명은 끝없이 치솟았고, 추월해서 먼저 결승점에 들어온 1조 조원들 역시 악을 써댔다.

　십 미터도 안 남은 지점에서 1조 조원 두 명이 강산을 쫓아오고 있었기 때문이다.

　이대로라면 마지막 순간에 역전이 될 수밖에 없는 상황이다.

　그때 강산이 옆을 따르는 안철수에게 고함을 질렀다.

　"철수 씨, 뛰어요!"

　무슨 소리냐는 표정으로 의문을 나타내던 안철수가 강산의 행동을 확인하곤 뛰기 시작했다.

　고함을 터뜨린 강산이 양팔을 추켜 엄정화를 다시 업은 후 이를 악물며 달렸기 때문이다.

세상에 태어나 가장 느린 달리기였다.

그럼에도 가장 고통스럽고 힘들어 포기하고 싶은 마음이 굴뚝같았다.

마치 땅이 얼굴로 다가오는 느낌이었다.

이대로 달린다면 죽을지도 모른다는 생각이 들 정도로 머리는 멍해졌고 온몸은 떨렸다.

드디어 결승점에 도착해서 강산이 쓰러지자 조원들이 온몸으로 달려들어 그를 끌어안았다.

여자 조원들은 준비하고 있던 물을 손에 담아 강산의 입에 대줬고, 남자 조원은 팔과 다리를 주무르느라 정신이 없었다.

그 와중에 엄정화는 부모 잃은 아이처럼 억눌러 온 울음을 펑펑 터뜨렸다.

태어나 이토록 힘든 경험은 처음이었다.

남을 희생시켜 살아남아야 한다는 것은 다시는 하고 싶지 않은 지독한 경험이었다.

한참을 울다가 정신을 차리고 고개를 돌리자 탈진한 상태로 희미한 웃음을 띤 채 자신을 바라보는 강산의 모습이 보였다.

순간 울컥하는 마음이 다시 생겨났고, 무작정 달려가 키스하고 싶다는 생각에 몸이 부르르 떨렸다.

하지만 이렇게 많은 사람 앞에서 그런 짓을 할 용기는 없었다.

그랬기에 그녀는 절룩거리며 그에게 다가가 살며시 입을 열었다.

"수고했어요, 강산 씨."

"정화 씨도 고생했어요."

"강산 씨 도움, 꼭 갚을게요. 아주 멋지게요."

엄정화는 그렇게만 말하고는 슬며시 뒤로 물러났다.

강산의 주변에는 3조 조원들이 모두 몰려 있었는데 그들의 입에서는 두서없이 우승을 자축하는 말들이 쏟아져 나오고 있었다.

극적인 우승.

강산의 분전으로 인해 3조는 1조의 마지막 주자를 제치고 우승의 감격을 누렸다.

체력 측정에서 1등을 한 3조의 분위기는 그때부터 최상으로 유지되었다.

강산의 의견을 교묘하게 묵살하던 짓은 일거에 사라졌고, 조원들은 안철수와 강산을 중심으로 똘똘 뭉치기 시작했다.

언제 그랬냐는 듯 밥도 같이 먹었고 커피를 마시며 재밌는 이야기를 나눴다.

그들은 체력 측정 이후 급격하게 친해졌는데 대부분 나이가 같았기 때문이다.

여자들은 남자 조원들을 오빠라고 불렀다.

여자들은 군대를 다녀오지 않았기 때문에 남자 조원들보다 나이가 평균 세 살 정도 어렸다.

특히 엄정화는 아침에 일어나서부터 잠자러 들어갈 때까지 강산을 따라다녔기 때문에 조원들은 그녀를 스토커라고 부를 지경이었다.

좋아진 분위기는 성과로도 나타났다.

3조는 사 일 차와 오 일 차 과제에서 연속으로 1등을 차지해 최종 경연에 나갈 수 있는 자격을 부여받았다.

이제 남은 건 마지막 승부뿐이었다.

다른 조들은 육 일 차 오후 수업을 받기 위해 들어갔으나 3조는 최종 경연으로 부여받은 과제를 수행하기 위해 별도의 강의실에 모였다.

다른 반들의 우승 조도 지금 3조처럼 각기 강의실을 차지하고 머리를 맞댄 채 토의를 거듭하고 있을 것이다.

회사에서 최종 경연으로 주어진 것은 대원그룹의 숙원인 '해외사업 매출 구조 다변화를 통한 수익성 극대화' 란 과제였다.

현업 부서에서조차 결론을 내리지 못하고 토의에 토의를 거듭하고 있을 만큼 어려운 주제였다.

그랬기에 3조 조원들은 과제 봉투를 연 후 한꺼번에 벙어리가 되었다.

신입 사원이 토의하고 결과를 내기에는 터무니없이 어려운 과제였기 때문에 조원들은 멘붕 상태에 빠져들 수밖에 없었다.

먼저 정신을 차린 것은 조장인 안철수였다.

그는 다른 조들도 당황하고 있을 거란 전제를 조원들에게 주지시킨 후 용기를 내자며 파이팅을 외쳤다.

그러나 그동안 해오던 것처럼 브레인스토밍을 시작했지만 지금까지와는 다르게 의견이 거의 나오지 않았다.

하기 싫어서가 아니라 알지 못하는 내용이기 때문이었다.

토의를 하기 위해서는 어느 정도 사전 지식이 있어야 하는데 그들에게는 해외사업에 대한 정보가 거의 전무한 상태였다.

그때 나선 것이 강산이었다.

강산은 먼저 대원물산, 건설, 화학, 전자 등 핵심 계열사가 해외에서 시행하고 있는 사업 내용들을 나열했다.

그런 후 대원그룹의 주력 사업들을 하나씩 끄집어내어 특성을 분석하고 해외로 진출 가능한 사업들을 별도로 배치했다.

지금 강산이 조원들 앞에서 한 것은 현재 하고 있는 일과 해야 할 일들에 대한 세밀한 분석이었다.

조원들은 강산이 나서서 하는 말을 입을 벌린 채 듣고만 있었다.

도대체 저런 지식은 어디서 나온 것일까.

그들의 시선은 마치 괴물을 보는 듯 놀라움이 가득 들어 있었다.

그러거나 말거나 강산은 자신의 분석에 정신을 집중했다.

마지막 경연은 오후 다섯 시로 계획되어 있기 때문에 네 시까지는 토의가 끝나야 프레젠테이션을 준비할 수 있었다.

지금 시간은 세 시 오 분 전이었으니 이제 한 시간이 남았을 뿐이다.

강산의 괴력이 불을 뿜은 것은 그때부터였다.

기존 사업과 해야 할 사업들을 분류해서 비교 평가한 그는 가능한 사업들을 주욱 가려 뽑은 후 실행 방안을 짜기 시작했다.

마치 이 순간을 기다린 사람처럼 그는 한 치의 망설임도 없었다.

실행 방안이 확정되자 그는 주력 계열사별로 추진 계획을 만들어냈다.

거의 완벽한 절차를 거친 사업 구상이 탄생하는 순간이었다.

물론 이대로 사업이 추진되기에는 무리가 있을 것이다. 강산이 가지고 있는 지식과 정보는 한정된 것이었으니 막상 추진하게 된다면 많은 난관에 봉착할 것이 분명했다.

그럼에도 강산의 과제 결과물은 3조 조원들의 눈에 완벽한 것으로 보였다.

결과물이 완성된 것은 네 시가 다 되어서였다.

그때부터 안철수가 강산에 이어 후속 조치를 취하기 시작했다.

꽤 많은 분량이기 때문에 PT 자료는 여섯 명이 나누어 만드는 것으로 했다.

단순하게 워딩만 하는 것이 아니라 각종 도표와 그림까지 삽입해야 하는 일이라서 한두 명이 하기에는 무리가 따랐기 때문이다.

안철수는 조원들의 임무를 전부 분류한 후 마지막으로 강산을 지목했다.

"발표는 강산 씨가 해. 모든 게 강산 씨 머리에서 나왔으니까 그게 맞는 거 같아. 할 거지?"

"알았어. 내가 할게. 대신 우승 못 해도 나한테 뭐라고 하기 없기다?"

결전의 시간이 다가오자 조원들은 긴장으로 인해 행동이 뻣뻣해지기 시작했다.

강산은 PT 자료를 만드는 사람들 틈에 섞여 마무리에 여념이 없었다.

효율적이고 원활한 발표를 위해서는 입맛에 맞게 자료를

배치할 필요성이 있기에 그는 직접 PT 구성에 참여했다.

연수 담당 직원이 강의실에 들어와 자료를 제출해 달라고 채근한 것은 한참 전부터 시작된 일이다.

그의 얼굴은 사색이 되어 있었다.

이미 연수원에는 회장의 특별 지시로 인해 주요 계열사 사장단이 대거 참석했고, 해외마케팅의 확대와 보강을 위해 외국의 유수 회사에서 스카우트한 전문 브레인과 주요 간부들이 사장단과 함께 도착해 대강당에 들어와 기다리고 있는 상태였다.

시간을 맞추지 못한다면 박살 날 것이 분명한 상황이었으니 직원의 얼굴이 사색이 된 것은 당연한 일이었다.

그럼에도 3조 조원들은 자료를 쉽게 넘겨주지 않았다.

마지막까지 수정에 수정을 거듭하며 직원의 애를 태웠는데 그들 역시 얼굴에 진땀을 매단 채 최선을 다하고 있었다.

결국 자료가 직원의 손에 넘어간 것은 발표 시작 오 분 전이었다.

자료를 받아낸 직원은 저승에서 살아 돌아온 얼굴로 미친 듯 강의실을 뛰어나갔고, 그 뒤를 3조 조원들이 따랐다.

최종 과제 경연 시간 시작까지는 이제 오 분밖에 남지 않았기 때문에 그들은 부랴부랴 대강당으로 움직였다.

대강당은 오백 명을 수용할 수 있는 규모였으나 거의 빈자리를 찾을 수 없을 정도로 꽉 찬 상태였다.

이번 신입 사원들의 연수 내용을 보고하는 과정에서 최종 발표 과제를 확인한 회장이 관련 사장단과 중역들, 그리고 실무진까지 참여해서 경청하라는 오더를 내렸기 때문이다.

요즘 들어 회장은 해외마케팅에 지대한 관심을 쏟고 있었기 때문에 직접 참여하겠다는 결정을 내렸다가 갑자기 잡힌 장관과의 저녁 약속 때문에 불참했다.

하지만 그는 비서실장에게 최종 과제에 대한 결과를 세밀히 분석해서 보고하라는 오더를 내려 발표에 참석하는 사장단을 바짝 긴장하게 만들었다.

언제 어느 때 회장이 물어볼지 모르기 때문이었다.

어영부영 대충 시간만 때우다 돌아가게 되면 어느 자리에서 박살이 날지 모른다.

회장은 사장들을 자주 불러 식사를 함께 하기 때문에 이번 발표에 대한 질문에 미리 대비해 놓지 않으면 창피를 당할 가능성이 무척 컸다.

인사담당이사인 김수철은 옆에 앉아 있는 유태희를 향해 작은 목소리로 말을 붙였다.

태희는 연수원에서 나눠 준 팸플릿을 살펴보며 발표가 시작되기를 기다리고 있는 중이었다.

"유 실장, 바쁘다면서 여긴 왜 온 거야?"

"오고 싶어 왔겠어요?"

"다른 사람은 몰라도 유 실장은 회장님 눈치 안 볼 줄 알았는데. 아닌가?"

태희의 대답에 김수철의 얼굴에 웃음이 떠올랐다.

그의 눈은 중앙 VIP 좌석에 포진해 있는 사장단 쪽으로 향해 있었다.

사장들은 옆에 앉은 사람들과 여유 있게 대화를 하고 있었지만 그의 눈에는 불만이 가득 찬 것으로 보였다.

대원그룹 계열사를 맡고 있는 사장들은 바쁜 스케줄로 하루 종일 정신없이 사는 사람들이다.

중요한 약속이 연속으로 배치되어 단 삼십 분도 허투루 쓸 수 없는 사람들이 그들이었다.

그런 사람들이 신입 사원들의 발표를 듣기 위해 파주까지 날아왔으니 심기가 불편한 건 두말할 필요도 없는 일이었다.

그럼에도 불편한 심기를 대놓고 노출하는 사람은 찾아볼 수 없었다.

그런 짓은 회장에 대한 반발이고 만약 그런 짓을 해서 회장의 귀에 들어가게 된다면 당장 내일이라도 밥숟갈을 놔야 한다.

김수철이 바라보는 사장단을 향해 태희 역시 시선을 주었다가 다시 정면으로 돌아왔다.

그녀의 얼굴에도 희미하게 웃음기가 배어 있었다.

김수철이 무슨 말을 하는지 너무나 잘 알고 있으니 그의 말이 유머로 들렸기 때문이다.

"김 이사님도 마찬가지 아닌가요?"

"나는 아니지. 난 회장님이 저 사람들 감시하라고 보내서 온 거야. 엄연히 특명을 받고 온 거라니까. 그리고 연수원은 내 소관이잖아. 잘 알면서 그래. 난 다른 사람들하고 같이 취급 안 해줬으면 좋겠어."

김수철이 뻔뻔한 얼굴로 말을 마치자 유태희의 얼굴에 장난기가 배어났다.

지금까지 본사의 인사담당이사가 신입 사원 연수에 참석한 적이 몇 번이나 있었는가.

그녀가 아는 바로는 가뭄에 콩 나듯 있는 일이었고, 특히 김수철은 이사로 승진한 이래 한 번도 찾아오지 않은 걸로 알고 있었다.

"정말이죠?"

"그렇다니까."

"알았어요. 그럼 저기 정 사장님한테 그대로 얘기해 드릴 게요. 이사님이 회장님 특별 지시로 감시하러 오셨다고."

"이거 왜 이래? 그런다고 내가 겁먹을 줄 알아?"

"아님 말고요."

"알았어, 알았다고. 그래, 나도 눈치 보고 왔다. 됐지?"

김수철이 결국 항복 선언을 하자 유태희의 웃음이 더욱 짙어졌다.

인사담당이사란 자리는 수많은 민원과 청탁에 시달리는 자리다.

그런 자리를 벌써 오 년째 무탈하게 끌어오고 있는 것은 바로 이런 김수철의 여유로움 때문일 것이다.

잠깐 동안 말을 끊고 있던 김수철이 다시 말을 붙여온 것은 멍하니 시간을 보내는 게 무료해서였다.

"신입 사원 발표가 오죽하겠어. 회장님이 이번에는 좀 오버하신 것 같아."

"저도 그렇게 생각해요."

"아마 별거 없을 거야. 그리고 있는 게 비정상이지. 그 과제는 벌써 몇 년째 골머리를 싸매고 있는 거잖아. 저기 저놈들, 어마어마한 연봉 주고 데려왔는데도 시원한 대답을 못 내놓고 있잖아. 그런 걸 신입 사원들보고 하라고 했으니 오죽하겠냐고."

"당연한 말씀이에요. 사실 저도 하도 머리가 아파서 잠시 휴식하는 기분으로 왔어요. 요즘 무리했거든요. 오다 보니 경치가 정말 좋아서 잘 왔다는 생각이 들어요."

김수철은 사장단 뒤쪽에 앉아 있는 외국인들을 바라보며 얼굴을 찡그렸다.

막대한 연봉을 주고 스카우트해 오느라 무진 애를 썼기 때문에 그들에 대한 감정이 좋지 않은 모양이다.

하지만 태희의 말을 들은 후엔 금방 얼굴이 펴졌다.

듣고 보니 정말 그랬기 때문이다.

자신도 모르게 머리가 맑아진 것에 대해서 정확한 이유를 몰랐는데 아마 그것이 사무실에서 벗어나 오랜만에 야외로 나왔기 때문인 것 같았다.

그들의 이야기가 멈춘 것은 단상으로 사회자가 나와 안내 멘트를 시작한 후였다.

"그럼 지금부터 신입 사원 조별 경연의 마지막 순서를 진행하도록 하겠습니다. 이번 과제 발표는 각 반에서 가장 우수한 성적을 받은 다섯 개 팀이 경연을 벌입니다. 최종 경연의 채점은 해외사업본부장을 포함해 각 부문의 임원분들이 수고해 주시겠습니다. 그럼 먼저 1팀부터 발표를 시작하겠습니다."

사회자가 물러나고 흰색 정장은 예쁘게 차려입은 여자가 단상으로 올라왔다.

그녀의 옆으로는 검은 양복의 사내가 따라 올라왔는데 발표자를 위해 컴퓨터를 조작해서 프레젠테이션을 원활하게 도와줄 사이드맨이었다.

처음에는 기대를 가지고 지켜보던 김수철은 시간이 지나자 하품을 해댔다.

발표가 진행될수록 흥미를 잃어갔기 때문이다.

처음 발표한 여직원부터 세 번째 발표자로 지금 단상에 오른 안경 낀 남자 신입 사원까지 세 팀 모두 유치원생이 재롱

잔치하는 것과 같은 아주 기본적이고 초보적인 내용을 열심히 발표하고 있었다.

예상은 정확히 맞았고, 혹시나 하던 사람들은 실망감으로 웅성대기 시작했다.

아무리 회장의 지시라지만 이건 해도 너무해서 들어볼 필요조차 없을 정도였다.

사장단의 얼굴은 굳어져 갔고, 동시통역 시스템을 이용해서 발표를 듣던 외국인들의 얼굴에서는 웃음이 흘러나오고 있었다.

그걸 본 김수철의 얼굴이 일그러졌다.

"도대체 어떤 새끼가 저런 과제를 정해준 거야? 이게 무슨 창피냐고. 유 실장, 저기 앤더슨 웃는 거 보여?"

"재밌는 모양이네요."

"이거 완전 대원그룹 쪽 다 팔리게 생겼네. 차라리 춤추고 노래시켰으면 즐겁기라도 했을 텐데 말이야. 어떤 놈 짓인지 알아내서 문책해야겠어."

"내버려 두세요. 나름대로 회장님께 잘 보이려고 노력한 거 아니겠어요? 살려고 발버둥 치는 게 직장인의 비애잖아요."

"그래도 이건 너무했어."

유태희의 만류에 김수철이 한숨을 내쉬었다.

그때 세 번째 팀의 발표자가 발표를 마치고 인사를 하는 것이 보였다. 보통 이런 자리에서는 통상적으로 발표가 허술했더라도 박수를 쳐 주는 것이 예의였으나 강당에서는 박수 소리가 나오지 않았다.

사장들의 굳은 표정과 임원들의 답답한 한숨 소리가 강단을 완전한 침묵 속으로 빠뜨렸다.

강산이 단상으로 나타난 것은 사회자가 강당의 침묵에 당황하면서 다음 차례를 소개한 후였다.

권태롭던 유태희의 눈이 강산이 나타나자 반짝반짝 빛났다.

김수철의 말대로 유태희는 회장의 눈치를 보기 위해 이곳에 온 것이 아니었다.

이유는 오직 하나.

강산을 다시 보고 싶었기 때문이다.

저번 강의를 끝내고 쿨하게 떠난 것은 강산에게 자신의 자존심을 내보이기 위한 몸부림이었다.

언제나 자신만만한 모습으로 강산을 대했다.

그가 대원그룹에 입사했다 해서 그동안 해오던 자신의 모습을 버릴 수는 없었기에 아무렇지 않은 척 시크하게 돌아섰던 것이다.

다시 본 강산은 여전히 가슴이 떨리도록 멋진 모습이었다.

첫째 날 헤어져 돌아오는 내내 강산의 모습이 머릿속에서 떠나질 않았다.

그것은 회사에 돌아가서도 마찬가지였고 며칠이 지나도

똑같았다.

그러던 어느 날 연수원에서 사내 인트라넷을 통해 초청장이 온 걸 확인한 그녀는 두말없이 파주로 향했다.

빌미가 없어 오지 못한 것이었으니 그녀에게는 이번 발표회가 커다란 핑계거리가 될 수 있었다.

검은 양복을 입고 하얀 와이셔츠에 파란색 넥타이를 맨 강산의 목소리는 높지도 낮지도 않게 강당에 울려 퍼졌다.

발표 내용을 기대하지 않았기 때문에 태희는 오직 강산의 움직임을 좇으며 생각에 잠겼다.

십 년도 더 지난 고등학교 시절.

그녀는 꿈 많은 여고생이었으나 신분이란 괴물 앞에 홀로 서서 싸워야 하는 전사가 될 수밖에 없었다.

치열한 삶이었다.

친구들은 그녀가 머리가 좋아 전교 1, 2등을 다툰다고 생각했지만 그것은 커다란 착각이었다.

그녀가 공부를 잘한 것은 다른 누구보다 열심히 공부했기 때문이지 머리가 좋아서만은 아니었다.

신분이 알려지면서 선생님들은 물론 모든 학생이 그녀의 일거수일투족을 감시하듯 훔쳐보았다.

그랬기에 그녀는 고슴도치처럼 몸을 웅크렸다.

단 일 초도 경계심을 무너뜨릴 수 없었고 단 한 순간도 헛되이 보낼 수 없는 삶이었다.

그런 와중에 나타난 강산은 그녀를 꿈 많은 소녀로 돌려놓기에 충분한 존재였다.

그는 마치 동화 속의 백마 탄 왕자처럼 그렇게 교실로 들어왔다.

욕심이 났다.

그래서 더 멋있는 남자로 만들고 싶었다.

하지만 강산은 제의를 일거에 뿌리치고 바보처럼 살더니 어느 날 갑자기 그녀의 삶에서 거짓말처럼 사라져 버렸다.

상실감에 한동안 휘청거리기도 했으나 시간은 그러한 아픔을 되돌리며 그녀를 어른으로 만들었다.

유태희가 추억에서 깨어난 것은 점차 커지는 강당의 웅성거림 때문이었다.

이상해서 옆을 보자 김수철이 넋을 잃은 채 강산을 지켜보고 있었기에 태희는 급하게 단상으로 눈을 돌렸다.

실무 경험과 감각이 뛰어난 태희는 금방 강당의 웅성거림이 어디서부터 기인한 것인지 알 수 있었다.

추억에 빠져 잠시 상상의 나래를 펼쳤지만 그녀가 한눈판 건 그리 오랜 시간이 아니었기 때문에 금방 내용을 따라잡았다.

강산의 발표는 서론을 지나 본론으로 치닫고 있었는데 다른 팀의 발표와는 근본적으로 엄청난 수준 차이를 보이고 있었다.

기획실장이란 자리는 사업 총괄의 업무를 지녔고 그것은 곧 해외사업 분야에도 꽤 많은 지식을 보유해야 된다는 것을 의미한다.

그런 만큼 보는 눈이 달랐다.

유태희는 해외사업마케팅 분야에서 대원그룹이 보유하고 있는 몇 안 되는 전문가 중 한 사람이었다.

강산의 발표는 마치 현업 부서가 수많은 검토를 통해 만들어낸 것처럼 일목요연했고 핵심을 정확하게 파악하고 있었다.

재밌는 것은 강산의 발표 내용이 거액의 연봉을 주고 데려온 앤더슨의 제안과 비슷하다는 것이었다.

그랬기에 의심이 들었다.

물론 강산을 의심한 건 아니었으나 강산이 속한 조의 누군가가 앤더슨의 보고서를 입수했을지도 모른다는 생각이 들었다.

하지만 그녀의 그런 생각은 결론 부분이 다가오자 일거에 사라지고 말았다.

앤더슨과는 완벽하게 다른 결론이었고 전혀 상상치 못한 내용의 제안이었기 때문이다.

그리고 그 제안은 현실적으로 무척 타당해 보여 충분히 검토할 가치가 있는 것으로 판단되었다.

모든 발표를 마친 강산이 고개를 숙여 인사를 했으나 여전히 강당은 침묵 속에 빠져 있었다.

그러나 그 침묵의 질은 확연히 다른 것이었다.

잠시의 침묵이 끝나고 여기저기서 질문을 하기 위해 손이 올라오기 시작했다.

손의 주인은 해외사업본부장과 해외사업 관련 간부들이었고 주요 계열사 사장들도 보였다.

그러나 가장 태희를 놀라게 한 것은 현재 대원그룹의 해외 마케팅을 좌지우지하고 있는 앤더슨의 손이 가장 먼저, 그리고 가장 높이 올라갔다는 사실이다.

앤더슨은 다른 사람이 먼저 질문할까 봐 자리에서 벌떡 일어났는데 얼굴이 시뻘겋게 달아올라 있었다.

"나는 대원그룹 해외마케팅 고문역을 맡고 있는 앤더슨이라고 합니다. 이것은… 누구의 제안입니까?"

"저는 질문의 요지를 정확하게 파악하지 못했습니다. 앤더슨 씨, 정확하게 다시 말씀해 주시겠습니까?"

"나는 이러한 검토가 누구 머리에서 나온 것인지 알고 싶소."

"우리 조원 모두가 하나가 되어 짜낸 아이디어입니다."

"좋소, 그렇다면 결론은 누가 이끌어낸 겁니까? 조원들이 모두 같이 했다는 말은 안 해줬으면 좋겠소. 그 결론은 누군가에 의해 도출되지 않으면 절대 나올 수 없는 것이니 말이오."

"그것은… 제가 했습니다."

"그럴 것이라 생각했소. 나는 당신과 세부적인 논의를 할 필요성이 있다고 생각합니다. 연수가 끝나면 당신과 같이 일하고 싶소. 어떠시오?"

"그것은 제가 결정할 사항이 아니라고 생각됩니다. 회사 인사부와 상의해 주십시오."

"알겠소."

유창한 영어로 앤더슨과의 대화를 마친 강산이 시선을 돌리자 질문을 하기 위해 손을 든 사람들이 연이어 자리에서 일어났다.

대부분 해외마케팅 쪽에 근무하는 전문 인력들이었다.

그들의 질문은 대단히 전문적인 것임에도 강산은 막힘없이 대답했는데 마치 학생들의 질문에 대답하는 교수처럼 보일 지경이었다.

유례없는 일이 벌어진 강당은 어느새 시골 장터처럼 왁자지껄하게 변했다.

강산의 답변에 대해서 토론하는 사람들도 있었고 강산의 정체를 의심하는 사람들도 있었다.

그러나 대부분의 소음은 강산의 지식에 대한 감탄이었다.

신입 사원의 소양으로는 도저히 대답할 수 없는 것들이 강산의 입에서 줄줄이 흘러나오고 있었으니 그들이 놀라는 것은 어쩌면 당연한 일이었다.

워낙 충격적인 발표였기에 강산의 뒤를 이어 단상에 나선

5팀의 발표자는 잔뜩 주눅이 든 채 한동안 더듬거리다가 간신히 발표를 마치고 내려갔다.

누구나 예상한 대로 이번 최종 발표의 우승자는 강산이 속한 4팀으로 결정되었고, 대원물산의 사장이 직접 백만 원의 우승 상금을 내렸다

강단에 모인 신입 사원들을 비롯해 사장단을 포함한 전 직원이 그들의 우승을 우레와 같은 박수로 축하해 주었기 때문에 4팀은 그 환호 속에서 서로를 끌어안으며 기쁨을 감추지 못했다.

특히 강산을 바라보는 엄정화의 눈은 이미 하트로 변해 있었다.

고졸 전형이라는 선입감은 이미 하늘 저편으로 날아간 지 오래였고 그녀의 머리와 가슴은 온통 강산으로 가득 들어차 있었다.

유태희는 김수철과 강당을 빠져나와 차가 있는 쪽으로 걸어갔다.

주차장은 강당에서 백여 미터나 떨어져 있기 때문에 한참을 걸어야 했다.

"어때? 내 말이 맞지?"

"뭐가요?"

"아까 그놈, 그놈이 이강산이라니까. 왜 전에 내가 유 실

장에게 거품 물고 칭찬한. 기획실로 데려가는 걸로 알고 있는데 계속 모른 체할 거야?"

"똑똑해 보이긴 하더군요."

"어허, 조금 있으면 밥 산다고 한 거 무르자고 하겠네. 사람이 왜 그래? 좋은 놈 줬으면 확실하게 고마움을 표현해야지."

"그 사람 발표는 허점투성이였어요. 아까 질문했을 때도 제법 답변을 잘하는 것처럼 보였지만 결정적인 건 전부 세부 검토가 필요하다며 뒤로 빼는 거 보셨잖아요."

"정말 그렇게 생각해?"

"제가 왜 거짓말을 하겠어요. 그 사람, 겉으로는 그럴듯하지만 속으로 파고들면 금방 밑천이 드러날 거예요."

"허어!"

유태희의 부러질 듯한 대답에 김수철의 입에서 헛기침이 새어 나왔다.

나름대로 생색을 내려 했는데 유태희가 단정적으로 거부 반응을 나타내자 자연스럽게 입이 튀어나왔다.

슬쩍 바라보니 일부러 그러는 것 같지는 않았다.

유태희는 기획실장으로서 대원그룹에 몇 안 되는 해외사업 전문가 중 한 사람이라는 걸 그는 잘 알고 있었다.

다른 사람이 폄하했다면 믿지 않았을 테지만 유태희라면 얘기가 달랐다.

그럼에도 그녀의 말은 쉽게 이해가 되지 않는 부분이 있었다.

다른 사람은 몰라도 앤더슨의 반응은 자신의 예상 범위를 훨씬 초과했기 때문이다.

도대체 뭘까?

해외사업 파트에서 전문가란 두 사람의 반응이 다르다면 뭔가 문제가 있다는 뜻이 된다.

그랬기에 김수철은 금방 표정을 바꾸고 말투를 고쳤다.

"앤더슨은 그놈을 무척 높게 평가하는 것 같던데?"

"제 눈에도 그렇게 보이더군요."

"그런데 왜?"

"아마 앤더슨은 아이들 노는 곳에 고등학생 정도 되는 애가 있다 보니 놀란 것 같아요. 저는 그렇게 생각하고 있어요."

"환장하겠네. 그럼 아까 해외 파트 애들이 앞다투어 질문한 건 뭐고?"

"같은 맥락 아니겠어요? 아까 김 이사님도 하품하고 계셨잖아요. 너무나 심심한 차에 놀아줄 상대가 나타나니 너도나도 나선 거겠죠."

유태희가 별것 아니라는 투로 대답하자 김수철이 눈을 껌벅거리며 황당한 표정을 지었다.

막상 대답을 듣고 나니 그럴 수도 있다는 생각이 들었기 때문이다.

하지만 늙은 여우인 그는 금방 얼굴에 웃음을 떠올렸다.

"그렇다면 그놈은 별게 아니란 뜻이군. 그런 놈이 기획실에 가는 건 맞지 않겠어. 그렇지?"

"괜찮아요. 그 정도면 준수하니까 고쳐서 쓰면 돼요."

"아니, 그럴 수는 없지. 인사담당이사가 잘못된 제품을 최고의 부서에 보내서 고쳐 쓰게 만들면 되나. 내가 성능 좋은 최신 제품으로 다시 보내줄게."

"이사님!"

"왜 소릴 지르고 그래?"

"알았어요. 김 이사님이 하도 생색내서 농담 한번 해봤어요. 좋은 데서 밥 살게요. 됐죠?"

"흥, 이젠 그렇게 안 돼. 최소한 다섯 번은 사야 돼. 그렇게 똑똑한 놈인 줄 알았으면 내가 데리고 쓰는 건데 괜히 보내준 것 같아."

"다섯 번 콜. 더 이상 협박하기 없어요."

"흐흥, 진즉 그렇게 나올 것이지. 미가미에서 살 거지?"

"알았어요."

이번에는 유태희가 항복했다.

김수철은 이 풍진 강호의 세계에서 한평생을 뒹굴어먹던 늑대였으니 태희가 원하는 대로 움직여 주지 않았다.

흥겨운 얼굴로 김수철이 차가 있는 반대 방향으로 사라지자 태희는 자신의 차로 다가가 문을 열었다.

그녀의 얼굴에는 어느새 웃음이 매달려 있었다.

인사담당이사라는 자리는 확실히 보통 눈치로 해먹는 자리가 아닌 건 확실했다.

다른 사람 같았으면 한참 후에야 눈치채고 화를 낼 내용을 김수철은 금방 알아채고 오히려 쌈 싸 먹으려고 덤볐다.

항복은 했지만 기분은 나쁘지 않았다.

머리 좋은 사람과 대화한다는 것은 언제나 유쾌한 일이기 때문이다.

진보라색 아우디 A7.

없는 색상을 특별 주문해서 석 달 전부터 타기 시작했다.

완전 풀 옵션에 자신의 입맛에 맞게 튜닝까지 끝냈기 때문에 이놈을 타게 되면 섹스 전의 떨림처럼 가벼운 흥분에 젖는다.

태희는 국도를 타고 돌아오면서 오디오의 볼륨을 6단으로 올렸다.

귀를 울리는 콘트라베이스의 울림이 심장을 자극해서 피의 회전을 빠르게 만들었다.

비발디의 사계가 귀를 통해 머릿속에서 머물다가 심장을 휘저으며 그녀의 감성을 한껏 끌어 올렸다.

이대로 눈을 감고 상상의 나래에 빠져들고 싶었다.

이강산.

오늘 본 그의 모습은 단연 최고였고 그녀의 가슴속에 틀어박힐 정도로 화려했다.

너무나 놀랍고 당황스러워 어쩔 줄 몰랐다.

전혀 예상치 못한 감동.

그의 따뜻한 음성과 눈을 사로잡는 미소는 그녀에게 웃음 대신 가슴이 먹먹해지는 아픔을 선사했다.

그 정도로 오늘의 그는 그녀에겐 충격이었다.

그대로 달려가 그를 가슴에 안고 수많은 사람 앞에서 키스하고 싶었다.

하지만 참고 또 참았다.

그리고 이를 악문 채 아무런 인사 없이 뒤돌아서 미련 없이 떠났다.

그녀가 지닌 자존심의 무게는 사랑보다, 기쁨보다 훨씬 크고 무거웠다.

흥분된 마음으로 저녁 식사를 마친 3조 조원들이 강의실에 모인 것은 일곱 시가 조금 넘어서였다.

이제 내일이면 연수가 모두 끝나고 뿔뿔이 흩어져야 하기 때문에 함께 모여 이야기를 나눌 시간은 지금밖에 없었다.

조원들이 전부 모인 걸 확인한 안철수가 먼저 입을 열었다.

그들은 우승의 선물로 원하는 부서를 제출하라는 연수원 직원의 설문에 응한 후라서 전부 얼굴이 밝았다.

하고 싶은 일을 할 수 있다는 것은 엄청난 행운임이 분명했다.

"여러분, 우린 지금까지 자축은 많이 했지만 공식적으로 강산 씨에 대한 고마움을 표현하진 못한 것 같아. 그래서 이 자리를 빌려 강산 씨에게 고맙다는 인사를 하고 싶어. 모두 박수로써 우리의 고마움을 표현하는 거 어때?"

안철수가 말을 마치며 먼저 박수를 치자 나머지 조원들이 고맙다는 인사와 함께 박수를 쳤다.

강산의 얼굴이 붉어지며 손을 흔든 것은 모든 사람이 자신을 바라보며 한꺼번에 인사를 해왔기 때문이다.

갑작스러운 치사를 맨얼굴로 받을 만큼 그의 얼굴은 두껍지 않았다.

"왜들 이래, 부끄럽게."

"당연한 거야. 강산 씨 덕분에 우리가 좋은 부서로 갈 수 있게 됐잖아. 정말 고마워."

"그만해. 정말 자꾸 이러면 나 도망간다."

강산이 슬쩍 자리에서 일어나자 급하게 안철수가 그의 어깨를 잡아 눌렀다.

그런 후 조원들을 바라보며 밝게 웃었다.

"오케이. 자, 강산 씨가 부담스러워하니까 이건 여기까지 하고, 우승 상금 받은 걸 처리해야 되는데 여러분 생각은 어때?"

"파티를 해야 되지 않을까?"

"파티라면?"

"내일 수료를 하게 되면 서울로 이동하자고. 저녁을 먹은 후 홍대 클럽으로 가서 백수로서의 자유로움을 마지막으로 마음껏 누려보는 거야. 어때?"

Y대 출신의 고경환이 좌중을 둘러보며 말을 건네자 사람들의 눈이 반짝반짝 빛났다.

괜찮은 아이디어라는 생각이 그들 모두의 얼굴에서 빠져나와 서로를 향해 발사되고 있었다.

고경환의 표현대로 그들은 지금까지 백수였다.

학생 신분이 반수 이상이었으나 면밀하게 따진다면 학생도 돈을 벌지 못하니 백수가 맞았다.

더군다나 회사에 들어가게 되면 조직에 얽매여 언제 클럽으로 놀러 갈 수 있을지 모를 일이기에 그들은 환영의 의사를 마구마구 쏟아냈다.

어차피 백만 원이란 돈은 내일 하루 무슨 방법을 동원하든 아작 내야 한다.

각각 부서를 배정받아 헤어지게 되면 언제 만날지 모르기 때문에 같이 있을 때 모두 써버리는 게 가장 좋은 방법이었다.

그랬기에 안철수는 조원들의 얼굴을 확인한 후 결정을 내렸다.

물론 강산의 표정이 떨떠름한 것을 봤지만 그는 결정을 내리는 데 주저하지 않았다.

"모두 찬성하는 것 같으니까 경환 씨 의견대로 하자고. 소수의 의견은 묵살하니까 이 문제 가지고 왈가왈부하면 사형시켜 버릴 거야. 알았지?"

"그럼요. 지당하신 말씀을. 조장님의 결정은 지엄한 것인데 누가 반기를 들겠습니까. 만약 그런 자가 있으면 소인이 주리를 틀겠나이다."

안철수의 말에 의견을 낸 고경환이 익살스러운 표정으로 좌중을 째려봤다.

당장에라도 토를 다는 사람이 있으면 멱살을 잡겠다는 표정이다.

연수원의 수료식은 생각보다 훨씬 간단해 허전한 마음이 들 정도였다.

오전에 잡혀 있던 대원물산 사장의 강의가 끝나고 점심 식사를 마친 후 연수에 대한 만족도 조사와 인사부 직원들의 희망 근무지 설문 조사가 이어졌다.

수료식은 세 시에 시작되었는데 불과 삼십 분 만에 끝났다.

일주일간 부딪치고 경쟁하며 보냈던 시간들이 허망하게 느껴질 만큼 수료식은 간단하기 그지없었다.

연수원을 나서는 신입 사원들의 눈이 착잡하게 가라앉았다.

이제 이곳을 나서게 되면 다음 주부터 그들은 대원그룹의 곳곳에서 새로운 인생을 시작하게 될 터였다.

아름다울 수도 있고 고통스러울 수도 있었다.

자신의 미래를 하나씩 일궈 나가며 행복한 삶이 될 수도 있지만 반대로 조직의 노예가 되어 자신을 잃어버리는 삶을 살아갈 수도 있을 것이다.

하지만 그들의 눈 속에 있는 착잡함 속에는 분명 희망이라는 놈도 같이 들어 있었다.

그들은 아직 젊었고 도전할 수 있는 시간이 충분했기 때문이다.

제8장

베라케스트

   3조 조원들은 곧바로 파주에서 빠져나와 서울로 이동했다.

   연수원을 나선 시각이 네 시가 넘었기 때문에 홍대 근처에
도착하자 여섯 시가 가까워졌다.

   클럽에 들어가기에는 이른 시간이었고 배를 채우며 일차
를 해야 했기에 그들은 퓨전 포장마차로 들어갔다.

   거기서 그들은 연수원에서 있던 일들에 대해 웃고 떠들며
젊음을 만끽했다.

   소맥이 날아다니며 모든 사람이 예외 없이 마셨기 때문에
포장마차에서 나왔을 때는 전부 어느 정도 취해 있는 상태
였다.

바깥으로 나오자 어느새 화려한 네온사인이 거리를 물들이고 있었다.

홍대 근처가 젊은이들의 거리란 말은 많이 들어봤지만 실제로 밤에 온 것은 처음이기 때문에 강산은 눈을 크게 뜨고 사방을 두리번거렸다.

정말 눈이 부시도록 화려한 거리였다.

조원들을 이끌고 선두에 서서 씩씩하게 걸어간 사람은 클럽에 가자고 주장한 고경환이었다.

그는 이곳에 자주 온 모양인지 발걸음에 망설임이 없었다.

이백여 미터를 걸어서 그가 도착한 곳은 '베라케스트'라는 클럽이었다.

고경환의 말로는 요즘 가장 잘나가는 곳이라고 했다.

베라케스트.

정문 앞에 쓰여 있는 글귀가 인상 깊다.

—그대의 젊음은 오늘이 가장 화려합니다.

문을 열고 들어서자 귀를 멍하게 만드는 굉음이 터지며 갖가지 사이키 조명이 눈을 자극했다.

신세계다.

아홉 시가 조금 넘었을 뿐인데도 클럽에는 수많은 청춘이 들어차 춤을 추고 있었다.

강산은 일행 틈에 끼어 간신히 자리를 잡고 홀을 가득 메운 사람들을 바라봤다.

마치 강가의 수초가 흔들리는 것처럼 젊은 군상들이 빠른 비트의 음악에 빠져 허우적대고 있었다.

벌써 고경환은 몇 사람과 함께 그들 속으로 스며들었고 나머지는 웨이터가 가져다준 맥주를 마시며 흔들거렸다.

이것이 젊음이고 청춘의 특권이라면 오늘만큼은 원 없이 놀아보는 것도 좋을 것 같았다.

그랬기에 강산은 재킷을 벗어 던진 후 홀을 향해 천천히 걸어 나갔다.

주량으로 따진다면 소주 한 병이면 충분했지만 조원들이 계속해서 집중적으로 술을 따라줬기 때문에 주량이 초과된 상태였다.

거기에다 시야를 계속해서 자극하는 사이키 조명 때문에 사람들의 얼굴을 제대로 볼 수가 없었다.

사람들 틈을 비집고 들어가 대충 자리를 잡고 몸을 흔들기 시작했다.

멀리서 봤을 때 강가의 수초로 보이던 군상 중 하나가 되어 몸을 흔들자 왜 사람들이 여기서 이렇게 춤을 추는지 알 것 같았다.

억눌린 삶에서 벗어나는 자유.

누구에게도 구속받지 않고 내 몸과 마음을 활짝 열고 경계를 풀어놓는다는 건 상상하지 못할 즐거움을 주었다.

레이저 빔처럼 조명이 날아다녔기 때문에 강산은 눈을 감은 채 몸을 흔들었다.

제대로 된 격식도 없고 그저 마음이 가는 대로 몸을 움직일 뿐이었다.

사람들에 따라 몸이 흔들리며 이동되기를 반복했다.

홀을 가득 메운 사람들은 집단이 만들어낸 힘에 의해 자신의 의지와는 상관없이 계속해서 위치를 바꾸었다.

이동된 곳에서도 강산은 눈을 반쯤 감은 채 춤을 추었다.

주량이 넘은 술기운은 그의 눈을 한없이 무겁게 만들어 제대로 시선을 고정시키지 못하게 했다.

얼마나 춤을 추었을까.

누군가가 다가오는 기척이 느껴졌다.

그리고 가슴을 따뜻하게 만드는 향기가 코를 간질이며 다가왔다.

억지로 눈을 떠서 바라보자 두 명의 아름다운 아가씨가 그의 앞에서 춤을 추고 있었다.

손을 들어 얼굴을 비볐다.

자신을 보고 웃는 그녀들이 혹시 아는 사람들인가 하는 의문 때문이다.

하지만 그녀들은 처음 보는 사람들이었다.

"혼자 왔어요?"

어깨까지 내려오는 생머리에 파란 티를 입은 아가씨가 음악을 뚫는 고음으로 물었다.

그녀의 눈에는 기대감이 가득했다.

그랬기에 강산은 빙긋 웃으며 최대한 큰 목소리로 대답했다.

"아뇨. 친구들과 같이 왔습니다."

"몇 명이죠?"

"많아요. 열 명."

"그런데 왜 혼자 계세요?"

"어쩌다 보니 그렇게 됐네요."

"우리 같이 춤춰요. 괜찮죠?"

"그러세요."

과감한 옷차림처럼 대시도 화끈하게 하는 아가씨들이었다.

말을 붙여온 생머리 아가씨는 가슴을 강조한 파란 면 티에 흰 바지 차림이었고, 그 옆의 보조개 아가씨는 빨간색 원피스를 입고 있었는데 엉덩이를 겨우 가릴 정도로 길이가 짧았다.

강산이 고개를 끄덕이며 수긍한 후 몸을 흔들자 그녀들이 밝게 웃으며 강산의 양옆에서 비명을 질렀다.

역시 춤은 혼자 추는 것보다 여럿이 추는 것이 훨씬 더 즐겁고 그 대상이 여자라면 환상적으로 변할 수밖에 없었다.

더군다나 여자들이 적극적으로 터치해 오는 경우라면 더더욱 그렇다.

강산과 함께 추며 그녀들은 적극적으로 터치를 해왔는데 시간이 지날수록 위험한 부위까지 침투해 들어왔다.

술도 취했고 여자에도 취했다.

두 아가씨 모두 맨몸이나 다름없는 옷차림이었기 때문에 몸이 부딪칠 때마다 정신이 혼미해졌다.

어떨 때는 엉덩이를 비비고 어떤 순간에는 껴안으며 가슴을 부딪쳐 왔다.

순간순간이 위험했고, 몸은 그에 따라 수많은 변화를 보였다.

젊은 육체의 반응은 당연한 것이었지만 강산은 자신의 반응에 얼굴을 붉히며 어쩔 줄 몰라 했다.

하지만 그녀들은 오히려 그 반응을 즐기고 있었다.

아니, 오히려 강산이 반응을 보이자 더 적극적으로 그 부분을 괴롭혔다.

마음속에서 악마가 꿈틀거리기 시작했다.

이러면 안 된다며 이를 악물었으나 그녀들의 가슴과 엉덩이로 손이 저절로 움직였다.

엄정화가 나타난 것은 생머리 아가씨가 엉덩이를 뒤로 밀며 천천히 움직이고 있을 때였다.

그녀는 매우 화가 난 표정이었는데 아가씨들을 바라보는 눈에서는 조명보다 훨씬 강력한 레이저가 쏘아져 나오고 있었다.

"오빠, 여기서 뭐 해!"

"어, 정화 씨."

엉덩이를 대고 있던 아가씨를 확 밀쳐 낸 엄정화가 강산의 팔을 이끌고 사람들 틈을 빠져나갔다.

조원들은 어느샌가 모여서 맥주를 마시고 있었는데 뒤늦게 강산이 나타나자 환호성을 보냈다.

"이야, 강산 씨. 그렇게 안 봤는데 완전 선수네. 그 아가씨들 정말 예쁘더라. 도대체 어떻게 한 거야? 한 수 가르쳐 주라."

"하긴 뭘 해. 그냥 같이 춤춘 것뿐이야."

"얼씨구! 그게 그거라니까 그러네. 어떡하면 같이 춤출 수 있는지 가르쳐 줘. 우린 지금까지 이러고 있었다."

안철수가 고경환의 앞에서 시위하듯 이상한 춤을 추었다. 그의 얼굴에는 익살이 담겨 있었는데 강산을 놀리는 기색이 역력했다.

그랬기에 조원들은 재미있다는 얼굴로 그와 강산을 번갈아 바라보며 결과가 어떻게 되는지 지켜봤다.

"정말이야. 술에 취해서 비틀거리며 혼자 추고 있었는데 눈을 떠보니까 그 아가씨들 앞이더라니까. 난 여자 꼬시는 데는 젬병이야."

"거짓말하지 마."

"거짓말은 무슨. 여자 잘 꼬시는 게 얼마나 좋은 장점인데 거짓말까지 하면서 변명을 하겠냐. 안 그래?"

"그런가?"

"그런데 왜 춤 안 추고 여기에 몰려 있는 거야?"

"같이 왔는데 뿔뿔이 흩어져 있어서 내가 모았다. 맥주 한 잔하고 같이 놀려고. 오늘 여기 온 것은 우리 3조의 추억을 공유하려고 온 거니까 이제부터는 개별 행동 하지 마라. 알았지?"

강산의 질문에 안철수가 웃으면서 대답한 후 맥주병을 입에 물었다.

그는 아직도 자기가 조장인 줄 아는 모양이다.

안철수에 의해 모인 조원들은 이번엔 한꺼번에 자리를 잡고 놀았다.

열 명이 한 묶음이 되어 자리를 차지하자 자연스럽게 공간이 확보되었고, 그 속에서 조원들은 돌아가며 춤을 추면서 즐거운 시간을 보냈다.

조원들의 춤 솜씨는 의외로 상당했다.

맨날 공부나 했을 것 같은 그들은 언제 춤을 배웠는지 제법 스텝이 안정되었고 팔과 몸의 놀림도 균형이 잡혀 있었다.

그리고 그중 가장 빼어난 것은 엄정화였다.

잘빠진 몸매의 그녀는 크게 몸을 흔들지 않았는데도 우아하면서도 섹시한 춤을 추어 남자 조원들의 입에서 환성이 터져 나오게 만들었다.

일주일을 함께한 그들의 얼굴에 웃음이 활짝 피어났다.

이제 이 시간이 지나면 언제 다시 모이게 될지 알 수 없었다.

즐겁게 춤추던 그들이 다시 삼삼오오 쪼개진 것은 손님들이 계속 들어오면서 틈을 파고들어 공간을 파괴했기 때문이다.

흩어지지 않으려 노력했으나 그들 힘만으로는 버틸 재간이 없었다.

어느새 조원들은 모두 흩어졌고, 강산의 앞에 남은 것은 엄정화뿐이었다.

그녀는 강산에게 바짝 붙어 몸을 흔들고 있었는데 혹시라도 떨어질까 봐 힘이 잔뜩 들어가 있다.

처음 만난 아가씨들처럼 의도적인 밀착은 아니었으나 결과는 똑같게 되었다.

홀을 가득 메운 사람들로 인해 엄정화가 강산의 품에 안기다시피 몸을 밀착해 왔기 때문이다.

술이 깨어가는 와중이기 때문에 강산의 당황스러움은 훨씬 클 수밖에 없었다.

엄정화는 아까 그 아가씨들과 다른 존재이다.

같은 회사에서 앞으로 함께 생활해야 할 동료이고 자신을 오빠라고 부르는 동생이기도 했다.

그럼에도 엄정화는 강산의 품에 안긴 채 가볍게 몸을 흔들고 있었다.

그냥 가만있으면 좋으련만 그녀가 몸을 흔들면서 다시 몸이 반응하기 시작했다.

미치고 환장할 일이었다.

엉덩이를 뒤로 빼자 두 눈을 마주친 채 춤을 추던 엄정화가 뒤로 돌아서더니 자신의 엉덩이를 밀착해 왔다.

이건 갈수록 태산이다.

뒤로 빼는 것도 한계가 있었기 때문에 강산이 소리를 질렀다.

"정화야, 너 오빠 미치게 하려고 그래?"

"아까도 이랬어?"

어느새 다시 몸을 돌린 엄정화가 강산의 눈을 빤히 쳐다보며 물었다.

그녀는 자신의 엉덩이로 직접 강산의 반응을 확인한 후였기 때문인지 눈이 붉어진 상태였다.

"나 아직 젊다. 당연한 거 아냐?"

"하긴 그렇지. 물어보자. 누가 좋았어?"

"뭐가?"

"나하고 걔들 중 누가 오빨 더 흥분시켰냐고 묻는 거야."

"얘가 정말 못하는 소리가 없네. 왜 그러냐, 너?"

"질투 나서 그런다!"

엄정화가 소릴 치자 강산이 눈을 돌렸다.

그녀의 눈을 마주 봤다가는 어떤 결과가 일어날지 알 수 없었다.

슬쩍 시계를 보자 열두 시를 가리키고 있었다.

오면서 종갓집에 늦는다고 전화는 했지만 김 여사는 자신이 돌아올 때까지 잠들지 못한다는 걸 너무나 잘 알기에 강산은 그녀의 손목을 잡고 사람들 틈을 빠져나왔다.

조원들은 어디로 사라졌는지 찾아볼 수 없었다.

베라케스트는 이제 사람들로 가득 들어차 인산인해를 이루고 있었기 때문에 그들을 찾기 위해서는 꽤 많은 시간이 필요할 듯했다.

그랬기에 강산은 짐 찾는 곳으로 가서 엄정화의 가방을 찾은 후 클럽을 나섰다.

어차피 늦은 시간이었기 때문에 그들도 자신처럼 대충 찾다가 자연스럽게 집으로 돌아갈 것이라 믿었다.

이놈의 동네는 안이나 밖이나 사람들로 넘쳐 났다.

열두 시가 넘었음에도 수많은 청춘이 웃고 떠들며 거리를 활보하고 있었다.

"정화야, 너희 집 어디냐?"

"서초동."

"내가 택시 잡을 테니까 타고 가라."

그녀의 대답은 듣지 않고 강산은 부지런히 대로변으로 향했다.

홍대 근처는 열두 시가 넘자 아수라장으로 변해 있었다.

정차장은 있으나 마나 했고 먼저 잡는 사람이 먼저 집에 갈 수 있는 무법 지대로 변해 있었다.

택시는 쉽게 잡히지 않았다.

이리 뛰고 저리 뛰며 부리나케 움직였으나 택시의 수는 적고 손님은 거리를 장악할 정도로 많았다.

십여 분 동안 뛰어다니던 강산이 엄정화에게 돌아온 것은 그녀의 모습이 보이지 않았기 때문이다.

아무리 번화가라도 같이 있던 여자의 모습이 보이지 않는 다는 건 불안감을 만들어내기에 충분했다.

헤어졌던 곳으로 돌아오자 엄정화는 건물 입구에 쪼그린 채 앉아 있었다.

"뭐하고 있어?"

"다리 아파서."

"가자. 집에 가서 쉬어."

"오빠, 나 오늘 안 들어가도 돼."

"까불지 말고."

"그거 어떻게 해결하려고 그래. 그냥 가면 해결할 방법도 없잖아. 괜히 잘난 척하지 마."

엄정화가 강산의 물건을 턱짓으로 가리키며 눈살을 찌푸 렸다.

그녀의 의도는 명확했다.

그동안 시선을 마주치지 않던 강산의 눈이 그녀를 향해 돌아온 것은 도발적인 그녀의 말을 확인한 후였다.

십 분 동안 열심히 뛰어다닌 끝에 황당한 소리를 듣자 슬그머니 화가 치밀었다.

"엔조이냐, 아니면 순간적 감정 때문이냐. 소문내지 않는 조건에서 엔조이라면 하룻밤 격렬하게 해줄 수 있다."

"그게 진짜 오빠 마음이야? 내가 엔조이 때문에 오빠랑 자고 싶어 할 정도로 형편없는 여자로 보여?"

"그러니까 그만 들어가."

"내가 그렇게 마음에 안 들어?"

"넌 착하고 똑똑해. 그리고 예뻐. 누구한테라도 사랑받을 수 있는 여자다."

"그런데 왜, 왜 그러는 건데?"

"따라와. 너 데리러 오는 바람에 세 대나 놓쳤다. 같이 가면 금방 잡을 수 있을 거다."

"그동안 무지하게 망설였는데 부끄럽지만 내가 먼저 말할게. 난 오빠 좋아해. 그러니까 우리 사귀자."

다급한 음성으로 엄정화가 말하며 강산의 팔을 붙잡았다.

용기를 낸 고백이었으나 그녀는 스스로 말해놓고도 강산을 똑바로 쳐다보지 못한 채 시선을 피했다.

그녀의 눈은 바르르 떨리고 있었다.

여자가 먼저 고백한다는 것은 아무리 시대가 변했어도 쉬운 일이 아니었다.

하지만 그녀와 달리 강산은 차분하게 가라앉은 눈으로 그녀에게서 눈을 떼지 않았다.

"미안하다, 정화야. 난 마음에 두고 있는 사람이 있어. 그러니까 다른 사람 찾아봐. 너와 만난 지 겨우 일주일이다. 짧은 만큼 네가 겪는 그 아픔, 금방 치료될 수 있을 거다. 미안해."

강산이 집에 도착했을 때는 한 시가 넘어 있었다.

김 여사는 그가 늦게 돌아올 때면 언제나 대문 빗장을 열어놓았기에 강산은 조심스럽게 대문을 밀었다.

그러자 예상대로 삐걱 하는 소리와 함께 문이 열렸다.

미리 전화를 했지만 너무 늦은 귀가라서 강산의 발걸음은 조심스러울 수밖에 없었다.

그러나 그의 조심스러운 발걸음은 거실에 서서 뭐 하냐는 얼굴로 쳐다보고 있는 네 여자를 확인하곤 즉시 멈추고 말았다.

속으로 문을 열면서 김 여사가 기다릴지 모른다는 생각을 했는데 막상 네 여자가 눈을 부릅뜨고 고양이 발걸음으로 들어오는 자신을 내려다보고 있자 강산은 어이가 없어 입이 떨어지지 않았다.

가차 없이 먼저 신경질을 터뜨린 건 은영이었다.

"오빠야, 이게 조금 늦는 거냐!"

"왜 아직까지 안 자고……."

"밖에 나갔던 사람이 들어오는 날인데 잠이 오겠어? 기다리는 사람을 조금이라도 생각했으면 일찍 와야 되잖아."

"미안해. 조원들이 잡는 바람에 빠져나올 수 없었어."

"시끄럽고, 일단 신발 벗고 들어와라."

본격적으로 심문하겠다는 듯 은영이 말을 끊자 옆에 있던 은수가 손가락을 들어 자리까지 지정해 주었다.

거실에는 다과상이 차려져 있었다.

아마 그를 기다리느라 모여 앉아 있었던 모양이다.

김 여사는 딸들이 하는 짓을 바라보다가 빙그레 미소 지으며 강산의 손을 잡고 거실로 데려갔다.

그녀의 손은 온기로 따뜻했다.

"강산아, 고생했지?"

"아니에요. 재미있었어요."

"그랬다면 다행이다. 애들 보니까 그냥 안 재울 것 같은데, 녹차 줄까?"

"네."

강산이 웃으며 고개를 끄덕이자 김 여사가 부엌으로 걸어갔다.

그러자 기다렸다는 듯 은수가 말을 붙여왔다.

"오빠, 꼬리친 여자 없었어?"

"어… 그게……."

"어라, 있었던 모양이네? 어떤 년이야!"

"은수야, 넌 숙녀가 어떻게 갈수록 입이 걸어지니. 너 그러다 시집 못 간다."

"이씨, 대답 안 해!?"

"우리 조에 예쁜 여자가 있었는데 나한테 관심 있다고 하더라."

"그래서?"

"우리 집에 예쁜 여자들이 많아서 안 된다고 했어. 잘했지?"

"히힛, 잘했다."

은수가 기특하다는 표정으로 개구쟁이처럼 웃자 이번에는 은서가 나섰다.

은서의 얼굴은 반가움이 포함된 미묘한 표정이 담겨 있었는데 한 단어로 표현하기 어려운 것이었다.

"일주일 동안 뭐 했어?"

"연수가 뻔하지, 뭐. 교육받고, 과제 수행하고 그랬어."

"어허, 대충 말하지 말고 자세히 말해봐. 궁금하단 말이야."

"그래, 나도 궁금하다."

강산의 말을 받은 은영이 독촉하자 녹차를 가지고 들어온 김 여사가 맞장구를 쳤다.

그녀들의 두 눈에는 궁금증이 잔뜩 들어 있었다.

"안 잘 거야? 벌써 한 시 넘었어."

"내일 토요일이잖아. 조금 늦게 자도 되지, 뭐."

"넌 열한 시를 못 넘기던 애가 뭔 소리야?"

"오빠가 그걸 어떻게 알아? 꽃다운 처녀가 몇 시에 자는지 어떻게 아냐고!"

"그걸 왜 몰라. 불 꺼지는 거 보면 알지. 설마 내가 널 감시라도 했겠나?"

"그런가? 흥, 알았으니까 빨리 말해봐. 궁금해."

의심스러운 눈으로 사실 여부를 탐색하던 은영이 재차 독촉했다.

미적거리는 강산을 흔든 것은 바로 옆에 앉은 은수였다. 은수는 말 대신 손가락과 주먹으로 강산을 재촉하고 있었다.

이젠 말하지 않고는 못 배긴다.

이 집 여자들은 한번 시작하면 끝장을 보는 성격들이기 때문에 말을 하지 않고 버틸 경우 잠을 안 재울지도 몰랐다.

그랬기에 강산은 천천히 연수원에서 있던 일들을 이야기하기 시작했다.

조용하게 시작된 강산의 이야기가 그녀들에게는 한 편의 영화가 되었다.

처음 연수원 입구에서 겪은 일부터 고졸이라고 괄시당한 부분까지 이야기하자 그녀들은 분개하더니 체력 단련 시험에서 벌어진 사건을 들은 후엔 손에 땀을 쥐었다.

결국 일등을 했다는 말에 환성까지 질렀는데 그냥 내버려 됐다가는 기립 박수까지 칠 기세였다.

흥분을 가라앉힌 강산이 다시 이야기를 이어나갔다.

과제에서 연속으로 일등을 했기 때문에 최종 경연에 나갔고, 거기서 직접 발표를 했다고 말하자 식구들은 황홀한 표정을 지었다.

눈을 지그시 오므린 그녀들은 마치 직접 그 자리에 있던 사람처럼 상상의 나래를 펼치고 있었다.

강산은 마지막 클럽 얘기는 쏙 빼놓고 연수원에서 벌어진 일만 모두 말한 후 입을 닫았다.

그의 눈은 질문이 있으면 성실히 대답하겠다는 의지가 가득 담겨 있었다.

물론 식구들도 그냥 넘어갈 생각이 없는 모양이었다.

제일 먼저 나선 것은 역시 은영이었다.

"오빠, 이리 와봐."

"왜?"

"허리통하고 다리 좀 만져 보자. 정말 그렇게 단단한지 확인해 보게."

"얘가 정말. 어딜 만져?"

"그 여자, 안 무거웠어?"

"처음엔 괜찮았는데 나중엔 돌덩이를 업은 것 같더라."

"그까짓 일등이 뭐라고 그 생고생을 해. 나 같으면 절대 안 업어. 그리고 기분 나빠. 왜 오빠가 나서서 그 여자를 업었냐고. 다른 사람도 많았을 텐데."

"다른 사람들은 전부 지쳐서 체력이 안 됐어. 그러니까 내가 업었지. 어쨌든 일등했잖아."

은영이가 눈을 치켜뜨자 강산이 변명을 했다.

그러자 이번에는 은수가 나섰다.

"오빠, 그 여자가 그 여자지?"

"무슨 소리니?"

"오빠가 업었다는 여자가 좋다고 꼬리친 여자 아냐?"

"…어라, 어떻게 알았어?"

"오빠 바보냐. 그럼 그렇게 업고 다녔는데 그 여자 마음이 오죽했겠어? 나 같아도 같이 살자고 덤비겠다."

"요놈이. 쪼끄만 게 뭘 안다고."

"흥!"

은수가 삐죽거리며 입술을 끌어 올리자 이번에는 김 여사가 나섰다.

그녀는 지금까지 계속해서 기특하단 얼굴로 강산을 바라보고 있었다.

"난 강산이가 그렇게 발표를 잘할 줄 몰랐네. 하긴 목소리가 좋아서 잘했을 것 같긴 해. 직접 봤으면 좋았을 텐데 아쉽다."

"오빠, 발표 자료는 누가 만든 거야? 오빠도 같이 만들었어?"

"응, 뭐 대부분 조원들과 함께 만들었어. 그래도 발표는 내가 했으니까 내가 다 만든 거나 다름없다. 흐흐."

"어이구, 그놈의 웃음 좀 고쳐. 남들이 들으면 소름 끼쳐 해."

강산이 장난스럽게 음흉한 웃음을 짓자 김 여사에 이어 물은 은서가 혀를 찼다.

잘 나가다가 꼭 삼천포로 빠지기 때문에 강산은 언제나 통제가 필요한 인간이었다.

그럼에도 식구들은 즐거워했다.

오랜만에 본 강산의 잘난 척을 그녀들은 즐거운 웃음으로 눈감아주었다.

이대로라면 언제 잠을 잘지 알 수 없었다.

벌써 두 시가 훌쩍 넘었기 때문에 딸들과 강산의 행동을 지켜보던 김 여사가 중간에서 말을 끊었다.

"자, 이제 그만 자자. 궁금한 건 내일 또 얘기하고."

"오빠야, 내일 어디 안 가지?"

"응, 집에 있을 거야."

"엄마, 그럼 오랜만에 강산 오빠 집에 돌아왔으니까 맛있는 거 해 먹자."

"그러지 않아도 강산이 좋아하는 불고기 재워놨어."

은영의 제의에 김 여사가 기다렸다는 듯 대답했다.

김 여사는 언제나 특별한 일이 있으면 강산이 가장 좋아하는 불고기를 준비했다.

강산이 불쑥 나선 것은 식구들이 자리에서 일어나려고 할 때였다.

"오랜만에 집에 돌아왔으니까 내일 저녁 우리 외식해요. 연수원에서 나올 때 돈 주더라고요. 이걸로 내가 맛있는 거 살게요."

"뭐하러 그래. 집에서 밥 먹으면 되는데. 그러지 마."

김 여사가 즉시 반대하고 나섰다.

그녀는 강산이 돈 쓰는 것이 마음에 들지 않는 모양이었다.

하지만 세 자매의 생각은 달랐다.

"오빠, 어디 맛있는 집 알아놓은 데 있어?"

"나 일하던 데 꽤 맛있게 잘해. 그리고 거기서 엄마하고 너희한테 내가 노래 한 곡 들려주려고. 이전부터 듣고 싶다고 했잖아."

"정말?"

강산의 선언에 거실이 떠나갈 듯한 환호성이 터져 나왔다.

세 자매는 물론 김 여사도 뜻밖의 제의에 흥분된 얼굴이다.

강산은 쑥스러운 듯 먼저 자리에서 일어났다.

"은서야, 엄마하고 동생들 데리고 내일 일곱 시까지 샤르 망으로 와. 내가 먼저 가서 기다리고 있을게."

은서는 자신의 방으로 돌아가 침대에 누워 멍하니 천장을 바라보았다.

오늘은 참 긴 하루였다.

누군가를 간절히 기다려 본 기억이 언제던가.

오늘 그녀는 셀 수 없이 여러 번 시계를 보았고, 집에 돌아와서는 핸드폰과 대문을 번갈아 바라보며 거실에서 움직이지 못했다.

자리를 떴을 때 불쑥 그가 올지도 모르기 때문이었다.

오랜 시간이 지난 후 기다림에 지쳐 갈 때 거짓말처럼 그가 나타났다.

늘 생각하던 그 모습으로.

가족들만 아니었으면 달려가 그의 품에 안기고 싶었으나 주먹을 꼬옥 쥐고 참았다.

건강하고 밝은 모습. 그의 모습은 언제나 옆에 있던 것과 조금도 달라지지 않았다.

조급해진 마음이 가라앉고 그의 얼굴을 보면서 조금씩 가슴이 따뜻해졌다.

동생들은 부지런히 그에게 궁금한 것을 물었으나 그녀는 될수록 말을 아꼈다.

자신의 감정이 어느 순간 불쑥 튀어나올까 봐 겁이 났기 때문이다.

그가 연수원에서 있던 일들에 대해서 이야기했을 때 그녀는 자신이 직접 겪은 일처럼 생생하게 그 모든 것을 느낄 수 있었다.

화가 났고 안타까웠으며 기뻤다.

무엇보다 가슴을 새까맣게 태운 것은 체력 측정 때 벌어진 일이었다.

말은 하지 못했지만 동생들보다 더 화가 났다.

침이 말라 입이 바싹바싹 타들어갔고 어쩔 줄 모른 채 자신도 모르게 엉덩이가 들썩여졌다.

얼굴도 모르는 여자가 그렇게 미울 수가 없었다.

그를 힘들게 만들고 그를 향해 정을 보였다는 사실에 얼굴조차 모르는 여자에 대한 원망이 그녀의 머리를 새하얗게 태웠다.

하지만 그녀는 동생들과 달리 아무런 내색도 하지 못했다.

남이섬에서 돌아온 후 그녀는 강산과 많은 말을 하지 않았다.

왜 그랬느냐고 묻지 않았다.

자신의 감정도 정확하게 말하지 않았고 그의 감정이 어떤지도 알려 하지 않았다.

두려웠다.

내민 손을 잡으며 말을 잃어가는 그의 모습에 그녀는 한없는 절망에 사로잡혀야 했다.

사람은 말을 하지 않아도 말하는 것보다 더 정확하게 알 수 있는 것들이 있다.

그녀의 손을 잡은 그의 손은 차갑고 건조했으며 무의미

했다.

수많은 고민 끝에 자신의 감정을 숨기기로 했다.

아직 말을 하지 않았으니 그가 눈치를 챘다 해도 말하고 거절당한 것보다는 훨씬 편하게 지낼 수 있을 것 같았다.

이 지랄 같은 사랑이 이루어지기 위해서는 많은 고통이 따를 것 같다는 생각이 들었다.

고통을 참는 것은 문제가 아니다.

사랑을 이룰 수만 있다면 그까짓 것은 충분히 이겨낼 수 있다.

그녀의 걱정은 그가 한 마리 새가 되어 훨훨 떠나는 것이다.

일류 기업인 대원그룹에 입사했으니 그에게는 이제 새로운 세계가 열렸기 때문에 언제 떠날지 알 수 없었다.

그를 보지 못한다면 이 세상은 그녀에게 지옥이 될 것이다.

그녀는 홀로 남은 그 지옥에서 살아갈 것이 가장 두려웠다.

"강산이는 언제 나갔어?"

"아까 다섯 시 넘어서요. 거기 매니저 오빠하고 만나서 할 얘기가 있대요."

김 여사의 질문에 은서가 대답했다.

은서는 화사한 푸른색 원피스를 입고 있었는데 봄에 사놓고 지금까지 두 번밖에 입지 않을 정도로 아끼는 옷이다.

오늘 그녀는 다른 어느 때보다 아름다웠다.

종갓집 여자들이 꽃단장을 하고 오랜만의 외출을 위해 마당에 모인 것은 여섯 시가 가까워졌을 때다.

일곱 시에 샤르망에서 만나기로 했기 때문에 지금 출발하면 거의 시간을 맞출 수 있을 것이다.

그녀들은 조금 들떠 있는 것처럼 보였다.

정말 오랜만의 외식이고 강산이 초청한 장소가 젊은이들의 명소로 유명한 강남역 근처였기 때문이다.

가끔 지나치기는 했지만 강남역을 목적으로 가본 적은 김 여사뿐만 아니라 세 자매도 최근 일 년 동안 한 번도 없었다.

강남역의 화려함과 생동감은 기대감을 갖도록 만들기에 충분했다.

집을 나서 버스로 전철역까지 이동한 그녀들이 강남역에 도착해서 7번 출구로 나올 때까지 걸린 시간은 정확히 사십이 분이었다.

아직까지 약속 시간에 여유가 있었기 때문에 그녀들은 천천히 걸으며 주변의 화려한 네온사인을 구경했다.

처음 가는 곳이라면 이런 여유를 부리지 못할 테지만 다른 사람과는 달리 은서는 이전에 강산을 추적한 전력이 있기 때문에 샤르망의 위치를 정확히 알고 있었다. 그녀들의 여유로움은 그런 은서 때문에 나오는 것이었다.

"언니야, 아직 멀었어?"

"저기 보이지? 저기 큰 건물이야."

은서의 손짓에 나머지 식구들의 시선이 한곳으로 몰렸다.

은서가 가리킨 곳에는 30층에 달하는 으리으리한 빌딩이 자리하고 있었다.

김 여사가 걱정스러운 표정을 지은 것은 빌딩이 주는 위압감 때문임이 분명했다.

"은서야, 약속 장소가 저렇게 좋은 빌딩에 있으면 꽤 비쌀 텐데 괜찮을까?"

"오빠가 일하던 곳이라서 여기로 정한 것 같아요. 돈 있다고 했으니까 너무 걱정하지 마요. 부족하면 내가 보탤게요."

자신의 핸드백을 툭툭 건드리는 은서를 향해 김 여사는 어색한 미소를 지었다.

괜한 걱정에 큰딸에게 또 다른 부담감을 준 게 아닌가 하는 우려가 그 미소에 담겨 있었다.

천천히 걸어 샤르망에 도착한 그녀들은 샤르망의 규모에 놀랐고 꽉 채운 손님들의 숫자에 놀라고 말았다.

샤르망은 그야말로 인산인해를 이루고 있었는데 아마 토요일 저녁 황금시간대였기 때문인 것 같았다.

두리번거리는 그녀들 앞에 강산이 척 하고 나타난 것은 샤르망에 들어서자마자였다.

강산은 기다리고 있었는지 금방 나타나 밝게 웃었는데 그를 확인한 그녀들의 얼굴에도 함박웃음이 피어났다.

"엄마, 딱 맞춰서 왔네요."

"기다렸어?"

"네. 아까 은수하고 통화해서 금방 오실 줄 알고 있었어요."

"그랬구나. 그런데 사람이 너무 많네. 자리 없으면 어떡하지?"

김 여사가 사람들로 꽉 찬 자리를 바라보며 걱정하자 강산이 급하게 고개를 흔들었다.

"제가 미리 예약해 놨어요. 저쪽으로 가시면 돼요."

"이럴 때 보면 우리 오빠가 준비성이 철저하다니까. 예쁜 구석이 의외로 많아요."

"나도 그렇게 생각해."

강산이 먼저 앞장서 걷자 그 뒤를 따라가면서 은영과 은수가 종알거렸다.

그녀들은 이렇게 화려하게 치장된 곳은 처음인 모양인지 이곳저곳 둘러보느라 시선을 한군데에 고정시키지 못하고 있었다.

강산이 도착한 곳은 무대와 아주 가까운 로열석이었다.

테이블에는 예약석이라는 팻말이 떡하니 센터에 놓여 있었는데 마치 그것은 종갓집 식구들 자리라는 증표로 보였다.

모두 자리를 잡고 앉자 기다렸다는 듯 음식이 나오기 시작했다.

강산이 코스 요리를 시킨 모양이다. 수프와 빵이 먼저 나왔고 애피타이저로 화이트 아스파라거스와 연어샐러드가 식탁에 올려졌다.

더욱 그녀들의 눈을 휘둥그레 만든 것은 와인이 얼음 통에 담겨 나왔기 때문이다.

김 여사와 세 자매가 웬일이냐는 얼굴로 바라보자 강산이 빙그레 웃으며 입을 열었다.

"그래도 백수를 탈출했는데 축하주는 한잔해야 될 것 같아서 시켰어. 그리고 이런 음식에는 와인을 마셔줘야 있어 보인다니까."

"어이구, 잘 나가다가 꼭. 하여간 따봐."

은영이 와인이 담긴 얼음 그릇을 옮겨놓자 강산이 오프너를 들고 능숙하게 딴 후 잔에다 따랐다.

잔을 채운 붉은색 와인은 그 색깔이 너무나 예뻐서 자매들의 눈을 황홀하게 만들어놓았다.

잔이 모두 채워지자 강산이 먼저 잔을 들었다.

"오늘은 즐거운 날이니까 우리 맛있게 먹고 재미나게 놀다 가요. 좋죠?"

"그럼 좋지. 강산이 때문에 내가 오늘 호강하는구나. 난 이런 곳은 처음 와봤어."

"정말요? 그럼 제가 앞으로 종종 모시고 올게요."

"오빠야, 엄마 모시고 갈 때 우리도 꼭 끼워주라. 빼먹지 말고. 알았지?"

"응, 그럴게."

웃는 얼굴로 강산이 잔을 내밀자 식구들이 잔을 부딪쳐 왔다.

술을 전혀 못하는 은수마저 분위기에 편승했는지 홀짝거리며 와인을 마실 만큼 즐거운 자리였다.

본요리인 자몽그릴새우와 등심스테이크가 나온 것은 와인을 반쯤 마셨을 때다.

따뜻한 웃음과 즐거운 대화가 같이한 행복한 식사 시간이었다.

이런 외식을 한 번도 해보지 않은 식구들의 얼굴에서는 웃음이 지워지지 않았다.

고급 음식점답게 웨이터들의 서빙도 훌륭했다.

그릇이 비워질 때마다 정확하게 다음 순서로 넘어갔고, 어느덧 디저트가 올라왔다.

티라미수케이크와 무화과를 조합시킨 디저트는 정말 예쁘게 만들어져서 먹기가 아까울 정도였다.

강산이 자리에서 일어선 것은 디저트까지 모두 비웠을 때였다.

"약속한 대로 내가 노래 한 곡 할게."

"정말 할 거야?"

"응."

"지금 노래 부르는 시간 아니잖아."

"내가 미리 매니저 형한테 말해놨어. 노래 한 곡 하겠다고."

"우왕! 우리 오빠 정말 할 모양이네."

"은수야, 오빠 노래하는 거 찍어서 친구들한테 자랑해도 된다. 돈 안 받을게."

"흐흥, 알았어."

강산은 천천히 걸어 무대로 나갔다.

노래를 하던 전력이 있기 때문인지 그는 수많은 손님이 있음에도 마이크를 잡는 것이 어색해 보이지 않았다.

사람들은 식사를 하다가 갑자기 무대로 올라가서 마이크를 잡는 강산을 향해 시선을 집중시켰다.

지금은 저녁 피크 타임이었기 때문에 가수들이 출연하지 않는 시간이다.

그런 손님들을 향해 강산이 담담한 목소리로 입을 열었다.

"안녕하세요. 저는 이강산이라고 합니다. 이곳에서 노래를 불렀었기 때문에 아시는 분들도 있을 거라 생각되는군요. 오늘 제가 무대에 나온 이유는 같이 온 저의 가족들에게 노래를 들려주기 위해서입니다. 식사를 하는 시간이라 가게 측에 한 곡만 부르는 것으로 허락을 받았습니다. 혹시 식사에 방해가 되더라도 너그러운 마음으로 양해해 주시기 바랍니다."

강산은 말을 마치고 옆에 놓여 있던 기타를 집어 든 후 자리에 앉아 가볍게 튜닝을 하고 마이크를 입 쪽으로 가져 왔다.

그의 눈은 무대에서 얼마 떨어지지 않는 식구들에게 향해 있었는데 얼굴에는 포근한 미소가 담겨 있었다.

조용히 흐르는 전주, 그리고 시작된 노래가 홀을 적시기 시작했다.

그의 노래는 촉촉한 가을비처럼 샤르망을 적시며 울려 퍼졌고, 사람들은 어느새 식사를 중단하고 노래에 흠뻑 빠져들었다.

천 번이고 다시 태어난대도 그런 사람 또 없을 테죠
슬픈 내 삶을 따뜻하게 해준 참 고마운 사람입니다
그런 그댈 위해서 나의 심장쯤이야 얼마든 아파도 좋은데
사랑이란 그 말은 못 해도
먼 곳에서 이렇게 바라만 보아도
모든 걸 줄 수 있어서 사랑할 수 있어서
난 슬퍼도 행복합니다……

은서는 노래를 하기 위해 준비하는 강산을 멍한 눈으로 바라보았다.

가까이 있어도 너무나 멀게 느껴진다.

기타 소리가 울리고 곧이어 그의 목소리가 귀를 간질이며

들려온다.

익숙한 멜로디.

그녀가 가장 좋아하는 노래였다.

초점이 잡히지 않는 눈으로 그를 바라보고 있는데 옆에 있던 은영이 옆구리를 찔러왔다.

"언니한테 불러주는 노랜가 보다. 강산 오빠가 의외로 세심한 구석이 있잖아. 언니가 제일 좋아하는 노래라는 거 알고 있는 게 분명해."

정말일까?

은영의 말이 사실일지도 모른다는 생각에 은서의 눈이 허공을 맴돌다가 강산의 얼굴로 내려앉았다.

강산의 의도를 알 수 없었기 때문이다.

노래 가사는 자신에게나 어울리는 것이지 강산과는 전혀 상관없는 것이었다.

사랑하는 사람을 홀로 그리워하는 듯한 강산의 노래는 사람들의 가슴으로 절절히 파고들었다.

시간이 지날수록 가슴이 미친 듯이 아파오기 시작했다.

그래, 그렇게 하겠다고 생각했다.

그댈 위해서라면 내 심장쯤이야 얼마든 아파도 상관없다며 멀리서 지켜보고자 했다.

하지만 촉촉한 눈으로 자신을 바라보며 노래하는 강산으로 인해 어느새 그녀의 눈에서는 눈물이 흐르고 있었다.

이 사랑, 정말 아무렇지도 않게 끝낼 수 있을까.

굳게 다짐하며 이겨 나가겠다고 생각했으나 그러한 결심은 눈물과 함께 고통으로 다가왔다.

무대에 시선이 집중된 가족들 몰래 눈물을 훔쳤다.

자신의 눈물을 들키게 된다면 더 숨길 수도, 버틸 수도 없을 것 같았다.

그랬기에 숨을 길게 내쉬며 눈물을 닦아냈으나 노래가 절정으로 치달으면서 그녀의 슬픔 또한 숨기지 못할 만큼 커져갔다.

하염없이 흘러내리는 눈물.

자리에서 일어난 은서는 급하게 일어나 홀을 가로질러 나갔다.

이대로 있기에는 그의 노래가 너무나 슬퍼 더 이상 견딜수가 없었다.

강산은 노래를 하면서 가족들을 바라보았다.

이 노래를 택한 것은 그녀가 가장 좋아하는 노래이기 때문이다.

그녀의 마음을 알기에 망설였지만 결국 이 노래를 할 수밖에 없었다.

가장 좋아하는 노래라는 건 가장 듣고 싶어 한다는 것과 똑같은 것이다.

처음에는 무표정하게 바라보던 그녀의 얼굴이 찡그려지기 시작했다.

내가 부르는 이 노래가 듣기 싫은 걸까?

그럴 수도 있겠다는 생각이 들었다.

그녀가 자신이 놀린다고 생각할 수 있다는 생각이 들자 가슴이 뻑뻑해져 왔다.

하지만 그러한 생각이 틀렸다는 것을 금방 알 수 있었다.

울고 있다. 그녀가.

시간이 지날수록 그녀의 눈에서는 눈물이 점점 많아지고 있었다.

옆에 있는 식구들의 눈을 피해 눈물을 닦아내고 있었지만 무대에 선 그에게는 너무나 뚜렷하게 보였다.

불쌍하고 미안했다.

노래를 그만두고 내려가서 그녀의 눈물을 닦아주고 싶었다.

기타를 치는 손이 흔들렸다.

점점 눈물이 많아지던 그녀가 자리에서 일어나 홀을 빠져나갔기 때문이다.

은서야, 그러지 마.

네가 우는 모습은 보고 싶지 않아.

나로 인해서 네가 우는 것이라면 나는 너에게서 떠나야 할지도 몰라.

지금 저기서 보고 있는 엄마와 나는 약속했어.

언제나 너희를 지켜주는 오빠가 되겠다고.

그렇게 살려고 해. 언제나 따뜻한 눈으로 지켜봐 주신 엄마에게 끝까지 약속을 지키는 든든한 아들로 남고 싶어.

사람은 하고 싶은 일이 있어도 참아야 할 때가 반드시 있다고 생각해.

가슴이 찢어질 것처럼 아픈 고통이 찾아온다 해도 말이야.

은서야, 미안하다. 그리고 이 노래는…….

〈2권에서 계속〉